Der Armeleutebub

Sehr geehrter Herr

Ineichen,

Sie haben mich sehr ent-
täuscht: Bis dato hatte
ich Sie immer im „Lager
meiner Klassenfeinde"
gesehen; und jetzt muss ich
im BLICK feststellen, dass
meine Ansichten sich
Punkt für Punkt mit den
Ihrigen decken!

Mit freundlichen
Grüsse – der Autor

[signature]

Siehe Seite 229

Der Armeleutebub

von

Georg Segessenmann

Herzliche Grüsse.
Ich wünsche Ihnen
und Ihren An-
gehörigen ein ge-
ruhsames Weih-
nachtsfest und alles
Gute im 1996

Dezember 1995

G. Seg

Verlag: Jasmin Eichner Verlag, Gerberstr. 11 - 13
77652 Offenburg
Telefon: 0781/73502

1. Auflage April 1994

Autor: Georg Segessenmann
Satz: Matthias Dorer, Satzstudio, 77652 Offenburg
Telefon: 0781/26336

Covergestaltung: Jasmin Eichner / Matthias Dorer
Druck: St.-Johannis-Druckerei, Lahr

ISBN 3-929409-22-4

Liebe Leserin, lieber Leser,

ich will Sie nicht abhalten, sich auf meinen Inhalt zu stürzen. Deshalb verzichte ich auf ein Vorwort. Viel Vergnügen beim Lesen wünscht Ihnen Ihr Buch, das riesig auf Sie gespannt ist, und der Autor

Georg Segessenmann

Zitat Robert Ullmann,
Lektor dieses Buches:

„Lieber Herr Segessenmann, Sie haben nicht einfach eine Autobiographie oder Ihre Lebensgeschichte geschrieben, sondern was Sie geschrieben haben, das ist Literatur."

Zitat Rosmarie Buri,
Autorin von „Dumm und dick"
und „Kuhfladen mit Zuckerguß":

„Lieber Schorsch, es freut mich, daß Du nicht so lange warten mußtest wie ich, bis Du einen Verlag gefunden hast für Dein Buch. ...Du bist ein Freund, der nicht verlangt, sondern gibt. ...Ich drücke Dir die Daumen und hoffe mit Dir auf einen guten Erfolg."

Zitat Karl Kloter,
der wohl bedeutendste zeitgenössische Arbeiterschriftsteller, Autor der Werke „Wo die Väter fehlten, „Nichts ist in Ordnung", „Martin Konvent", „Näherkommen", „Restbestände", „Salvatrice", „Markus":

„...Wenn ich einen Sohn hätte, würde ich ihm - entgegen schönredender Beteuerer, es komme in dieser Gesellschaft mehr auf den Menschen und weniger auf die soziale Stellung an - einhämmern, doch um Gotteswillen alles daranzusetzen, ein Intellektueller zu werden.

I.

Mitten in der Nacht wachte ich auf. Ich wußte nicht, ob ich geträumt hatte. Oder hatte ich wirklich einen Schrei gehört? Nun aber hörte ich es wieder, und es war kein Traum. Unten schrie jemand: „Aufmachen! Mach doch endlich auf!"

Leise weckte ich Beat, meinen älteren Bruder. Außer ihm und mir waren noch meine zwei jüngeren Schwestern Sara und Ria mit im gleichen Bett. Ich wollte nicht, daß auch sie wach würden, weil es sonst ein Geplärre abgesetzt hätte, wie jedesmal, wenn man sie aus dem Schlaf riß.

Beat aber drehte sich nur auf die andere Seite. So wand ich mich halt, so leise es eben ging, allein aus dem Bett und schlich mich aus dem Zimmer. Die Türe ließ ich aber offen, denn ich fürchtete mich vor dem Schrecklichen, das da offenbar vor sich ging. Leise ging ich die Treppe hinunter. Als ich etwa in der Hälfte war, hörte ich wieder das Rufen. Es war draußen vor der Haustür. Außerdem mußte sich jemand ganz unten auf der Treppe befinden, denn ich hörte lautes Atmen.

In diesem Moment ging oben das Licht im Korridor an. Beat war also doch noch wach geworden und mir nachgegangen.

Ich machte mich ganz klein, denn ich wollte nicht, daß Vater - er war es, der unten auf der Treppe saß - mich bemerkte. Aber ich brauchte nichts zu befürchten, denn Vater war zu sehr damit beschäftigt, so zu tun, als wäre er nicht zu Hause.

Wieder hörte ich das Rufen, nun aber schon viel leiser und mit unterdrücktem Schluchzen vermengt. Und ich erkannte jetzt ganz deutlich die Stimme meiner Mutter, die draußen vor der verschlossenen Tür stand und Einlaß begehrte. Ich erinnerte mich, daß sie am Abend gesagt hatte, wir sollten alle zu Bett gehen, sie wolle noch zur Tante Ida, die nur etwa hundert Meter von uns weg wohnte. Vater war auf Nachtschicht und hätte eigentlich erst am Morgen wieder daheim sein dürfen. Ich verstand überhaupt nichts mehr. Warum war er zu Hause, und warum stand Mutter vor der verschlossenen Tür?

Weil Bruder Beat laut hustete und gähnte, blickte Vater nach oben. „Marsch, ins Bett!“ brüllte er uns an. Erschrocken stolperten wir die Treppe hoch. Aber Beat gab mir ein Zeichen. Er löschte das Licht und wir blieben oben auf der Treppe sitzen.

Nun begann unten Mutter an die Türe zu poltern. Und als auch dies nichts nützte, bearbeitete sie sie mit den Schuhen. Der Lärm wurde schließlich so laut, daß auch Sara und Ria aus ihrem Schlaf gerissen wurden. Beat und ich schlichen zu ihnen hin und versuchten sie zu beruhigen. Aber stattdessen weinten sie noch lauter und wollten aufstehen. Da versprach Beat ihnen, wenn sie ganz ruhig seien, dann dürften sie mit uns auf die Treppe sitzen. Sie versprachen es. So saßen wir nun also zu viert und hörten uns den Spektakel unten an. Als aber wieder die Stimme der Mutter zu vernehmen war, konnten sich die Mädchen nicht mehr an die Abmachung halten. Sie begannen so laut nach Mutti zu schreien, daß Vater wohl Angst bekam, die ganze Nachbarschaft würde noch aufgeweckt werden und zusammenlaufen. Mit einem Ruck riß er die Haustüre auf. Mutter, nicht darauf gefaßt, fiel nach innen. Vater packte sie mit einer Hand an den Haaren. Mit dem Fuß schloß er die Türe wieder. Dann drosch er mit den Fäusten auf Mutter ein und schrie: „Du Hure, du bist vom Teufel besessen. Ich will dir diesen Teufel schon austreiben!“ Er schlug und bearbeitete Mutter so mit den Fäusten, daß sie aus der Nase blutete. Mutter fiel zu Boden und schützte ihr Gesicht mit ihren Händen. Vater aber ließ nicht nach, sondern bearbeitete sie nun mit Fußtritten.

Wir Kinder hatten bis jetzt versucht, uns ruhig zu verhalten. Als wir aber Mutter auf dem Boden sich winden sahen und wie sie aus der Nase blutete, schrieen wir wie am Spieß, Vater solle Mutti nicht noch ganz kaputt machen. Dies brachte ihn wieder zur Besinnung. Käsebleich und zitternd stand er da. Wir rannten nach unten und richteten Mutter auf. Sie weinte fast lautlos. Ihr ganzer Körper wurde wie von Krämpfen geschüttelt. Sie faßte uns Kinder an und wir gingen zusammen zum Lavabo, wo Mutter sich das Blut aus dem Gesicht wusch.

Zur Zeit, als Mutter die Schule beendet hatte, war der erste Weltkrieg. Sie lebte mit ihren Eltern, welche aber nicht miteinander verheiratet waren, in Kärnten. Dieses Unverheiratetsein war damals in den ärmeren Schichten der Bevölkerung Österreichs gang und gäbe. Kam man später noch zu etwas Wohlstand, konnte ja immer noch geheiratet werden. Und um Kinder in die Welt zu setzen brauchte es keinen Trauschein!

Mein Großvater hatte damals das Aufgebot zum Kriegsdienst erhalten. Er rückte denn auch ein und ließ sich ein paar Wochen herumkommandieren. Dann aber habe es ihm „ausgehängt“, so erzählte es uns unsere Mutter. Er sei desertiert und in die Schweiz abgehauen. Er wurde interniert bis der Krieg zu Ende war.

Schon während der Zeit im Internierungslager schloß er Bekanntschaft mit einer Schweizerin. Sie war Hebamme und eine sehr resolute Frau. Da er in Österreich nicht verheiratet war, konnte er sie ehelichen. Am Tage der Hochzeit gebar sie abends das erste Kind. Natürlich blieb die Heirat in Österreich nicht unbemerkt. Meine Großmutter verlangte von ihrem ungetreuen Lebensgefährten, er solle, wenn er sich schon nicht mehr um sie bekümmere, wenigstens die Kinder zu sich ins „Gelobte Land“ nehmen. Nach langem Drängen gab die Frau meines Großvaters nach. Aber alle Bälger wollte sie nicht. So kamen meine Mutter Miriam und ihr jüngerer Bruder Leo mit einem Rotkreuzzug in der Schweiz an. Miriam trat in eine Fabrik ein und gab ihren ganzen Lohn ihrer Stiefmutter. Leo mußte noch zur Schule.

Es ging nicht gut mit den beiden Frauenzimmern in einem Haushalt. Miriam hatte in der Fabrik eine Schweizerfreundin gefunden. Dieser klagte sie ihr Leid. Die Freundin, Margrith Lenzinger, nahm Miriam manchmal übers Wochenende mit zu sich nach Hause in Kurligen. Die ganze Familie Lenzinger nahm Anteil an Miriams Schicksal. Es wurde Familienrat abgehalten und man beschloß, die hübsche Miriam in den Schoß der Familie Lenzinger aufzunehmen. So kam es, daß meine Mutter als junges, knuspriges Mädchen in Kurligen Wohnung nahm.

Vater Lenzinger war Prediger in einer Sekte, die sich „Geschwister der gekreuzigten Sonne“ nannten. Es war ganz natürlich, daß Miriam auch in diese Kirche eintrat, fand sie doch hier liebevolle Aufnahme und eine Menge junger Leute, die ihre Freude an der schönen Schwarzhaarigen hatten. Hier lernte meine Mutter auch meinen Vater kennen. Die Leute erzählten, daß dieser ernsthafte, junge Mann eine gute Partie sein müsse, denn er gehe nie aus, sondern trage seine Batzen zur Bank.

Auch dem jungen Mann, namens Boris Grogg, redeten die Geschwister in Christo gut zu. So wurde aus den beiden ein Paar und es wurde bald einmal geheiratet.

Aber Miriam merkte, daß an den Batzen, die da auf der Bank sich befinden sollten, nicht viel dran sein konnte, denn es kamen beständig Mahnungen über unbezahlte Rechnungen ins Haus geflattert. Woher sollte das Geld auch gekommen sein? Boris war seit Jahren arbeitslos und lebte von der Arbeitslosenunterstützung. Man konnte ihm deshalb keine

Vorwürfe machen. Mehr als die Hälfte aller Arbeiter war ohne Stelle und hatte keinen festen Verdienst.

Miriam war in der glücklichen Lage, daß sie eine Stelle hatte. Man streckte sich halt nach der Decke. Aber bald wurde sie schwanger. Miriam arbeitete bis zum letzten Tag vor der Entbindung. Aber dann fiel auch dieser Verdienst für eine Weile aus. Also mußte man zum Fürsorgeamt. Und dort regierten kleine Könige. Wer nicht kuschte und bettelte, daß es einen Stein erweicht hätte, bekam nichts oder nicht alles.

Mein Vater ging jeden Tag auf Arbeitssuche, und wie tausend andere wußte er am Morgen schon, daß er am Abend nichts anderes würde vorweisen können, als die Bestätigungen für die Arbeitslosenkasse, daß er sich tatsächlich um Arbeit bemüht hatte. Wer unter diesen Umständen nicht zum Trinker wurde, mußte ein dickes Fell haben. Mein Vater mied den Alkohol. Lieber trieb er sich bei den Arbeitsstellen herum und horchte die Leute aus, wo wohl in nächster Zeit irgendeine Arbeit zu haben wäre. Er hatte auch hin und wieder Erfolg und fand für ein paar Tage etwas, meistens unterbezahlt und manchmal fast menschenunwürdig. Die Chefs benutzten solch willige Arbeitsuchende als Lohndrücker. Die Arbeiter versuchten einander die Stellen wegzunehmen, indem sie Kollegen bei den Chefs denunzierten und für weniger Lohn arbeiteten. Da Boris gewissenhaft war, nicht trank, jede Arbeit ohne zu murren machte und dazu noch gratis Überstunden leistete, bekam er bald einmal für längere Zeit eine Stelle.

Sobald Mutter ihr erstes Kind nicht mehr an der Brust stillen mußte, nahm auch sie ihre Stelle in der Fabrik wieder auf. Das Problem war aber, wer nun das Kind hüten sollte. Zu jener Zeit wohnten meine Eltern in einem kleinen Bauernhaus in Kurligen zu Untermiete. Der Kleinbauer arbeitete tagsüber im Wald für die Gemeinde. Das Ehepaar hatte keine Kinder. Das mochte der Grund sein, daß sich beide dem

Trunke ergaben. Wenn sie betrunken waren, verprügelte der Mann die Frau.

Diese Frau also hütete stundenweise den kleinen Beat. Wenn sie nüchtern war, ging alles gut. Einmal aber kam Miriam von der Arbeit und sah ihren kleinen Jungen, der damals etwa zwei Jahre alt gewesen sein mochte, im ersten Stock des Hauses im Fensterrahmen stehen. Die Hausmeisterin war wieder einmal betrunken. Mutter bekam einen solchen Schock, daß sie nicht mehr arbeiten ging.

Zweieinhalb Jahre nach Beat wurde ich geboren. So lange ich mich erinnern kann, war Schmalhans bei uns Küchenmeister. Ich kannte meine Eltern und auch die Hausmeistersleute nicht anders, als streitend.

Wiederum drei Jahre nach mir kam meine Schwester Sara und zwei Jahre nach Sara wurde Ria geboren.

Nun waren wir eine sechsköpfige Familie in einem einzigen Zimmer plus Stube und einer winzigen Küche. Kaum eine Minute, da nicht wenigstens eines der Kinder schrie oder weinte. Das konnte nicht lange gut gehen. Eines Tages gab es einen Riesenkrach mit dem betrunkenen Hausmeister. Er kündigte uns die Wohnung.

Per Zufall war gerade ein Einfamilienhaus zum Kaufe ausgeschrieben. Die Besitzer, eine Arbeiterfamilie, konnten den Hauszins nicht mehr bezahlen, die Bank kündigte die Hypothek, die Bürgen mußten geradestehen. Weil aber niemand das Haus kaufen wollte, hatten wir für einmal Glück. Vater und Mutter wußten zwar genau, daß sie den geforderten Hauszins nie würden aufbringen können. Aber was sollten sie machen? Fürs erste hatten wir wieder ein Dach über dem Kopf. Für das weitere würde der Herrgott schauen müssen.

Mutters jüngerer Bruder Leo hatte nach der Schulentlassung ebenfalls Arbeit in der Schuhfabrik gefunden. Er wurde als Schuhreparateur angelernt. Später kaufte er seinem Arbeitgeber einiges ausgediente Werkzeug ab und eröffnete eine kleine Werkstatt. Das Gehämmer störte aber die Vermieterin, und Leo mußte sich um eine Werkstatt kümmern. Bei unserem Hausmeister war noch ein Zimmer frei. Es war so groß, daß Leo darin sowohl arbeiten als auch schlafen konnte. Soweit wäre alles in Ordnung gewesen, wäre Leo nicht so tüchtig gewesen und so billig. Der ortsansässige vollamtliche Schuhmacher intervenierte bei seinen Jaßkameraden, allesamt Gemeinderäte, gegen den „hergelaufenen Österreicher". Der Gemeindepolizist machte mehrmals seine Aufwartung bei uns, um, wie er sagte, die rechtmäßige Anwesenheit von Leo Frisch zu überprüfen. Als alles nichts fruchtete, wurde der Kleinbauer Renner, unser Hauswirt, weichgeklopft. Er verlangte, daß Leo binnen zwei Wochen das Haus verlasse. Mutter hätte gerne gehabt, daß ihr Bruder bei ihr bliebe, aber es zog Leo zurück nach Österreich, zur Mutter. Vater schwieg. Der Herrgott werde wohl wissen, was der richtige Weg sei.

Vor seinem Weggang gab Leo seinem Schwager eine Blitzausbildung im Metier des Schuhmachers, und Vater machte seine Sache gar nicht schlecht. Inzwischen hatte die große Rezession etwas abgeflaut. Vater fand eine Arbeitsstelle in der Nähe und hatte sein zwar kleines, aber geregeltes Einkommen. Mit dem Zusatzverdienst aus der Schusterei schlug man sich recht und schlecht über die Runden.

Die Lenzingerkinder hatten ihre „Schwester" nicht vergessen. Wenn auch nur wenig Vieh im Stall stand, reichte es immerhin für die große Familie, und es blieb noch genug übrig, um hin und wieder einen Liter Milch und etwa ein Bauernbrot abzugeben. Meist kam Freundin Margrit auf einen Sprung vorbei, aber auch ihre Brüder Gotthilf und

Franz rissen sich darum, bei der jungen, hübschen Miriam einen Stein im Brett zu haben. Vor allem Franz machte gerne die Aufwartung, am liebsten, wenn mein Vater gerade abwesend war.

Vater lebte nur noch für die Kirche. Dafür ging er arbeiten. An seiner Familie war ihm nur wichtig, daß alle in die Sonntagsschule und in den Gottesdienst gingen. Sonst schien ihm alles egal.

Mutter war katholisch erzogen worden. Sie war zwar keine fleißige Kirchgängerin, aber als sie eines Tages wieder in einem seelischen Tief war, suchte sie Trost beim katholischen Pfarrer. Von da an ging sie heimlich in die Messen. Wenn Vater Nachtschicht hatte, war das ohne Risiko. Er kam erst dahinter, als Mutter einmal vergaß, das Kirchenblatt zu verbrennen, das der Pfarrer ihr abonnierte. Zu der Zeit war Mutter wieder schwanger. Als sie kurz vor der Entbindung stand, kam es zu jener „Teufelsaustreibung". Mutter hatte Angst, es würde eine Fehlgeburt geben. Sie beschuldigte Vater sogar, er hätte sie extra mißhandelt, damit sie und das Kind draufgehen würden. Aber das Kind wurde termingerecht und gesund geboren. Es war wieder ein Mädchen: Jutta. Sie hatte immerhin das Glück, für sich allein einen Stubenwagen zu haben, während wir vier übrigen Kinder zusammen in einem Bett schlafen mußten: Die zwei Buben unten, die beiden Mädchen am Kopfende. Und es waren immer mindestens zwei, die jede Nacht die nackte Matratze näßten.

Mutter war nach der Mißhandlung zum Friedensrichter gegangen. Der wusch Vater gehörig den Kopf. Das hielt eine Weile an. Auch an die „Geschwister" hatte sich Mutter in ihrer Not gewandt. Vater erklärte den „Geschwistern", Mutter sei auf dem Weg, den wahren Glauben zu verlieren. Und er, der keinen Gottesdienst und keinen Gesangsabend verpaßte, fand Verständnis. Die Priester lasen Mutter aus der Bibel vor, namentlich die Stelle, wo geschrieben steht, die

Frau sei dem Manne untertan. Wenn Vater auf der Nachtschicht war, ging Mutter weiter heimlich in die Messen der katholischen Kirche, und es folgten weitere „Teufelsaustreibungen".

Uns Kinder schlug Vater selten. Wenn er aber einmal in Fahrt kam, dann hörte er nicht auf, bis wir halbtot waren, oder bis sich Mutter dazwischen warf.

Vater hatte in Deutschland einen Bruder, Franz, welcher einen Hof gepachtet hatte. Die Nazis wollten ihn zwingen, in die Nazipartei einzutreten. Weil er sich weigerte, machten sie ihm die Hölle heiß. Seine Ware wurde nicht gekauft, die Felder verwüstet, die zehn Kinder wurden von den Lehrern und Mitschülern mißhandelt.

In seiner Not schrieb er meinem Vater, ob er ihm und seiner Familie nicht Arbeit und Unterkunft besorgen könne. Er wolle in die Schweiz zurückkehren. Meine Eltern rannten von Pontius zu Pilatus. Schließlich fanden sie tatsächlich ein Mietshaus in unserer Nähe und für Onkel Franz eine Arbeitsstelle bei einem Kohlehändler.

Als die „deutsche Familie" ankam, gab es ein großes Fest. Wir Kinder hatten Mühe, unsere Vettern und Basen zu verstehen. Aber sie lernten sehr schnell unsere Mundart.

Einer unserer Cousins hieß Elias. Er war ein rauher Geselle und war von seinen Schulkameraden sehr gefürchtet, da er in Deutschland bei der Hitlerjugend gewesen war. Er hatte Riesenkräfte, die er vornehmlich dazu verwendete, weit größere und ältere Burschen, als er einer war, abzuschlagen. Mein Bruder Beat und ich waren stolz, wenn wir vernahmen, Elias habe wieder mal eine ganze Bande Burschen ganz allein in die Flucht geschlagen. In Bandenkriegen nahmen wir als Beuteträger teil, wobei wir es aber vorzogen, im Hintergrund zu agieren, denn wir wollten nicht zwischen die Fronten geraten.

Zum Dank für diese Hilfsdienste lud Elias Beat und mich abwechselnd zum Übernachten in seinem Bett ein. In diesen Nächten stellte er einige Dinge mit uns an. Er sagte, solche Sachen lerne man in der Hitlerjugend, weil man an der Kriegsfront halt keine Frauen dabei habe und schließlich seine Triebe nicht unterdrücken könne.

Es war Mutter, die allmählich etwas ahnte und uns nicht mehr erlaubte, bei Elias zu übernachten. Nun war aber die Sexualität in mir erwacht. Ich war neugierig geworden. Es ist nicht so, daß mir der kleine Unterschied nicht bekannt gewesen wäre. Ich wußte, daß meine Schwestern Sara und Ria „unten" anders gebaut waren als ich. Schon mit drei Jahren, wenn ich Mutter beim Wickeln zusah, war mir das aufgefallen. Aber es hatte mich nicht weiter beschäftigt. Durch Elias änderte sich das.

Ein Nachbarmädchen, Myrtha, hatte den gleichen Schulweg wie ich. Ich wollte nun gerne wissen, ob Myrtha denselben Aufbau hatte wie meine Schwestern. Wir legten unsere Schultornister auf den Sockel eines Wegkreuzes, welches von zwei riesigen Linden eingerahmt war, und Myrtha zog ihr Höschen aus. Ich überzeugte mich gewissenhaft, daß da kein Unterschied bestand zu Sara und Ria. Alle drei schienen nicht funktionstüchtig zu sein!

Myrtha hätte die Untersuchung gerne noch ausgeweitet, aber ich wollte nicht. Ich konnte nichts Neues dabei lernen. Wir nahmen unsere Ranzen wieder auf und machten uns auf den Heimweg.

Daheim liefen wir in ein Donnerwetter. Beat hatte uns heimlich beobachtet und alles brühwarm erzählt. Wenn die Erwachsenen ein solches Geschrei einer solchen Sache wegen machten, dann müsse doch etwas dahinter stecken. So dachte ich mir. Ich beschloß, bei nächster Gelegenheit, dem etwas tiefer auf den Grund zu gehen. Aber diesmal würde ich mich nicht mehr dabei erwischen lassen.

Die jüngsten Kinder von Onkel Franz waren Zwillingsmädchen von etwa sechs Jahren. Die Zwillinge erschienen mir praktisch. Wenn es bei der einen nicht gelingen wollte, wäre ja noch Reserve da. Tante Alma, die deutsche Frau von Onkel Franz, kam hin und wieder unter der Woche zu einem Schwatz und brachte die Zwillinge mit. Ich lockte die beiden Mädchen bei günstiger Gelegenheit in den Keller. Ich wollte bei ihnen das von ihrem Bruder Erlernte in die Tat umsetzen. Leider war das Ergebnis das Gleiche, wie bei Myrtha. Ich konnte nichts finden, das die Geheimnistuerei der Erwachsenen hätte erklären können. Vielleicht lag es am mangelnden Licht. Im Keller war nur eine matte Glühbirne eingeschraubt. Ich bat also die beiden Mädchen, mir vor die Kellertür zu folgen, ins Sonnenlicht. Hier besichtigte ich die beiden Objekte nochmals ganz genau. Ich wollte gerade mißmutig aufgeben, als wir über uns ein Kichern hörten. Erschrocken schauten wir alle drei nach oben. Dort guckten meine Mutter und Tante Alma laut lachend aus dem Küchenfester. Ich schämte mich. Ich rannte davon und verkroch mich.

In meinem Versteck überlegte ich lange hin und her. Warum hatte ich beim ersten Mal Schelte gekriegt und war jetzt, beim zweitenmal, ausgelacht worden? Jedenfalls hatte ich für eine Weile die Nase voll. Das Geheimnis der zweierlei Geschlechter konnte mir gestohlen bleiben.

Mein Schulbeginn verlief nicht gerade gut. Wir waren ein großer Jahrgang. Es war der Lehrerin nicht zu verübeln, daß sie versuchte, die Klasse in einem Rahmen zu halten, der ihr ein angenehmes Arbeiten erlaubt hätte. So stellte sie rigoros alle Schüler zurück, die im Spätherbst und Winter geboren waren. Meine Mutter aber wollte mich loshaben, wenigstens tagsüber, weil sie mit nunmehr fünf Kindern einfach überfordert war. Als die Lehrerin bei der Aufnahme auch mich zurückstellen wollte, weil ich im Dezember geboren war, begann meine Mutter zu lamentieren. Sie würde zum Schulpräsidenten und zum Ammann gehen, erklärte sie im Wortlaut vor der ganzen versammelten Mütterschar.

Dem Frieden zuliebe gab die Lehrerin nach. Ich armer Wurm mußte es dafür büßen. Wann immer ich Fehler machte, erinnerte sie mich daran, daß sie mich ja habe zurückstellen wollen. Das sei nun das Resultat davon, wenn eine Mutter ihr Muttersöhnchen verpipäppele. Aus mir werde nie etwas Rechtes werden. Punktum!

Dabei war ich keineswegs der Dümmste der Klasse. Im Gegenteil: Als die meisten Mitschüler noch beim Lesen stotterten, konnte ich schon fließend das ganze ABC. Das kam daher, daß ich auf der Straße jedes Papierfetzchen auflas und zu entziffern versuchte. Wenn ich einen Buchstaben noch nicht kannte, fragte ich Bruder Beat. So konnte ich bereits meines Bruders Kinderbücher aus der Schulbibliothek lesen, als meine Schulkamerädlein noch nicht alle Buchstaben kannten. Beim Leseunterricht aber tat ich so, als sei ich noch nicht weiter als die anderen, denn wenn diese merkten, daß ich besser war als sie, dann prügelten sie mich in der Pause windelweich.

Wenn ich Cousin Elias meine Schulsorgen klagte, lachte er mich aus und sagte: „Mach es doch wie ich. Wenn mir die Schule stinkt, dann gehe ich aufs WC und haue einfach aus dem Fenster ab."

In meinen Augen stieg Elias zu einem Helden. Der hatte vor nichts und niemandem Angst! Und wenn ihn jemand beleidigte, dann verprügelte er ihn einfach, ob es nun ein Junge oder gar ein Lehrer sei!

Als die Lehrerin mich wieder mal vor der ganzen Klasse kleingemacht hatte und ich von allen Kameräldlein ausgelacht wurde, sagte ich kurz darauf, ich müsse aufs Klo. Ich öffnete das Fenster, getraute mich aber lange nicht. Erst als ich den Abwart hörte, der eben die Runde machte, faßte ich meinen ganzen Mut und schwang mich hinaus.

Zu Hause versteckte ich mich hinter dem Haus, bis ich Cousin Elias sah, der eben von der Schule heimkam. Ich sprang eilig zu ihm und berichtete voller Stolz, daß ich es ihm nachgemacht hätte und von der Schule abgehauen sei. Doch anstatt mich zu rühmen, raunzte Elias mich an, was mir einfalle! Wenn sein Vater vernehme, daß er, Elias, mich zum Schuleschwänzen verleitet habe, dann haue er ihm den Bukkel voll.

Auf meine Bitte, er solle mich zu meiner Mutter begleiten und ihr alles erklären, schrie er mich an, ich solle ihn in Ruhe lassen und meine Suppe selber auslöffeln.

Was blieb mir anderes übrig? Mit hängenden Ohren beichtete ich Mutter meine Tat, bevor Vater von der Arbeit kam. Allerdings übertrieb ich die Plagereien der Lehrerin und meiner Mitschüler so, daß Mutter die Tränen über die Wangen liefen. Daß Mutter so viel Mitgefühl für mich zeigte, rührte wiederum mich so gewaltig, daß ich ebenfalls zu flennen anfing. Schließlich setzte sich Mutter hin und schrieb einen geharnischten siebenseitigen Brief. Diesen mußte ich dann am nächsten Tag der Lehrerin übergeben.

Sie las ihn, während wir Kinder Schreibübungen machten. Ich beobachtete sie mit schlechtem Gewissen aus den Augenwinkeln und sah, wie sie zuerst rot und dann bleich wurde. Schließlich sah sie mich haßerfüllt an und rief: „Alle mal herhören. Ich will euch einen Brief vorlesen, den mir Gregs liebe Mutti geschrieben hat.“ Dann las sie ihn vor. Einige Sätze, die sie besonders spaßig oder beleidigend fand, wiederholte sie sogar.

Ich hätte im Erdboden versinken mögen. Ganz klein machte ich mich. Nie wieder wollte ich Mutter etwas berichten von der Schule und wenn ich noch so geplagt würde. Und geplagt wurde ich dann tatsächlich noch mehr von den Mitschülern, die genau verstanden hatten, daß mich die Lehrerin mit ihrer Vorleseaktion zum Freiwild erklärt hatte. Sie selber strafte mich ein paar Wochen mit Verachtung. Ich bekam zwar meine Aufgaben, durfte aber nicht mitmachen, wenn gelesen oder Kopfrechnen geübt wurde.

Einmal, als sie mich wieder vor die Türe in die „Schamecke" geschickt hatte, was ich in dieser Zeit fast jeden Tag erlebte, kam unangemeldet der Schulinspektor. Er fragte mich, was ich denn hier mache. Ich wollte nicht antworten, denn ich schämte mich zu sehr. Er aber ließ nicht locker, bis ich ihm unter Heulen alles erzählte. Dann klopfte er an die Tür, nahm mich an der Hand und trat ein. Dabei schob er mich vor sich her. Die Lehrerin, wohl in der Meinung, ich hätte meine Strafe von mir aus unterbrochen, schrie mich an. Als sie hinter mir den Schulinspektor sah, verstummte sie mitten im Satz. Der Inspektor hieß mich an meinen Platz gehen. Dann bat er die Lehrerin nach draußen.

Nach langem kamen sie wieder zusammen herein. Er hatte einen roten Kopf und ihr lief die Schminke über die Wangen.

Von nun an hatte ich Ruhe vor der Lehrerin, nur zu viel - denn sie strafte mich einfach wieder mit Nichtbeachtung. Das tat mehr weh als Schläge.

Onkel Franz und seine Frau Alma hatten ein seltsames Verhältnis zueinander. Ich kann mich nicht erinnern, daß ich sie je hätte miteinander ein Gespräch führen hören. Wann immer ich auch in das Haus trat, wo die beiden mit ihren zehn Kindern wohnten, saß Tante Alma in ihrem Stuhl und strickte.

Onkel Franz litt es nie lange bei ihr. Immer fand er einen Vorwand, zu verschwinden. Meistens kam er dann zu uns zu einem Schwatz. Am Anfang nur, wenn Vater dabei war. Weil Vater aber viel freiwillig Nachtschichten übernahm, um mehr zu verdienen, ergab es sich halt, daß Onkel Franz auch kam, wenn Vater abwesend war. Und mit der Zeit kam er überhaupt nur noch in Abwesenheit von unserem Vater. Mit uns Kindern konnte er nicht viel anfangen. Dafür unterhielt er sich um so angeregter mit Mutter.

Mit der Zeit störten wir die beiden wohl in ihrer Unterhaltung. Jedenfalls verschwanden sie meist bald in der Küche und wurden sehr ungehalten, wenn etwa eines der Kinder sie störte. Eines abends, als sie sich schon längere Zeit in der Küche aufgehalten hatten, kam Onkel Franz in die Stube gestürzt und rief: „Kommt schnell, Kinder, Eure Mutter will sich unter den Zug werfen!" Wir erschraken. Wie wir gerade waren, die Mädchen schon in den Nachthemden und wir Buben schon halb ausgezogen, liefen wir nach draußen. Es war kurz vor Weihnachten und dementsprechend kalt und finster. Onkel Franz zeigte auf die Wiese, die vor unserer Wohnung lag und zum Bahndamm führte. Undeutlich sahen wir dort eine Gestalt. Schreiend und weinend liefen wir ihr nach. Als wir Mutter eingeholt hatten, hängten wir uns an ihren Rock und bettelten, sie solle doch um Himmels Willen wieder heimkommen.

Onkel Franz mischte sich nicht ein. Endlich umarmte Mutter uns. Sie bekam einen Weinkrampf. Als sie sich einigermaßen beruhigt hatte, erzählte sie, Onkel Franz hätte sie beschuldigt, mit seinem ältesten Sohn ein Verhältnis zu haben. Das sei aber nicht wahr, schluchzte sie. Dann ließ sie sich von uns Kindern heimführen. Onkel Franz blieb im Hintergrund.

Am nächsten Abend kam Onkel Franz wieder. Mutter verschwand mit ihm wortlos in der Küche. Ich aber begann tief in mir liegende Erinnerungen auszugraben. Ich mochte etwa zwei Jahre alt gewesen sein, da war etwas mir Unerklärliches passiert. Ich erinnerte mich an die Besuche von Franz Lenzinger, der auch immer gekommen war, wenn Vater nicht daheim war. Und so wie jetzt mit Onkel Franz verschwand dann Mutter mit ihm und wollte nicht gestört werden.

Einmal aber war Vater unverhofft gekommen. Schnell stieß Mutter den jungen Lenzinger in den kleinen Raum, wo Vater die Schusterwerkzeuge aufbewahrte. Sie drehte den Schlüssel und steckt ihn in ihre Schürze.

Vater kam grußlos herein. Er schaute sich in der Wohnung um. Er wollte auch seinen Werkraum betreten und fragte Mutter, wo der Schlüssel sei. Mutter tat zuerst unwissend. Dann sagte sie, Beat habe mit dem Schlüssel gespielt. Jetzt werde er ihn halt versteckt haben, wie schon manches. Dabei wußte ich genau, daß sie den Schlüssel in ihrer Schürze hatte!

Vater wurde fuchsteufelswild. Er hob den Fuß und stieß die Türe mit einem gewaltigen Tritt ein. Das Schloß polterte auf den Boden. Vater stürmte in den Raum, fand aber nichts als ein offenes Fenster. Der junge Lenzinger mußte aus fast fünf Metern Höhe in den Rasen gesprungen sein.

Noch ein weiteres Ereignis kam mir in den Sinn, das ich mir nicht erklären konnte, das sich aber in mein damals etwa dreijähriges Hirn eingebrannt hatte: Zu jener Zeit schliefen Beat und ich auf einer halbverfaulten Matratze. Mutter kannte einen Sattler, der sich mit zwei Kollegen zusammengetan hatte. Eines Tages schleppten diese drei Männer eine riesige Matratze an. Mutter verschwand mit einem der Männer und der Matratze im Zimmer, um, so sagte sie, den Mann zu bezahlen. Die beiden Männer waren bei uns in der Stube geblieben. Plötzlich begannen sie zu streiten. „Ich komme als Nächster", sagte der eine. „Nein ich", schrie der andere.

Beat und ich drückten uns verängstigt in eine Ecke, denn wir erwarteten jeden Augenblick eine Schlägerei.

Glücklicherweise kamen in diesem Moment unsere Mutter und der andere Mann aus dem Zimmer. Die beiden Männer wollten sich auf Mutter stürzen. Aber der andere hielt sie zurück. „Sie hat bezahlt. Kommt jetzt."

„Aber uns hat sie nicht bezahlt," schrieen die beiden. Schließlich zottelten sie ab.

Diese Ereignisse und noch ein paar andere Fetzen Erinnerung an meine ersten Lebensjahre, aber auch Gespräche, die ich mit Cousin Elias hatte, brachten mich zur Erkenntnis, daß Mutter nicht die Heilige war, als die ich sie mir vorgestellt hatte.

Ich begann nun auf der einen Seite, meine Eltern und auch die Leute aus meiner Umgebung zu beobachten. Andererseits aber versuchte ich gewisse Vorkommnisse, die mein kindliches Weltbild zu zerstören drohten, zu verdrängen. Nachts, wenn ich im Bett lag, kroch mir ein dunkles Gefühl vom Bauch her in den Kopf. Es legte sich wie ein Sack auf mich und drohte mich zu ersticken. Und weil ich dieses Gefühl nicht in Worte kleiden konnte, konnte ich es auch niemandem erzählen und mich so erleichtern.

Geschichten von unnatürlichen Ereignissen vertieften diesen Druck in mir noch. So erzählte einmal eine Tante von Menschen, die sich in Strohhalme verwandeln und dann durch die Schlüssellöcher kriechen. Im Zimmer verwandeln sie sich dann wieder in Menschen, setzen sich auf die Bettkanten und würgen die Schläfer.

Eines Nachts erwachte ich, weil ich auf meinem Hals etwas Schweres spürte. Vorsichtig griff ich nach dem Gegenstand. Er fühlte sich an wie eine kalte Hand. Endlich faßte ich Mut, ich packte die Hand und warf sie weg. Es war meine eigene gewesen, die eingeschlafen war! Dieses nächtliche Ereignis hatte immerhin den Effekt, daß ich von da an nicht mehr alles glaubte und immer zuerst die natürlichen Möglichkeiten durchging, wenn ich wieder einmal etwas scheinbar Übernatürliches erlebte.

Vater war mit etwa zwanzig Jahren zu den „Geschwistern der gekreuzigten Sonne“ gestoßen. Das war gerade die Zeit, als die Oberen der Sekte den nahen Weltuntergang voraussagten. Vater war bereits so tief in der Meinung verhaftet, alles, was von diesen Oberen erzählt werde, sei die absolute Wahrheit, daß er alle seine Sachen verkaufte und den Erlös verjubelte. Als dann der prophezeite Zeitpunkt verstrich, ohne daß das Wunder der „Lebendigen Entrückung“ eintraf, hatte Vater zwar den großen Katzenjammer. Aber die Oberen fanden eine Erklärung, an die sich Vater und seine Mitgeschwister klammerten. Der Zeitpunkt der Erlösung wurde also hinausgeschoben und man ging zur Tagesordnung über.

Vater behielt seine Meinung von Gott und Gottes Reich mitnichten für sich. Er glaubte, daß er um so mehr Punkte beim Herrgott erhalte, je mehr „verirrte Seelen“ er rette. Und natürlich war seine Familie das geeignete Übungsobjekt für seine missionarischen Eifereien. Wehe, wenn Mutter oder eines von uns Kinder nicht jeden Gottesdienst besuchten. Die Hölle wurde uns so drastisch und plastisch geschildert, daß uns heilige Schauer über den Rücken liefen.

Dabei kümmerte er sich überhaupt nicht um unsere übrige Erziehung. Die Schulnoten interessierten ihn wenig bis nicht, Hauptsache, er hatte die Gewissheit, daß wir die Sonntagsschule und den Gottesdienst lückenlos besuchten.

Jeden Abend vor dem Zubettegehen kniete er eine halbe Stunde vor dem Bett und sprach mit seinem Herrn. Ich sah ihn oft dabei schwitzen und sogar weinen.

Wir Kinder durften uns auch nicht mit anderen Kindern an Spielen ergötzen, wenn er in der Nähe war. Er hatte immer Angst, diese „ungläubigen Antichristen“ könnten uns ins „teuflische Verderben“ ziehen.

Natürlich konnte er uns nicht total isolieren. Wir mußten die Schule besuchen, und was wir anschließend mit unseren Schulkollegen anstellten, das sah er nicht - wenn er auf der

Arbeit war. Dafür mußten wir aber immer eine Lüge auf Lager haben, wenn er uns etwa doch mit Kameraden zusammen erwischte.

Dieses „immer eine Lüge parat halten“ wurde mir mit der Zeit so geläufig, daß ich Mühe bekam, überhaupt noch die Wahrheit zu sagen. Sogar bei alltäglichen Begebenheiten, wo mir eine Lüge überhaupt nichts einbrachte, erzählte ich irgendwelche fantastischen Erfindungen.

Das allsonntägliche in die Sonntagsschule laufen von uns Kindern brachte uns den Übernamen „Stündeler“ ein, nach den Gottesdiensten, die genau eine Stunde dauerten. Dies wiederum zwang uns dazu, uns zu wehren. Wenn ich zu Hause erwähnte, daß ich wegen meines Glaubens in der Schule geplagt würde, leuchteten Vaters Augen. Er erzählte uns von den Märtyrern, von denen er in der Bibel gelesen hatte, und er malte uns das Himmelreich aus, das wir mit diesem Martyrium erlangen würden.

Einerseits war unser Gott ein Gott der Liebe, gleichzeitig fiel er aber über jeden mit fürchterlichen Strafen her, der sich nicht an die Gebote der „Geschwister der gekreuzigten Sonne“ hielt. Ich wollte das nicht begreifen. So fragte ich einmal den Sonntagsschullehrer, wie denn ein und derselbe Herrgott ein Gott der Liebe sein könne, wenn er nichts anderes im Kopfe habe, als diejenigen zu bestrafen, die er seine Kinder nenne. Der Sonntagsschullehrer zitierte mir die Bibel, die Stelle, wo steht, daß man die Kinder zu züchtigen habe, die man liebt.

Einmal fand ich auf der Straße ein Zwanzigrappenstück. Ich wußte, daß man sich im Dorfladen für diesen Betrag eine Wundertüte kaufen konnte. Ich hatte diese schon bei anderen Kindern gesehen, die sich solche Sachen jede Woche von ihrem Sackgeld kauften. Ich und meine Geschwister hatten noch nie Sackgeld erhalten. So ging ich also voller Freude über meinen Reichtum in den Laden und kaufte mir die ersehnte Wundertüte. Als Inhalt fand ich eine Handvoll Bonbons und eine Fasnachtslarve. Meine Freude steigerte sich beim Anblick dieser Maske ins Unermeßliche. Ich rannte nach Hause, stülpte mir die Maske über das Gesicht und stellte mich vor Mutter. Sie wurde kreidebleich. Mit einer Angst, wie ich sie noch nie bei ihr gesehen hatte, beschwor sie mich, ich solle dieses Teufelsding sofort aus dem Haus entfernen. Wenn Vater mich damit erwische, dann schlage er mich halbtot und sie dazu.

Tieftraurig schlich ich mich aus dem Haus. Ich brachte es nicht übers Herz, die Maske zu vernichten. Ich hätte damit etwas in mir getötet. Endlich ging ich zu den Nachbarn, klopfte an die Wohnungstür und als Myrtha öffnete, drückte ich ihr die Maske wortlos in die Hände. Dann sprang ich davon, versteckte mich im Keller und weinte still in mich hinein.

Mein Übername war „Gröögguu", was in gut Schriftdeutsch etwa der Bezeichnung „mickeriger Zwerg" gleichkommt. Und ein „Gröögguu" war ich ganz gewiß, als ich mich im Jahre 1939 zu meinem ersten Schultag bei Fräulein Flohheimer einfand. Ich war nicht nur der jüngste, sondern auch der kleinste der Klasse. Da Schmalhans in unserer Familie Koch war, und dies auch gleich mit Daueranstellung, konnte man an uns Groggkindern jede Rippe zählen.

Es war das böse Jahr des Weltkriegausbruches. Und Eßwaren konnte man nur gegen Abgabe von Rationierungsmarken kaufen, welche in den nächsten Jahren die Konsumgewohnheiten der ganzen Bevölkerung diktierten. Aber nicht diese Marken waren es, die uns Groggkindern die Rippen aus dem Bauch hervorstehen ließen. Im Gegenteil; Marken hatten wir an jedem Monatsende noch viele übrig. Mutter verteilte sie jeweils unter unseren Nachbarn und bekam dafür hin und wieder ausgetragene Kleider. Was nützen Marken, wenn das Geld fehlt, sie in Nahrungsmittel umzusetzen?

Trotzdem gab es damals Kinder, die so reichhaltig Z'nünibrot in die Schule mitnehmen konnten, daß sie gar nicht damit fertig wurden, sondern einen Teil davon in die Abfallkübel warfen. Wann immer es sich machen ließ, versuchte ich, der Letzte zu sein, wenn die Schulglocke das Ende der Pause ankündigte. Dann grübelte ich hastig in den Abfallkübeln nach etwas Eßbarem und verschlang es gierig.

Wir Kinder der Familie Grogg hatten herausgefunden, daß in den Abfallkübeln des Bahnhofes manchmal Schalen von Orangen und Bananen lagen. Diese fischten wir dann heraus und kratzten mit den Zähnen das Weiße ab. Am liebsten hatte ich es, wenn die Bananenschalen schon schwarz waren. Dann blieb immer noch etwas von der süßen Frucht hängen. Und einmal hatte ich sogar das Glück, daß jemand eine ganze Banane weggeworfen hatte, weil ihr Inhalt schon so dünn war, daß man ihn trinken konnte!

Wenn ich nun gemeint hatte, mit dem Wechsel in die zweite Klasse seien alle Probleme gelöst, dann hatte ich mich getäuscht. Fräulein Flohheimer hatte mir zu verstehen gegeben, sie werde den Lehrer Tranugg schon informieren, was für ein Früchtchen ihn da nächstes Jahr besuchen werde. Ich traute ihr das zwar so halbwegs zu, hatte aber doch die leise Hoffnung, sie wolle mir mit dieser Drohung nur Angst einjagen.

Lehrer Tranugg ließ sich nichts anmerken. Es schien mir sogar, er sei besonders freundlich zu mir. Dementsprechend war ich im Unterricht gelöst und hatte überhaupt keine Mühe, mit den anderen Kindern mitzuhalten.

Nun kam mir auch meine Begabung, mit der Sprache umzugehen, sehr zunutze. Gleich zu Anfang wollte Tranugg wissen, wie es um die Deutschkenntnisse seiner neuen Schäfchen bestellt sei. Er schrieb die Wandtafel voller Sätze, deren jeder mit Fehlern gespickt war. Wir Kinder hatten die Aufgabe, diese Sätze fehlerlos in unser Heft zu schreiben.

Als der Lehrer die Hefte korrigiert hatte, stellte es sich heraus, daß ich der einzige war, der alle Fehler gefunden hatte, und was fast noch wichtiger war: ich hatte als einziger nicht noch neue Fehler eingebaut.

Das freute mich zwar und stellte mich moralisch auf. Ich kannte aber inzwischen den Neid einiger Klassenkameraden und wußte, was mir blühen würde. Ich hatte mich nicht getäuscht. Als wir Schulschluß hatten, stellte mir draußen einer der Jungen ein Bein. Eine Gruppe Mädchen fiel über mich her und verprügelte mich.

Es waren nicht alle so böse zu mir. Einige der Schar standen bei solchen „Strafaktionen" nur dabei und einige versuchten sogar, die allerschlimmsten Draufgänger zu mäßigen.

Lehrer Tranugg war mir also mehr als freundlich gesinnt. Eines Tages befahl er mir, nach Schulschluß noch im Zimmer zu bleiben, da er mit mir zu reden hätte. Ich zermarterte mir das Hirn, fand aber keinen Grund zur Beunruhigung, denn es war in letzter Zeit nichts vorgefallen, was mir hätte Angst machen können.

Als alle Schüler außer mir das Zimmer verlassen hatten, rief mich der Lehrer zu sich nach vorne. Er redete freundlich mit mir und fragte nach meiner Familie und wie es mir so gehe. Aber plötzlich verwandelte er sich. Er schrie mich an, ich störe laufend den Unterricht und benähme mich frech. Dann holte er aus dem Schrank einen Haselstock, den ich noch nie im Einsatz gesehen hatte. Er befahl mir, meine Hosen runterzulassen. Ich mußte niederknien und meinen Kopf zwischen seine Oberschenkel halten. Er klemmte meinen Kopf ein und begann auf mein nacktes Hinterteil einzudreschen. Ich fing an zu weinen. Wenn ich nicht sofort ruhig sei, dann schlage er noch härter, zischte er.

So biß ich die Zähne zusammen und blieb still. Aber er schlug trotzdem immer stärker. Sein Atem wurde immer lauter und wandelte sich fast in ein Röcheln. Plötzlich stöhnte er laut. Im selben Moment hörte er mit dem Schlagen auf und sagte barsch, ich könne nun gehen.

In der Folge mußte ich diese Tortur mindestens einmal pro Monat über mich ergehen lassen. Ich war aber nicht allein. Wir waren damals zwei Klassen im selben Zimmer. Einer der Buben der dritten Klasse erlitt das gleiche Schicksal.

Sonderbar war auch eine andere Gewohnheit Tranuggs. Wenn er diktierte oder einen Vortrag hielt, dann rieb er sich immer ein Buch zwischen Oberschenkel und Bauch. Es war eigentlich des Ammanns Töchterlein, das mit mir in die gleiche Klasse ging, welches dies zuerst bemerkte und die anderen Mädchen darauf aufmerksam machte. Uns Buben klärten sie nicht auf.

Zu Hause versuchte ich einmal ganz vorsichtig, die Rede auf dieses Thema zu bringen. Weil ich aber nicht wußte, wie ich es ausdrücken sollte und wohl auch aus Angst, Mutter könnte wieder eine Staatsaffäre draus machen, unterließ ich es schnell.

Ein Jahr darauf, ich ging immer noch zu Lehrer Tranugg, nun aber in die dritte Klasse, wurde ich etwas geschont. Dafür kam aber ein anderer Junge aus der neuen zweiten Klasse dran.

Einige Jahre später, als wir an einem Morgen zur Schule kamen, hieß es, Lehrer Tranugg sei von der Polizei abgeholt worden. Über den Prozeß drang nichts an die Öffentlichkeit. Es wurde auch keines seiner Opfer verhört. Tranugg bekam eine bedingte Strafe und durfte in der Folge keine Kinder mehr unterrichten.

Eines Nachts, als Vater auf Nachtschicht war, weckte mich Bruder Beat ganz aufgeregt. Er sagte, Mutter liege unten in der Stube im Sterben. Schnell gingen wir nach unten. Die drei Mädchen hatten vorerst noch nichts gemerkt. Mutter lag auf dem Sofa und röchelte. Sie hatte Bettwäsche zwischen die Beine gepreßt. Ein rotes Bächlein quoll langsam vom Sofa auf den Stubenboden. Mir wurde schwindlig.

Mutters Gesicht sah aus, als sei kein Tropfen Blut mehr in ihr. Mühsam öffnete sie die Augen: „Buben, holt geschwind einen Arzt. Ich sterbe." Dann mußte sie ohnmächtig geworden sein, denn sie gab auf unsere Fragen keine Antwort mehr.

Beat und ich beschlossen, daß Beat zum nächsten Telephon rennen sollte, während ich bei Mutter blieb. Das besagte Telephon befand sich in etwa einem Kilometer Entfernung in einer Wirtschaft. Es war lange nach Mitternacht und die Wirtsleute natürlich im Bett, als Beat vor dem Haus um Hilfe rief. Glücklicherweise reagierten sie sofort richtig. Jedenfalls hörte ich bald das Horn des Ambulanzwagens. Mutter wurde auf eine Bahre gelegt und in das Auto getragen.

Die Wirtsleute telephonierten auch noch unserem Hausarzt und in die Fabrik, wo Vater arbeitete. Beide kamen. Vater mit dem alten Militärfahrrad, der Arzt mit seinem Auto. Als sie unseren Bericht entgegengenommen und sich die Bescherung auf dem Sofa angesehen hatten, befahl der Doktor, Vater solle zu ihm ins Auto steigen. Dann fuhren sie zusammen in das Spital.

Diese Betriebsamkeit hatte nun auch die drei Mädchen geweckt. Wie erschreckte Hühner standen und saßen wir in der Stube und starrten auf die Blutklumpen auf dem Sofa. Dann nahmen wir Buben die Mädchen bei den Händen und liefen zu Onkel Franz und Tante Alma. Sie steckten uns zu ihren Kindern in die Betten, wo wir uns ausweinen konnten.

Es stellte sich heraus, daß Mutter einen Blutsturz hatte. Das war die offizielle Version, die wir Kinder den Nachbarn auf

Anfrage weitergeben mußten. Bald aber wurde gemunkelt, Frau Grogg habe ohne fremde Hilfe eine Abtreibung gemacht und sei dabei fast umgekommen.

Die Mädchen blieben für einige Wochen bei Tante Alma. Wir Buben machten so gut es ging die Haushaltung. Als Mutter wieder heimkam, sah sie einige Jahre jünger aus.

Ich war inzwischen in die vierte Klasse gekommen. Ältere Schüler hatten uns schon lange Angst gemacht vor dem Lehrer dieser Klasse, Herrn Bach. Es hieß allgemein, er sei der brutalste Lehrer der ganzen Schule. Ich meinte, schlimmer als Lehrer Tranugg könne niemand sein. Ich täuschte mich gewaltig.

Wenn Bach den Vollmond spürte, dann verwandelte er sich in einen wilden Schläger. Ohne Vorwarnung nahm er den Haselstock und schlug wahllos auf die Schüler los, wobei er keinen Unterschied machte zwischen Buben und Mädchen. Einzig das Töchterchen des Ammanns und einige weitere Kinder aus angesehenen Familien wurden verschont.

Wehe, wer sich nicht augenblicklich bückte, wenn es losging. Lehrer Bach schlug, wohin es gerade traf. Meist ging dabei der Haselstock drauf. Dann drosch er mit seinen Fäusten weiter. Wenn eines der Kinder den Kopf allzutief in Sicherheit brachte, dann riß er es an Haaren und Ohren hoch und schlug ihm dabei auf den Schädel und die Nase.

Für die zerbrochenen Stöcke mußten wir Buben stets Nachschub holen im Wald. Und dies gleich im Dutzend. Einmal sägten wir die Stöcke in der Mitte an und füllten die Schnitte wieder mit brauner Erde. Als Bach es aber beim nächsten Mal merkte, hatten wir Pech: Die nächste Serie Stöcke schnitt er selber, und diese waren dicker und länger, als diejenigen, welche wir normalerweise brachten.

Im selben Jahr war eine Darmgrippeepidemie. Das halbe Schulhaus war angesteckt. Auch mich hatte es erwischt. Die anderen Kinder waren nach einer Woche wieder gesund. Bei mir wurde es immer schlimmer. Der zugezogene Hausarzt lachte nur und meinte, ich wolle wohl den Schulbeginn etwas hinauszögern. Eines Nachts ging es mir so furchtbar schlecht, ich konnte gerade noch schmerzverkrümmt und schweißgebadet an das Bett der Mutter kriechen. Nun zog sie einen anderen Arzt zu Rate. Dieser schüttelte nur den Kopf, als er meinen Bauch betastet hatte, und befahl Mutter, mich in eine Wolldecke zu wickeln. Dann trug er mich, über seine Schultern gelegt, in sein Auto und brachte mich in das Spital.

Keine Minute zu früh, wie sich herausstellte, denn ich hatte einen geplatzten Blinddarm. Das komische war, daß ich vom Eintritt in das Spital an keine Schmerzen mehr verspürte. Als ich dies dem Notfallarzt sagte, lachte er und meinte, das hätten komischerweise alle Kinder, wenn es gelte, unter das Messer zu kommen.

Sechs Wochen lag ich im Spital. Man verlegte mir ein Schläuchlein in meinen Bauch, durch das jeden Tag Eiter abgezogen wurde. Eltern, Geschwister und sogar einige neugierige Klassenkameraden kamen zu Besuch und fragten nach meinem Befinden. Ich genoß es, einmal im Interesse von jemandem zu stehen. Ein Onkel brachte mir sogar ein Geschenk. Es war ein Raupentank, der mit einem Gummizug aufgezogen werden konnte. Als Mutter das Kriegsspielzeug sah, meinte sie erschreckt, ich solle dies ja nicht Vater sehen lassen. Dies hörte ein Junge, der im Bett neben mir lag, und er bettelte so lange, bis ich ihm den Tank für ein paar Batzen überließ. Vater kam aber nur einmal auf Besuch. Dies war ganz am Anfang meines Spitalaufenthaltes, als noch nicht klar war, ob ich überleben würde. In seiner Begleitung war ein Priester der „Geschwister der gekreuzigten Sonne“. Es war mir peinlich, als dieser vom lieben Gott zu reden anfing, und daß er mich vielleicht zu sich nehmen würde und ich dann ganz in seiner Nähe sitzen dürfe, weil ich mit der heiligen Taufe und den heiligen Sakramenten gesegnet sei.

Als sie wieder gegangen waren, mußte ich mir Fragen anhören von den erwachsenen Zimmergenossen, welche sich köstlich an der Unterhaltung ergötzt hatten. Mir aber war es furchtbar peinlich.

Als ich kurz vor der Entlassung stand, teilte mir Mutter beiläufig mit, daß wir nicht mehr in dem Einfamilienhaus lebten, sondern im Juckihaus. Sie hatten in der Zeit, wo ich im Spital lag, aus dem Einfamilienhaus ausziehen müssen, weil dieses nun doch noch einen Käufer gefunden hatte. Und weil ausgemacht war, daß in diesem Falle die Familie Grogg sofort das Haus zu räumen hatte, mußte Mutter eine neue Bleibe suchen. Vater kümmerte sich, wie gewohnt, wenig um diese Sache, denn er war der Meinung, der Herrgott werde seinem gottesfürchtigen Diener eine Lösung schicken.

Das Juckihaus gehörte der Gemeinde. Sie hatte es einem Bauern abgekauft, um es abzureißen für eine Erweiterung des Schulturnplatzes.

Ich war noch ziemlich schwach, als ich nach der Blinddarmoperation wieder zur Schule ging. Eigentlich hatte der Arzt gemeint, ich solle noch einige Wochen länger zu Hause bleiben. Aber ich hatte Angst, mit dem Lernstoff nicht mehr nachzukommen. Diese Angst war aber unbegründet, denn ich lernte ziemlich gut. Mehr Sorgen machte mir der Umstand, daß ich fast krepierte, wenn man mich zum Lachen brachte oder wenn ich husten mußte. Als dies die Kameraden und Geschwister merkten, machten sie sich einen Spaß daraus, mir lustige Sachen zu erzählen oder mich zu kitzeln. Lehrer Bach verschonte mich in den nächsten paar Wochen von seinen Prügelorgien, was ich ihm hoch anrechnete.

Wie schon erwähnt, war unsere „neue“ Wohnung ein abbruchreifes Bauernhaus. Die Gemeinde hatte eigentlich nicht im Sinn gehabt, es nochmals zu vermieten, denn das Wohnen darin war fast nicht mehr zu verantworten. Der Vormieter in der oberen Wohnung hatte bereits die Kündigung erhalten. Als aber unsere Mutter beim Ammann vorsprach und ihm weinend unsere Notlage schilderte, setzte er sich im Gemeinderat dafür ein, daß mit dem Abbruch noch kurze Zeit zugewartet werde, wenigstens so lange, als bis die beiden Mietparteien eine neue Bleibe gefunden hätten. Aus der vorgesehenen kurzen Zeit wurden aber dann etliche Jahre.

Bauer Jucki, dem das Haus gehört hatte, ließ sein Vieh und die übrige Fahrhabe noch im Stall und in der Scheune. Sein Knecht Fritz hatte in der oberen Wohnung ein Zimmer, welches er vorläufig behielt, bis der Betrieb aufgelöst werden konnte. Der Mieter des Obergeschosses, ein finsterer Mensch namens Sommer, nahm die Gelegenheit beim Schopf und suchte ebenfalls den Ammann auf. Wenn schon das Haus wegen der Groggbande nicht abgerissen werde, dann habe er doch noch ältere Rechte, und er wolle nicht in der feuchten Bruchbude bleiben. Er beanspruche die untere Wohnung, welche vorher vom Bauern bewohnt worden war, für sich und seine Familie.

Dem Ammann leuchtete ein, daß ein älterer Mieter auch ältere Rechte habe und bewilligte den Handel.

Uns Kinder störte es nicht, daß uns die verfaulten Zimmerdecken jeden Moment auf die Köpfe fallen konnten. Und daß auf dem Dach eine Menge Ziegel fehlten und wir deshalb immer die Schirme in der Wohnung aufspannen mußten bei Regenwetter, machte uns auch nichts aus. Hauptsache, wir konnten uns nach Lust und Laune im Haus austoben. Wenigstens, wenn weder Vater noch Herr Sommer zuhause waren.

Da der Knecht immer durch unsere Küche mußte, um in sein Zimmer zu kommen, ergaben sich interessante Gespräche. Ich durfte ihm in Stall und Feld zur Hand gehen. Als die heiße Jahreszeit kam, setzte er mich auf ein Pferd und wir ritten zusammen in die Aare.

Ich lernte aber nicht nur gute Dinge vom Knecht Fritz. Als im Herbst die Klaraäpfel reif waren, schickte er mich mehrmals zum Apfelbaum des Pfarrers, damit ich meine Hosensäcke mit den köstlichen Früchten fülle und ihm bringe. Der Pfarrer war ein freundlicher Mann, der mich „Stündeler“ nicht mit Verachtung strafte, wie seine frommen Kirchgänger es taten. Auf der Strasse redete er mich immer mit „Schimmeli“ an, weil ich strohblonde Haare hatte. Als er mich nun beim Apfelstehlen erwischte, sprach er gütig mit mir. Er sagte, daß er nicht glaube, ich sei von mir aus auf die Idee gekommen, ihm in den Garten zu steigen und ihn zu schädigen. Er ließ nicht ab von mir, bis ich ihm die Wahrheit gestand. Dann kam er mit mir zum Fritz, welchem er in aller Ruhe Vorhaltungen machte, daß er sich nicht schäme, einen unschuldigen Buben zum Schelm zu machen. Fritz stand wie ein begossener Pudel da und sagte kein einziges Wort. Dann sagte der Pfarrer noch, die Äpfel könnten wir behalten. Wir sollten aber bei jedem Bissen an ihn und seine Worte denken. Dann gab er jedem von uns die Hand und ging.

Leider verschwand er plötzlich von Kurligen. Es hieß, er habe sich an den jungen Ministranten unsittlich vergriffen. Ich war darüber sehr traurig, einerseits, weil ein lieber Mensch aus meinem Leben verschwunden war, andererseits, weil mir im Inneren ein Bild zerstört worden war: Das Bild von einem Menschen, dem ich im geheimen einen Heiligenschein aufgesetzt hatte.

Einmal bat mich Fritz, die Schule zu schwänzen und ihm beim Heuen zu helfen. Ich sagte, dies gehe nicht. Wenn mich Lehrer Bach erwische, dann haue er mir den Buckel voll.

Fritz aber meinte, wenn ich es dem Lehrer gut angäbe, dann gäbe er mich bestimmt frei. Mit dem Graswagen fuhren wir zusammen zu Lehrer Bach, welcher gerade sein Mittagessen beendet hatte und über die Störung sehr ungehalten war, weil er sich eben hatte zu einem Schläfchen niederlegen wollen. Zitternd vor Angst stand ich vor ihm und begann sogleich zu weinen. Zuerst wollte Bach aufbrausen. Aber er mußte gerade eine schwache Stunde gehabt haben. Er bezähmte sich und strich mir mit der Hand sachte über den Kopf. Alles hatte ich erwartet, nur nicht eine solche Regung vom Bösewicht Bach. Eine Ohrfeige hätte ich schweigend entgegengenommen. Diese Geste aber brachte mich zum Schluchzen.

Ganz leise fragte nun der Lehrer, ob ich Sorgen hätte. Ich konnte nur wortlos nicken. Dann aber nutzte ich die Gunst der Stunde. Ich schwindelte Bach eine abenteuerliche Geschichte vor: Wie wir Groggkinder in Armut leben und manchmal hungrig zu Bett mußten. Bei einem Bauern könne ich ein paar Batzen und einige Kilo Kartoffeln verdienen. Der Bauer warte draußen auf mich.

Diese Geschichte hatte immerhin einen wahren ersten Teil.

Lehrer Bach ging zum Fenster und schaute nach draußen. Da stand Fritz mit seinen Pferden, welche schon ungeduldig mit den Hufen scharrten. Als Bach sich wieder umwandte, hatte er Tränen in den Augen. Er strich mir nochmals über den Kopf und sagte, das gehe in Ordnung. Ich könne gehen. Erleichtert, aber mit etwelchen Gewissensbissen lief ich zu Fritz. Als ich nach oben blickte, sah ich Lehrer Bach hinter den Vorhängen stehen und uns nachschauen.

Wenn ich auch ein schlechtes Gewissen hatte wegen meiner kleinen Schwindelei, so war ich doch auch ordentlich stolz darauf, Lehrer Bach hereingelegt zu haben. Und als ich dann in der Folge merkte, daß er mich nur noch selten und weniger hart bestrafte, setzte sich in mir folgende Erkenntnis fest: Was mir oder einem anderen nützt, ohne jemandem zu schaden, das kann keine Sünde sein!

Unsere Klasse war übrigens die letzte, die bei Lehrer Bach zur Schule ging. Als wir vor Ostern Schulschluß feierten, kamen der Ammann, die Gemeinderäte, alle Lehrer und die ganzen übrigen Behörden in das Zimmer. Der Ammann hielt eine Rede und dankte Bach für seine Verdienste um das Wohl von ganzen Generationen von Kindern, die von ihm in vorbildlicher Weise zu achtbaren Bürgern erzogen worden waren. Dann wünschte er dem Pensionisten Bach noch viele Jahre in Frieden und Wohlergehen. Lehrer Bach saß wie ein Häufchen Elend auf seinem Stuhl und weinte, als wir an ihm vorbeidefilierten, um uns zu verabschieden.

Die Familie Lenzinger wohnte in einem Ortsteil namens „Högerli“. Ein altes Bauernhaus im Emmentalerstil war ihr Heim. An der Hinterseite des Hauses reichte das Dach bis in das steilabfallende Bord. Einige kleine Äcker und Wiesen lagen drumherum, die mit zum Anwesen gehörten. Das Bauerngütlein vermochte gerade schlecht und recht eine kleine Familie zu ernähren. Die Kinder waren aber schon lange ausgeflogen zum Zeitpunkt, als wir ins Juckihaus zügelten. Nur der älteste Sohn, eben jener, der sich damals aus dem Fenster entfernt hatte, lebte noch zu Hause und arbeitete auf dem Hof.

Vater Lenzinger war Priester bei den „Geschwistern der gekreuzigten Sonne“. Jeden Sonntag mußten wir Kinder seine Predigt anhören. Seine Themen handelten meist vom Teufel in Gestalt des Alkohols, welcher von den Menschen Besitz ergreife und sie dazu bringe, in der Hölle zu enden. Wenn er in Fahrt kam, dann wurde seine Stimme immer lauter und sein Gesicht immer röter. Oft hieb er mit der Faust auf die Kanzel und fluchte dazu, daß sich die Gläubigen in ihren harten Bänken duckten. Dann raunten sie einander zu: „Der Heilige Geist spricht aus ihm“. Es war aber nicht der Heilige Geist, der den alten Lenzinger so in Fahrt brachte, sondern der Alkoholteufel höchstpersönlich, dem er verfallen war.

Unsere Eltern redeten kaum mehr miteinander. Vater hatte nur noch zwei Interessen: Seine Arbeit und seinen Glauben. Wenn er zu Hause war, dann las er seine Kirchenblättlein. Diese waren für einen wahren Diener seiner Kirche Pflichtlektüre. Er las dieselben Exemplare immer und immer wieder. Die Weltgeschichte interessierte ihn nur so weit, als es sich um die Weissagungen der Bibel handelte. Dort stand geschrieben, daß die Juden ihr Land verlören, und daß dann das Ende der Welt kommen werde. Und die Prediger der „Geschwister“ erklärten, daß dannzumal Christus persönlich auf die Erde kommen und alle wahrhaft Gläubigen ins Himmelreich geleiten werde. Dort würden sie zur rechten Hand Gottes sitzen dürfen. Vor dem Weltuntergang natürlich. Und alle Ungläubigen würden zur Hölle fahren, zum Belzebuben.

Einmal fragte ich Vater, ob er das als gerecht empfinde, daß all die armen Neger im Urwald und die Eskimos in Grönland, die doch alle noch gar nie von den „Geschwistern der gekreuzigten Sonne“ gehört hätten, in die Hölle müßten. Er überlegte einen Moment und antwortete dann, der Herrgott werde wohl wissen, warum er das so eingerichtet habe.

Früher kamen noch jede Woche Hausierer. Käse, Schuhbändel, Heftli und Seife wurden unter der Haustüre gehandelt. Mutter ging nie in einen Laden, weil wir in jedem eine Menge Schulden hatten. Wenn Vater seinen Lohn heimbrachte, wurde dieser als erstes dazu verwendet, einen Teil der Schulden zu tilgen, damit wir weiter Kredit bekamen. Wir Kinder mußten abwechselnd die Ladeneinkäufe besorgen.

Hin und wieder riß den Verkäuferinnen der Geduldfaden. Dann gingen wir mit leeren Händen wieder heim. Jedesmal wenn ich in einen Laden mußte, versuchte ich als Letzter dranzukommen, weil ich mich schämte, das Wort „Aufschreiben" vor anderen Leuten laut zu sagen.

Mit der Zeit fiel mir auf, daß Sara und Ria, wenn sie Brot holen gingen, immer mit einer Schleckerei aus dem Laden kamen, die sie aber natürlich nie mit nach Hause nahmen, sondern immer schon unterwegs naschten. Ich bekam dort nie etwas geschenkt. So kam ich bald auf den Verdacht, daß meine Schwestern das Schleckzeug auch aufschreiben ließen. Aus Eifersucht erzählte ich Mutter davon. Mutter nahm Sarah und Ria in die Mangel. Dabei kam heraus, daß der Bäcker, immer wenn seine Frau nicht in der Nähe war, die Mädchen mit in die Backstube nahm und sie dort befummelte.

Mutter ging sofort zu der Frau des Bäckers. Dieser war die Sache nicht neu, sie hatte schon von anderen Müttern dasselbe gehört. Sie bat Mutter inständig, niemandem etwas zu erzählen, ihr Mann sei krank, und alles gute Zureden nütze nichts. Sie sei auch gerne bereit, über einen teilweisen Erlaß der Schulden mit sich reden zu lassen. Mutter versprach Stillschweigen, und auch Sara und Ria mußten versprechen, niemandem etwas zu sagen. Das war allerdings zuviel verlangt von den beiden. Sie erzählten einigen ihrer Schulfreundinnen von der Sache, und schließlich wurde im ganzen Dorf gemunkelt und hinter vorgehaltener Hand getratscht. Weiter passiert ist dem Bäcker aber nichts.

Mutter ging zwar nie in einen Laden, dafür kaufte sie emsig bei den Hausierern, und dies nur, weil sie ihr zuhörten, wenn sie ihre bösen Geschichten über Vater und die Nachbarn erzählte. Das Zuhören lohnte sich, es ging keiner von der Türe, ohne daß er etwas an den Mann, respektive die Frau gebracht hatte. Meist waren es Sachen, die wir gar nicht gebrauchen konnten oder die Mutter vor Vater verstecken mußte.

Einmal, als ich aus der Schule kam, waren meine drei Schwestern allein in der Stube. Alle drei waren merkwürdig still, als ob sie auf etwas hören würden. Auf meine Frage, wo denn Mutter sei, deuteten sie auf die Schlafzimmertüre. Da drin sei sie mit einem Staubsaugervertreter. Ob ich den Staubsauger nicht höre, den sie ausprobierten dort drinnen?

Tatsächlich; da drin lief ein Staubsauger. Und er lief und lief und lief. Komisch war nur, daß der Mann den Sack nicht leeren mußte, als er endlich mit Mutter aus dem Zimmer kam. Ich fragte mich, ob er ihn etwa schon im Zimmer entleert hatte. Ohne ein Wort zu verlieren packte der Vertreter den Staubsauger ein und verschwand.

In diesen Jahren hatte Mutter manches blaue Veilchen auf den Augen, weil Vater ihr wieder mal den Teufel austreiben mußte. Er fing auch vor uns Kindern an, an seiner Vaterschaft für uns zu zweifeln. Ganz besonders auf Ria hatte er es abgesehen, denn sie glich immer mehr den Frauen der Familie Lenzinger. Auch beschuldigte er seine Brüder, daß sie sich an Mutter herangemacht hätten, wenn er auf der Arbeit war. Aber ihnen sagte er nichts davon.

Ich hatte ja auch meine Beobachtungen gemacht und wußte, daß die Verdächtigungen von Vater nicht ganz aus der Luft gegriffen waren. Aber ich empfand es als äußerst feige, daß er nie die Männer, die er verdächtigte, darauf ansprach, sondern immer nur uns Kinder, und daß er uns damit den Boden unter den Füßen wegzog, weil wir nicht einmal wußten, ob und wer denn nun eigentlich von ihm war.

In jener Zeit trieb sich auch ein arbeitsloser Mann namens Pippo in der Gegend herum. Leute, die der Wohngemeinde auf dem Säckel lagen, wurden in ihre Heimatgemeinde abgeschoben. Pippo war auch von diesen. Seine Heimatgemeinde war Kurligen. Deshalb wurde er samt Familie nach hier verfrachtet.

Zuerst war es Pippos Frau, die bei uns aufkreuzte. Jemand hatte ihr gesagt, die Familie Grogg bekomme von der Gemeinde das Brot und die Milch bezahlt. In der Folge kam sie öfters zu Besuch. Hier konnten zwei geschlagene Frauen einander ihr Leid klagen und sich gegenseitig aufrichten.

Pippo hatte vermutlich seiner Frau nachspioniert. So tauchte er eines Tages uneingeladen bei uns auf und war nicht mehr wegzubringen. Seine Frau schrie er in Gegenwart von uns immer so sehr zusammen, daß sie es vorzog, nicht mehr zu kommen. Er aber machte sich bei uns breit, als ob er hier in Untermiete wohne. Vater ging er dabei aus dem Weg.

Es kam so weit, daß er anfing, uns Kindern zu befehlen, und auch Mutter ließ sich von ihm regelrecht herumkommandieren. Dabei erzählte er immer wieder die gleichen Geschichten, die er angeblich in der Fremdenlegion erlebt hatte.

Wir hatten in dieser Zeit immer wieder Katzen und auch einen Hund, ein Weibchen. Diese Hündin lebte angebunden vor dem Haus in einer Bretterhütte. Als sie läufig wurde, besuchten sie sämtliche Rüden im Umkreis von Kilometern. Nach einiger Zeit warf sie Junge. Vater brachte es nicht fertig, die Welpen zu töten, weshalb Mutter Pippo bat, es zu tun. Der ließ sich nicht lange bitten. Er schlug die Welpen vor den Augen von uns Kindern tot und lachte dazu. Dann tötete er auch noch die Hündin auf dieselbe Art und schlachtete sie zum Essen. Alles Bitten und Weinen von uns Kindern ließ ihn kalt, im Gegenteil, es schien ihm Freude zu bereiten, uns leiden zu sehen.

Eines Tages hörte ich unten im Hof unsere Mietze, ein halbwüchsiges Kätzchen, laut fauchen und miauen. Ich dachte schon, Pippo sei nun auch noch hinter dem Katzenfleisch her. Ich rannte die Treppe runter in den Hof. Eine riesige Ratte kämpfte mit unserem Kätzchen. Dieses hatte die Ratte im Nacken gepackt und ließ nicht mehr los. Sie waren beide fast gleich groß. Die Ratte sprang immer wieder hoch und warf dabei das Kätzchen auf den Rücken, aber es ließ nicht los. Ich zitterte am ganzen Leib und überlegte fieberhaft, wie ich ihm helfen könnte. Ich rannte in unsere Boutique, um einen Hammer zu holen. Dort entdeckte ich einen Zimmermannsnagel von etwa zwanzig Zentimetern Länge. Ich ergriff Hammer und Nagel und rannte zurück. Gerade noch zu rechten Zeit, denn die Ratte gewann langsam Oberhand. Ohne zu zögern trieb ich ihr den Nagel durch den Leib und nagelte sie so an den Boden.

Als die Ratte langsam ermattete, ließ die Katze von ihr ab. Ich erlöste das Untier mit einigen Schlägen auf den Kopf. Dann warf ich es in die Jauchegrube.

Als Pippo sich am Nachmittag wieder hinter dem Küchentisch breitmachte und die mitgebrachte Flasche Bier zu trinken begann, kam in mir eine solche Wut hoch, daß ich ihn zu reizen begann. Als er dann fuchsteufelswild war, erzählte ich ihm die Geschichte von der Ratte, und wie ich sie erledigt hatte. Dann drohte ich ihm, ich würde das Genaugleiche mit ihm machen, wenn er uns nicht endlich in Ruhe lasse. Mutter hatte, ganz entgeistert über mein freches Mundwerk, wortlos zugehört. Nun sprang Pippo mit einem Satz vom Tisch auf und hinter mir her. Ich hatte mit dieser Reaktion gerechnet und war schon zuunterst auf der Treppe, als Pippo erst oben begann, diese in Angriff zu nehmen. Ich versteckte mich in der Scheune und beobachtete ihn, wie er fluchend nach mir suchte. Endlich zog er dem Dorfe zu und ich konnte mich wieder ins Haus getrauen. Pippo kam nicht wieder zu uns.

Mutter verdächtigte immer wieder die Nachbarn, sie würden uns bestehlen. Besonders die Familie Sommer aus der unteren Wohnung im Juckihaus war ihren Angriffen ausgesetzt. So setzte es manchen Krach mit Sommer ab und er drohte oft, daß er Mutter wegen übler Nachrede einklagen werde. Er tat es aber nie. Mutter erzählte allen Hausierern, wie wir laufend bestohlen würden. Ein Reisender auf Bettwäsche hatte die Glanzidee: Er besorgte Mutter für viel Geld eine Stempelrolle, mit der sie nun alle Wäsche und sogar die Kleider beschriften konnte, und zwar mit einer Tinte, die sich nicht mehr auswaschen ließ. So prangten denn an jedem Waschtag die Wäscheleinen mit den kreuz und quer gerollten Aufschriften: „Bei Frau Grogg gestohlen". Leidtragende waren wir Kinder, die manchen Spott und Hohn ertragen mußten deswegen.

Eines Tages war diese Wäsche verschwunden. Mutter behauptete wieder, sie sei gestohlen worden. Der wahre Grund war, daß Mutter selber den Verleider bekommen hatte daran. Sie versuchte, die Stempelaufschrift mit scharfen Mitteln auszuwaschen, was aber nicht gelang. Wir hatten eine dieser hölzernen Waschtrommeln, die man von Hand antrieb. Mutter kaufte auf Kredit eine elektrische Maschine. Die alte faulte langsam für sich hin, bis ich sie einmal verholzen wollte, weil sie nur im Wege stand. Wie ich sie anfaßte, fiel sie auseinander, und eine schlammige Masse, die früher einmal Wäsche gewesen war, quoll heraus: Die „bei Frau Grogg gestohlene"!

Vom Frühling weg bis in den Spätherbst liefen wir Groggkinder mit nichts am Leibe herum, als einer zerschlissenen Turnhose. Sogar in die Sonntagsschule gingen wir so. Schuhe gab es nur im Winter. Und nicht etwa solche mit Ledersohlen, sondern welche mit Holzböden, auf welche Vater jeweils, kurz bevor es höchste Herbstzeit war, Streifen von alten Pneus nagelte. Die Pneus holte er sich gratis in einem Autoabbruch im Dorf. Diese Schuhe wurden dann von einem zum anderen weitergegeben, bis sie sich auflösten.

Da ich jünger war als Bruder Beat, mußte ich immer die Seinigen austragen. Auch als ich Beat bereits überragte, blieb das so. Er aber bekam die neuen immer von einer Tante, die seine Patin war und ihn besonders mochte, weil sie keine eigenen Kinder hatte. Sie hatte, kaum verheiratet, ihren Mann durch einen Unfall im Steinbruch verloren, wo er arbeitete. Beat kam gerade zur rechten Zeit zur Welt. Die Tante nahm ihn oft zu sich heim und verwöhnte ihn, soweit sie es eben mit ihrem kleinen Fabrikarbeiterinnenlohn vermochte. Er war auch der einzige, der hin und wieder Spielsachen bekam. Wir anderen hatten Paten ausgewählt erhalten, deren einzige Aufgabe es gewesen war, uns bei der Taufe über das Taufbecken zu halten. Aber wie hätte es anders sein sollen, sie waren ja fast ebenso arm wie wir.

Es ging wieder einmal auf den Winter zu, und Beat hatte seine Holzböden, die eigentlich schon halb mir gehörten, beim Fußballspielen zu stark strapaziert. Nun hingen nur noch Fetzen der alten Pneus an den Sohlen. Als Vater dies sah, geriet er so in Wut, daß er einen Schuh ergriff und Beat an den Kopf warf. Beat fiel um und blutete an der Stirne. Das beruhigte Vater. Er reparierte die Schuhe wieder und der Winter war für mich gerettet.

Es war Vater nicht eigentlich um die abgetretenen Pneus an den Holzböden gegangen. Der wahre Grund war seine Abneigung, um nicht zu sagen sein Haß, gegen alles, was mit Sport zu tun hatte. Diese Ächtung jeder sportlichen Betätigung war ihm von den „Geschwistern der gekreuzigten Sonne“ eingebläut worden. Fast in jeder Predigt bekamen wir zu hören, daß der Sport vom Teufel sei und eigens dazu ersonnen, uns vom einzig richtigen Pfad abzubringen.

Bei den „Geschwistern“ war es üblich, am letzten Sonntag vor Weihnachten zu feiern. Da wurde ein Tannenbaum geschmückt, der mit seiner gläsernen Spitze die Decke des

Saales berührte. Unter dem Baum lagen Pakete für die Kinder. Es waren stets nützliche Sachen, wie Taschentücher, Unterwäsche, Bibeln und fromme Schriften. Einige Wochen vor dem Fest erhielt jedes Kind in der Sonntagsschule einen Zettel mit einem Gedicht, welches auswendig gelernt werden mußte. Die zwei letzten Sonntagsschulstunden waren die Hauptproben für den großen Anlaß. Die Gedichte mußten wieder und wieder aufgesagt werden, bis sie uns zu den Ohren heraushingen.

Je älter die Kinder, desto länger waren die Gedichte, die sie aufsagen mußten. Ich haßte diese Gedichte, und es war mir peinlich, sie bei der Feier vor Publikum aufsagen zu müssen. Heimlich schrieb ich selbst Gedichte, aber diese handelten nicht von Engelein und Weihnachten. Ich hoffte, später einmal ein berühmter Dichter zu werden.

Vater Lenzinger erzählte die Geschichte vom Stall zu Bethlehem, dann sang der Chor und am Schluß wurden von den Kindern die Gedichte vorgetragen. Das ganze Drum und Dran der Feier schätzte ich gar nicht, aber über die Unterwäsche war ich jedesmal froh. Die war nämlich aus Leinen. Da mußte man sich nicht immer am Leibe kratzen, wie bei der aus Wolle selbstgestrickten von Mutter.

Am Heiligabend bot uns Mutter immer etwas Besonderes. Sie schmückte zusammen mit uns Kindern einen kleinen Tannenbaum mit Glaskugeln und Engelhaar. Das Engelhaar war nichts weiter als Glasfäden, sie juckten fürchterlich, wenn man sie an den Leib brachte. Für jedes von uns lag ein Paket unter dem Baum. Wir wußten schon Wochen vorher, was darin war, weil Mutter von früh bis spät mit den Stricknadeln klapperte. Da wir alle nur kurze Hosen hatten, trugen wir den Winter über lange Schafwollstrümpfe, die mit Strumpfhaltern, „G'stältli", festgemacht wurden. Diese Strumpfhalter juckten furchtbar. Andererseits war das Kratzen eine gewohnte Beschäftigung für uns Groggkinder. Wer selber keine Läuse oder Flöhe hatte, kratzte sich aus Solidarität.

Waren die Pakete geöffnet und die Geschenke verteilt, holte Vater seine Okarina aus Porzellan aus dem Schlafzimmer und stimmte ein Weihnachtslied an. Wenn wir alle miteinander sangen, wurde mir immer warm ums Herz. Es war die einzige Gelegenheit des Jahres, daß wir einträchtig beisammensaßen, ohne zu streiten.

Wir hatten von Onkel Leo zwei Geigen bekommen, eine Kindergeige und eine normal große. Die kleinere verschenkte Vater, als er befürchtete, wir würden durch die Musik vom rechten Glauben abweichen. Auch die große war eines Tages verschwunden.

Wir hatten kein Geld, um uns Holz und Kohlen zu kaufen. Wenn Vater Zeit hatte, ging er mit Beat oder mit mir in den Wald, um Stöcke zu sprengen und sie dann zu zerkleinern. Ich ging gerne mit, denn ich liebte das Knallen der Explosionen und den Geruch des Schwarzpulvers, der noch stundenlang nach der Sprengung in der Luft lag. Ich liebte diese Waldgänge aber auch, weil es die einzigen Momente waren, wo Vater und ich etwas gemeinsam unternahmen. Meist gab es aber nichts zu sprengen, und wir sammelten nur Fallholz und beluden unseren Karren damit.

Je älter Vater wurde, um so mehr beschränkte er sein Leben auf die Arbeit in der Fabrik und auf den Gang in die Kirche. Kam er dann heim, war er so müde, daß er nur aß und dann ins Bett ging, um zu schlafen. Aber bei seltenen Gelegenheiten konnte es sein, daß Vater den Zweiräderkarren schmierte und die Seile auflud. Ich hörte Vaters eigenartigen Zweitonpfiff, der uns Buben galt. Wenn er ertönte, dann wußten wir, daß wir anzutraben hatten. Etwas unwillig über die Störung, und auch weil Vater beim Mittagessen nichts gesagt hatte von einem Waldgang, legte ich mein Buch zur Seite und ging in den Hof. Es war ein sonniger Samstagnachmittag. Ich hatte mir das Buch von einem Klassenkameraden ausgeliehen, weil ich mein wöchentliches Bibliothekbuch schon zu Ende hatte, und ich hätte es eigentlich lieber zu Ende gelesen, als auf einen Waldgang zu gehen. Beat war nirgends zu sehen.

Ich wußte, daß er sich irgendwo in der Nähe mit anderen Jungs mit Fußballspielen vergnügte, natürlich wieder mit meinen Holzböden. Vater pfiff noch ein paarmal. Dann sagte er, daß wir nicht länger warten, sondern eben zu zweit gehen würden. Als wir gerade in die Straße einbogen, kam jemand mit dem Fahrrad angesaust. Es war ein Arbeitskollege von Vater. Soeben sei in der Gießerei ein schwerer Unfall passiert, bei dem ein Arbeiter Brandverletzungen erlitten habe, berichtete der Mann. Nun seien sie ohne Gruppenchef und wüßten nicht wie zu gießen sei. Der Betriebsleiter habe ihn beauftragt, sofort den Grogg zu holen.

Vater runzelte nur einen Moment die Stirne. Dann übergab er mir die Deichsel des Karrens und befahl mir, Beat zu suchen. Er solle dann halt mit mir in den Wald gehen.

Beat zu finden, war das leichteste. Bald hörte ich ihn mit den Kameraden schreien, und dann sah ich ihn auch einem Ball nachrennen. Er hörte kaum hin, als ich ihm Vaters Befehl übermittelte. Er habe jetzt keine Zeit. Sie seien eben am Verlieren, er könne seine Kameraden nicht im Stich lassen. Überhaupt, Vater könne ihm am Arsch lecken, der habe ja auch nie Zeit, wenn man etwas von ihm wolle.

Um nicht noch mehr Zeit zu verlieren, legte ich mich in die Riemen und ging halt allein. Zum Wald ging es ziemlich stotzig aufwärts. Dafür war es dann heimwärts immer um so leichter. Man mußte nur höllisch aufpassen, daß der beladene Karren nicht zu schnell wurde, denn sonst landete man leicht einmal im Straßengraben und riskierte einen Radbruch. Am besten ging es, wenn man beim Aufladen zuerst einen langen, stabilen Ast auf den Karren legte. Ging es dann zu schnell, hob man den Karren vorne an und der lange Ast schleifte hinten auf dem Boden und diente als Bremse.

An den vorhergehenden Tagen war der Wind durch die Wälder gebraust und hatte die Bäume von ihren alten Ästen befreit. Ich fand also in Kürze genug Holz, um mir eine gute Fuhre zu machen. Da ich noch Zeit hatte, streifte ich herum und besah mir die Bäume, ob da noch irgendwo ein günstiger Ast wäre, der mir als Bremse hätte dienen können. Ich fand auch einen. Aber er hing etwa in fünf Metern Höhe, und zeigte zudem ziemlich steil nach oben. Er war aber dürr. Das sah ich, weil er keine Rinde mehr trug. Ein waagrechter Ast wäre mir lieber gewesen, denn für das, was ich vorhatte, war diese Stellung eher ungünstig.

Ich riskierte es. Die mitgebrachten Seile band ich zusammen und an einem Ende band ich noch einen Prügel ein. Dann ließ ich das Seil langsam und dann immer schneller kreisen, um es in einem günstigen Moment nach oben sausen zu lassen. Ich hatte Glück. Der Prügel schlang sich einige Male um den Ast und saß dann fest. Ich zog. Aber so sehr ich mich bemühte, der Ast wollte nicht brechen.

Nun war guter Rat teuer. Einen anderen Ast hätte ich sicher noch finden können. Aber womit sollte ich jetzt die Fuhre binden? Ich versuchte nun, am Baum hochzuklettern. Aber der Stamm war so dick, daß ich ihn nicht umfassen konnte. Auch am Seil mich hochzuziehen wollte mir nicht gelingen. Es riß mir nur die Haut in Fetzen.

Ich setzte mich zu Füßen des Baumes. Mit aller Kraft unterdrückte ich die Tränen. Dann kam in mir eine unheimliche Wut auf - Wut auf Beat, meinen Bruder, der mich im Stich gelassen hatte, Wut auch auf mich selber, weil ich dieses Risiko eingegangen war. Und als die Wut so groß geworden war, daß ich zu zerspringen drohte, schrie ich sie mir aus dem Bauch. Der Schrei war so gewaltig, daß ich ob mir selber erschrak.

Nun war mir wieder wohler, mein Verstand konnte wieder arbeiten. Ich schleppte Holz und Karren in die Büsche und machte mich im Laufschritt auf den Weg nach Hause.

Beat war inzwischen fertig mit seinem Fußballmatch. Seine Gruppe hatte haushoch verloren, und entsprechend war auch seine Laune. Er schrie mich nur an, als ich ihn aufforderte, mir in den Wald zu folgen. Ich hätte mich selber in diese Situation gebracht. Nun sollte ich mich auch selber wieder daraus befreien, sagte er. Dann wandte ich mich an Sara und Ria, wußte aber ganz genau, daß diese mir nichts nützen konnten.

Ich war erledigt. Die mühsam zurückgehaltenen Tränen fanden ihren Weg. Ich zog mich in das Zimmer zurück und heulte in die Kissen. Dann schlief ich ein.

Ich erwachte, weil mich jemand an den Schultern schüttelte. Es war Vater, der mich fragte, wo das Holz sei, das er mich zu suchen geheißen hatte. Draußen fing es bereits an, hell zu werden. Vater hatte also die ganze Nacht gearbeitet. Schlaftrunken erzählte ich ihm, was geschehen war. Ich erwartete, daß er mich nun zusammenschlagen werde. Aber nichts dergleichen geschah. Er hieß mich mitzukommen. Zusammen gingen wir in den Wald. Vater besah sich die Sache, dann riß er einen dürren, etwa armdicken Baum aus. Die Äste brach er ab, bis auf zwei Stummel. Dann befahl er mir, mich an den Baum zu stellen, an dem das Seil hing. Er hob mich zuerst auf seine Schultern und schob mich dann, soweit ihm die Arme reichten, am Baum hoch. Dann fuhr er mir mit der Astgabel des ausgerissenen Bäumchens zwischen die Beine und schob mich langsam hoch. Ich hätte schreien mögen, denn die Aststummel bohrten sich mir ins nackte Hinterteil. Aber ich biß die Zähne zusammen.

Oben angelangt löste ich das Seil. Der Knüppel sauste auf den Boden. Hinunter konnte ich selber gleiten, wobei ich mir allerdings die halbe Haut von Beinen und Armen schürfte.

Vater hatte bereits angefangen, den Karren zu beladen. Ich zitterte am ganzen Körper. Das ausgerissene Bäumchen diente nun als Bremse. Inzwischen war schon die Morgendämmerung erschienen. Es kündigte sich ein strahlender Herbstsonntag an. Glücklicherweise trafen wir unterwegs niemanden. Erst kurz vor unserer Wohnung kam uns der Siegrist entgegen, der gerade auf dem Wege war, um die Sechsuhrglocke zu läuten. Wir grüßten. Er schaute uns nur böse an, schließlich hatten wir den Sonntag entheiligt.

Vor dem Haus ließ Vater den Karren stehen und sagte, den Rest könne ich wohl selber besorgen. Mir schien, ein Lächeln habe sich in sein sonst so finsteres Gesicht stehlen wollen. Scheu dankte ich ihm und begann, abzuladen. Vater begab sich schnurstracks ins Bett, in drei Stunden mußte er wieder auf den Beinen sein, um den Frühgottesdienst zu besuchen.

Inzwischen war ich Brillenträger geworden. Nicht freiwillig. Aber dem Lehrer Bach war aufgefallen, daß ich immer die Augen zusammenkniff, wenn ich auf die Wandtafel schaute. Er hatte mich dann zum Schularzt geschickt, welcher eine starke Kurzsichtigkeit infolge Hornhautverkrümmung feststellte. Weil ich der erste war in unserer Klasse, der mit so einem Nasenvehikel in der Gegend herumwanderte, wurde ich von meinen Kameraden dementsprechend gehänselt. „Professor Nasenvelo“ war noch eine der harmloseren Titulierungen, die ich anhören mußte.

Nachdem wir nun also die letzte vierte Klasse von Lehrer Bach gewesen waren, kamen wir in die fünfte zu Herrn Ehrsam. Wir hatten Glück. Ehrsam wechselte jedes zweite Jahr mit Lehrer Kißling, welcher fast den gleich schlechten Ruf hatte wie Bach. Schüler, die bei ihm gewesen waren, erzählten Schauermärchen von fliegenden Tintenfässern und

„Tatzen". Wer Pech hatte, der konnte eine Woche nur noch mit Schmerzen schreiben.

Wir durften also zwei Jahre bei Lehrer Ehrsam bleiben. Nomen est omen, und hier hatte das geflügelte Wort seine volle Berechtigung. Ehrsam war der humanste Erzieher der ganzen Schule. Nicht nur, daß er fast ohne Körper-strafen auskam und auch sonstige Strafen nur in äußersten Notfällen anwandte. Nein; er war auch der einzige, der mit den Schülern einen Sportunterricht betrieb, der diesen Namen auch wirklich verdiente. Die anderen Lehrer beschränkten sich darauf, mit den Kindern ein wenig im Schulhof herumzuhüpfen oder mit dem Ball zu spielen. Ehrsam aber ging im Sommer an die Aare, wo er mit viel Geduld jedem Schüler das Schwimmen beibrachte. Und im Winter ging er mit uns auf den Berg, um mit uns das Skifahren zu üben. Oder, wer keine Skier hatte, der durfte mit dem Schlitten die Bergstraße hinunterrutschen.

Ich hatte auf dem Estrich einen wurmstichigen Mehlschlitten gefunden, der wohl vor Jahrzehnten, wenn nicht gar Jahrhunderten, den Bauern im Winter geholfen haben mochte, ihr Mehl zum Bäcker zu bringen. Dieser Schlitten war fast doppelt so hoch, als die eleganten Dinger, mit denen sich meine Kameraden jeweils zu Tal beförderten. Aber ich hatte ihn mit viel Liebe und Geduld und mit Draht und rostigen Schrauben zu einem Gefährt gemacht, das meiner würdig war.

Lehrer Ehrsam hatte einmal sogar ein paar Skier von seinen Söhnen mitgenommen, weil er wußte, daß ich keine besaß. Ich stellte mich aber so ungeschickt an, daß ich die ganze Klasse zum Lachen brachte und sogar die sprichwörtliche Geduld von Lehrer Ehrsam überstrapazierte.

Ich habe es später noch einmal in aller Heimlichkeit probiert, mit den Brettern meiner Schwester Ria. Dabei ging ich erst beim Einnachten auf die Piste, als diese menschenleer war. Ich kam aber so unglücklich zu Fall, daß ich meine Brille verlor und sie eine halbe Stunde im Schnee suchen mußte. Das Skifahren war für mich eine erledigte Sache. Ich beschränkte mich auf meinen Schlitten.

Mit drei Jahren fragte ich meine Mutter, warum meine kleine Schwester Sara nicht mit demselben Ding bestückt sei wie Beat und ich. Mutters Antwort war nicht zufriedenstellend, weshalb ich wissen wollte, zu was denn das Ding noch zu gebrauchen sei, außer um die Windeln und anderes zu nässen. Weil ich in dieser Zeit mich gerade mit den Tücken des Schuhbindens befaßte, wollte ich die Bändelschleife auch an meinem kleinen Anhängsel ausprobieren. Ich fand in Mutters Nähkörbchen ein Stück Faden und zog mich damit in die Tenne unseres damaligen Hausmeisters zurück. Nach einigem Pröbeln saß der Knoten. Ich war stolz auf mein Kunststück. Aber auch das kleine, mit einer Schleife geschmückte Ding richtete sich voller Stolz auf. Das gefiel mir einen Moment vortrefflich, denn es trat bei mir ein noch nie erlebtes körperliches Wohlbefinden ein. Dieses aber wich mit der Zeit einem Schmerz, weshalb ich die Schleife flugs entfernen wollte. Dies war jedoch schneller gedacht als getan. Der Knoten ließ sich einfach nicht mehr lösen. Der erste Gedanke war, zu Mutter zu rennen. Aber sie hatte mich schon verschiedentlich ausgeschimpft, weil ich mich zuviel mit meinem Ding befaßte. So suchte ich fieberhaft selber nach einer Lösung und fand sie auch in Form einer Glasscherbe. Mit dieser säbelte ich den Faden vorsichtig durch. Die gewonnene Erfahrung speicherte sich in meinem kleinen Hirn solchermaßen, daß ich das Spielen mit meinem Anhängsel für eine Weile unterließ.

Mittlerweile plagten mich in der Nacht Träume, die so schön waren, daß das Wort „Plagen“ eher fehl am Platze war. Auch am Tage ließen mich diese Träume nicht los. Ich begann meine weibliche Umgebung nach Objekten für meine Fantasie abzusuchen. Und es entging mir dabei nicht, daß meine Schulkameradinnen sich zu verändern begannen. Ihre bislang jungenhaften Körper rundeten sich und ihre Bewegungen änderten sich merkwürdig aufreizend.

Besonders eine Klassenkameradin, Lulu, welche in unmittelbarer Nähe von uns wohnte, tat es mir unheimlich an. Ich verliebte mich in sie. Ihr glockenhelles Lachen verwirrte meinen Verstand und ließ mir keine Ruhe mehr, nicht am Tag und nicht in der Nacht.

In dieser Zeit sonderte ich mich noch mehr von den übrigen Kamerädlein ab, als ich es vorher schon getan hatte. Ich streifte in den Wäldern und Feldern herum und suchte nach etwas, von dem ich selber nicht wußte, was es war.

Bei einem meiner Streifzüge stieß ich auf eine Höhle. Vermutlich war sie gegraben worden, weil man von hier aus eine unterirdische Wasserleitung zu einem nahen Schloß verlegt hatte. Für mich aber war diese Höhle der Schlafplatz von Bären und von Ureinwohnern des Tales. Ich lag stundenlang darin und träumte von Gefahren und edlen Taten, in denen ich als Held hilflose junge Frauen schützte und rettete.

Mit der Zeit schleppte ich Kerzen, Lesestoff und Zündhölzer in die Höhle. Über einem Feuer briet ich mir Brotstücke, die ich von zuhause mitnahm. Ich bastelte mir sogar einen Kristalldetektor. Man spannte ein winziges Stücklein Kristall in eine Metallfassung und versah es auf geeignete Weise mit Drähten. So konnte man über Kopfhörer Radiosender hören. Je nachdem man die verschiedenen Kanten des Kristalles mit einem feinen Draht abtastete, bekam man verschiedene Sender. Der Kristalldetektor funktionierte ohne Stromzufuhr, weil er den Strom durch das Pressen des Kristalls selber erzeugte. Als Antenne und Leitung hatte ich einen ausgedienten Velodynamo abgewickelt. Diese ganze Installation schleppte ich immer mit mir herum, weil es mir zu riskant erschien, sie in der Höhle zu lassen.

Meine Abenteuer konnte ich natürlich nicht für mich behalten. Stolz erzählte ich meinen Schulkameraden davon. Das hätte ich besser unterlassen, denn nun kam ich noch mehr in den Ruf eines „Spinners“. Sogar Lulu lachte über mich, und dies schmerzte am meisten.

Mutter und Vater konnten nicht mehr normal miteinander reden, es ging nur noch schreiend oder schweigend.

Ab und zu, wenn es Mutter nicht mehr aushielt, beschwerte sie sich beim Friedensrichter, welcher dann zu vermitteln versuchte. Eine Weile war dann wieder Ruhe im Haus. Aber was für eine Ruhe! Wochenlang redeten sie kein einziges Wort mehr miteinander. Wenn Vater Schicht hatte, mußten wir ihm immer das Essen in die Fabrik bringen, weil er nur eine halbe Stunde Essenspause hatte. Wenn Mutter gerade ihre Laune hatte oder ein Hausierer hatte sie versäumt, kochte sie einfach nichts oder sie schickte uns zu spät, so daß Vater nicht mehr essen konnte. Wir Kinder mußten dann leiden, denn Vater schrie uns zusammen, wenn wir zu spät kamen.

In dieser Zeit begann Mutter, Tabletten zu nehmen. Immer klagte sie über Kopfschmerzen und andere Übel. Wir Kinder mußten in der Woche mehrmals in die Apotheke und aller Arten Tabletten und Pillen holen. Manchmal mußten wir auch gleich noch Schnaps mitbringen. Sie sagte, sie brauche ihn zum Einreiben. Ich hatte aber den Verdacht, daß sie weniger einrieb als einschüttete, um die Sorgen zu betäuben.

Diese Zustände gingen natürlich nicht spurlos an uns Kindern vorüber. Ich realisierte, daß es bei uns anders war, als in anderen Familien. Ich begann, mich für meine Eltern zu schämen, denn die lauten Streitereien wurden bei offenen Fenstern ausgetragen und waren in der ganzen Nachbarschaft zu hören. Und zu allem Überfluß erzählte Mutter allen Nachbarn, was sie für ein unglückliches Leben führe.

Mutter hatte in den letzten Monaten übermäßig an Körperfülle zugenommen. Ein fürchterlicher Verdacht stieg in mir auf.

Aber es konnte ja fast nicht stimmen! Sie ließ doch keine Gelegenheit aus, zu erzählen, wie lange sie mit ihrem Mann nichts mehr gehabt habe. Ich hatte nur eine sehr verschwommene Vorstellung vom Vorgang des Kindermachens. Zwar wußte ich genauestens, daß man den „Kleinen Unterschied" dazu benutze, aber die Gelegenheiten dazu und der Akt selber erschienen mir fast wie heilig. Es konnte doch nicht sein, daß zwei Menschen, die jahraus, jahrein in Zank und Streit zusammenlebten, einfach aus einer augenblicklichen Laune heraus Kinder zeugten, die dann in diese zerrüttete Familie hineingeboren wurden und ausfressen mußten, was sie sich gar nicht selber eingebrockt hatten!

Ein lieber Nachbar, er war der erste erwachsene Mensch gewesen, der mir das „Du" angeboten hatte, führte mit seiner Frau zusammen einen kleinen Betrieb. Immer, wenn er mich gewahrte, wollte er mit mir schwatzen. Wir redeten dann über Gott und die Welt. Wir verstanden uns - wenigsten, bis er mir einmal unter Tränen erklärte, er könne mit seiner Frau im Bett nichts mehr haben. Darum habe er eine schwere Hantel unter dem Bett, die er immer, wenn ihn die Gelüste übermannten, dazu brauche, um diese Gelüste abzubauen. Komischerweise hörte ich aber einmal seine Frau zu meiner Mutter sagen, sie habe nichts mehr mit ihrem Mann, der treibe es lieber mit der ältesten Tochter!

Wem sollte ich nun glauben? Jedenfalls hat meine heilige Vorstellung vom Geschlechtlichen eine gewaltigen Knacks bekommen. Und ich fragte mich, ob die merkwürdige Methode von meinem Nachbar, seine sexuellen Nöte mit Hilfe einer Hantel zu behandeln - falls seine Version denn stimmte -, nicht ein bißchen kompliziert sei. Schließlich gab es zur Lösung solcher Probleme handlichere Übungen. Konnte es sein, das dieses Wissen mit zunehmendem Alter in Vergessenheit geriet?

Ich war nicht der einzige, dem Mutters Zustand auffiel. Eines Tages gab es wieder einen Riesenkrach im Elternschlafzimmer. Wir hörten Vater schreien, er sei auf keinen Fall der Vater des Kindes, sie solle schauen, wer für den Balg aufkomme. Er jedenfalls ziehe schon genug fremde Kinder auf.

Wenn ich auch nicht viel auf Vater hatte, so konnte ich seinen Standpunkt doch gut verstehen. Wer geht schon gerne Tag und Nacht arbeiten für Kinder, die andere aufgestellt haben, in der Zeit, wo man auf der Arbeit ist?

Ich wurde richtig wütend auf Mutter und gab ihr das auch zu verstehen. Natürlich konnte ich es ihr nicht auf den Kopf zusagen, daß ich so einiges wüßte, von dem sie meinte, daß es ein Geheimnis sei. Aber ich redete darum herum mit versteckten Andeutungen mit dem Erfolg, daß Mutter mich in der ganzen Nachbarschaft als „Nazi“ verschrie, der sie fertig machen wolle, wie Hitler die Juden im Konzentrationslager. Meine ahnungslosen Schwestern fielen in den Chor ein bei jeder Gelegenheit, wo sie ihren Kopf nicht durchsetzen konnten mir gegenüber.

Nun, das Kind wurde geboren und entpuppte sich als ein allerliebstes, herziges Geschöpflein in weiterer weiblicher Ausführung. Es wurde Martina getauft. Mein Groll auf Mutter schwand. Ich war derjenige, der immer um den Stubenwagen herumschlich und darauf wartete, daß das kleine Wurm erwachen würde, damit ich es herausnehmen und ihm den Schoppen geben konnte. Sogar wickeln und Windeln waschen wurde mir nicht zuviel. Voller Stolz spazierte ich mit dem Wagen auf der Straße herum, sehr zum Gaudi meiner Kollegen, die sich niemals mit sowas hätten erwischen lassen wollen.

Als Martina dann sitzen konnte, setzte ich sie in das Leiterwägelchen und fuhr sie durchs ganze Dorf. Es gab für mich nichts Schöneres, als wenn sie vor Freude jauchzte und ihre Ärmchen um meinen Hals schlang. Da Vater sich nicht um sie kümmerte, ersetzte ich ihr diesen, so gut ich eben konnte und versuchte, sie von den täglichen Zwistigkeiten der Eltern zu beschützen.

Die Wand zwischen unseren Eltern wurde so auffällig, daß es sogar Sara, Ria und Jutta merkten. Wir verdrückten uns immer, so gut es möglich war, damit wir nicht mit hineingezogen wurden. Es schien uns, daß Vater wie auch Mutter versuchten, uns zu beeinflussen, daß wir für sie Partei ergreifen sollten.

Als Mutter einmal abwesend war an einem Sonntag, benutzte Vater die Gelegenheit, uns wieder einmal darüber zu informieren, daß nicht alle Kinder von ihm seien. Wir verlangten von ihm, zu erfahren, wer denn nun von wem sei. Aber Vater wollte nicht mit seiner Version herausrücken. Das ließ ich wiederum nicht gelten, und ich sagte ihm auf den Kopf zu, wenn er schon nicht mit der ganzen Wahrheit herausrücken wolle, dann solle er doch lieber schweigen. Diese Worte brachten ihn furchtbar in Wut. Er schrie, er wolle uns nun zeigen, wer der Meister sei in diesem Haus. Dann öffnete er den Küchenschrank. Er nahm alles Geschirr heraus. Zuerst sortierte er es in zwei Haufen, einen mit Tassen und Tellern, die noch ohne Beschädigungen waren. Auf den zweiten legte er alles Geschirr mit Sprüngen und anderen Fehlern. Dann schlug er Stück um Stück dieser Beige auf den Boden, daß jedes in tausend Teile zersplitterte.

Als das Werk getan war, fand ich meine Schwestern in einer Ecke der Küche sich eng umschlingend und weinend. Vater aber ging zu Bett. Diese Aktion schwemmte den letzten Rest von Respekt in mir für Vater weg.

Als Mutter heimkam, war sie entsetzt. Sie machte Inventur im Küchenschrank. Es stellte sich heraus, daß noch genug Geschirr für alle da war. Vater hatte also genau abgezählt! Wir machten uns ans Aufräumen. In meinem Herzen aber war nichts mehr aufzuräumen. Vater hatte dort schon aufgeräumt.

Am nächsten Morgen stand Mutter nicht auf, um Vater das Frühstück zu richten. Sie blieb im Bett, bis er aus dem Haus war. Das hatte sie noch nie getan. Sie stand erst auf, als wir Kinder zur Schule mußten. Sie machte uns Milch heiß und tischte auf. Als sie am Abend fürs Abendessen auftischte, legte sie neben Vaters Suppenteller eine Vorladung des Friedensrichters. Wie jeden Abend faltete Vater seine Hände zum stillen Gebet. Früher hatte er es immer laut gesprochen. Wir Kinder und Mutter hatten dann ebenfalls die Hände gefaltet und ihm still zugehört. Später wollte er, daß abwechselnd eines von uns das Tischgebet spräche. Aber es kam nichts dabei heraus als ein Gestammel und Gestotter, das den Herrn beleidigte. So sprach weiterhin er das Tischgebet für alle, aber in letzter Zeit nur noch still, so, wie er auch morgens und abends vor dem Bett kniete und mit seinem Herrn sprach.

Nach dem Tischgebet öffnete er das Couvert. Sein Gesicht wurde bleich. Da er wohl befürchtete, der Herr sei so kurz nach dem Gebet noch in der Nähe, unterließ er jegliches Aufbrausen. Das Einschenken der Suppe war ein ebenso heiliger Vorgang wie das Tischgebet. Jedes von uns Kindern reichte ihm seinen Teller. Mutter bediente sich am Schluß selber. Falls eines von uns Kindern Nachschlag wollte, streckte es den Teller der Mutter entgegen mit den Worten: „Sei so gut." Ansonsten warteten wir, bis Vater leer hatte. Dann nahm er als erster vom Hauptgericht, meistens Mais oder Kartoffeln. Falls es Fleisch oder Wurst gab, so war das für ihn bestimmt. Wir Kinder bekamen aber von der Sauce. Vater ließ sich nach außen nichts anmerken. Trotzdem lag eine fürchterliche Spannung über der Tischgesellschaft. Nach dem Essen zog sich Vater sofort ins Schlafzimmer zurück und ließ sich nicht mehr blicken.

Als es gegen acht Uhr ging, wurde Mutter immer unruhiger. Sie hatte sich bereits fertig angezogen. Um fünf vor acht kam Vater aus dem Schlafzimmer. Er war rasiert und hatte seine Sonntagskleidung an. Ohne einen Blick auf Mutter zu werfen, nahm er den Brief vom Tisch, steckte ihn ein und ging die Treppe hinunter. Mutter blieb nichts anderes übrig, als hinter ihm herzulaufen. Sie gingen durch den Garten und über die Schulmatte dem Schulhaus zu, Mutter immer einige Schritte hinter Vater.

Als Vater und Mutter nach Hause kamen, lagen wir alle schon im Bett. Sara hatte von einer Schulkameradin erzählt, deren Eltern sich hatten scheiden lassen. Der Vater käme sie einmal im Monat abholen. Am Montag sei sie dann immer ganz aufgeregt, weil ein Elternteil sie gegen das andere aufhetze.

Martina weinte. Sie begriff zwar nichts, aber sie spürte trotzdem das Schlimme, das in der Luft lag. Ich wies Sara zurecht, sie solle uns das Leben nicht trauriger machen, als es ohnehin schon sei. Ich nahm Martina auf den Arm und tröstete sie. Als das nichts fruchtete, ging ich mit ihr vor die Tür, setzte sie in das Leiterwägelchen und fuhr einige Male mit ihr im Karacho ums Haus, bis sie vor Vergnügen jauchzte. Später, als sie schlief, diskutierten wir noch lange - ohne Beat, der mit Kollegen unterwegs war. Sara meinte, scheiden wäre besser, als der ewige Krieg unter den Eltern. Ich und die anderen glaubten, Kinder geschiedener Eltern hätten es auch nicht schöner. Der Trautner Egon habe zwar Schwein gehabt, weil er einen Großvater habe, der ihm wie ein Vater sei. Aber wohin hätten wir, die Groggkinder, bei einer Scheidung gesollt? Beide Großväter waren schon gestorben, die eine Großmutter lebte bei Vaters jüngstem Bruder und die andere, die Österreichische, hatten wir noch nie gesehen. Als wir die Eltern kommen hörten, taten wir, als würden wir schlafen.

Nichts wird so heiß gegessen, wie es gekocht wird. Am anderen Tag ging alles wieder seinen gewohnten Tramp. Vater war zur Arbeit gefahren, die Mutter tat, als sei gestern nichts Besonderes gewesen. Am Abend kam der Radiohändler Zauner, einen Radioapparat auf dem Gepäckträger des Fahrrads, und machte sich zielstrebig daran, das Gerät zu installieren. Wir Kinder sahen ihm interessiert zu und lauschten gebannt den Geräuschen, die aus dem Holzkasten da kamen. Vater tat so, als ob er lesen würde. Aber ich beobachtete ihn genau, wie seine Augen immer auf dieselbe Zeile gerichtet waren. Schließlich sagte der Radiohändler, daß er den bestmöglichen Empfang eingestellt habe. Nur mit einer Antenne im Estrich könne man mehr machen, und der Apparat koste sechs Franken. Mutter hatte bereits einen Fünfliber bereitgelegt. Das zahle sie, und keinen Rappen mehr. Radiohändler Zauner sagte, die vereinbarten fünf Franken seien für den Apparat gewesen, aber wie man gesehen habe, habe er ihn auch noch installiert! Dann solle er halt den Stecker wieder ziehen, meinte Mutter, dann mache es wieder nur fünf Franken. Zauner sah, daß nichts zu machen war. Er nahm die fünf Franken und ging. Wenn man noch Antennenmaterial bräuchte, so wisse man ja, wo er wohne.

Das sechste Schuljahr war mein zweites bei Lehrer Ehrsam. Gewissenhaft wurden wir auf die Prüfung für die Bezirksschule vorbereitet. Lehrer Ehrsam hatte sich alle Mühe gegeben mit uns. Einige hatten schon vor einem Jahr den Sprung ins Gymnasium geschafft. Lehrer Ehrsam war stolz. Er hatte einen der besten Prozentsätze punkto Aufnahmen in die höheren Schulen. Anhand unserer Proben konnte er ziemlich genau voraussagen, wer wie viele Punkte machen würde. Mir hatte er ein Glanzresultat prophezeit, falls ich an der Prüfung die gleiche Leistung zeige, wie an den Proben.

Es kam anders: Einen Tag vor der Aufnahmeprüfung fragte mich Mutter, warum ich eigentlich unbedingt in die Bez wolle. Es werde mir ja doch genau gleich gehen, wie meinem Bruder, der jetzt zwei Jahre gebüffelt habe und nun in die Lederfabrik müsse als Büezer. Dabei habe Beat noch den Vorzug gehabt, daß Tante Resi, seine Gotte, für alle Auslagen aufgekommen sei. Ich hätte ja niemanden, der für mich bezahle. Sie jedenfalls könne unmöglich vom Haushaltungsgeld die Bücher und anderen Lehrmittel bezahlen.

In mir zerbrach etwas. Es kam mir vor wie damals, als ich nicht an die Schulreise konnte, weil ich keine Schuhe hatte, und der Lehrer Tranugg es nicht einmal bemerkte den ganzen Tag. Ich wußte genau, daß ich es geschafft hätte. Im Geheimen hatte ich mich bereits eine Lehre als Fernmeldetechniker machen sehen. Dieser Beruf schien mir die besten Zukunftsaussichten zu haben und entsprach genau meinen Neigungen. Nun sah ich jede Hoffnung auf eine Berufslehre schwinden. Für was also mich abstrampeln? Nur um dann mit einem schönen Schulzeugnis am Fließband zu stehen und verpaßten Chancen nachzutrauern? Dann doch noch lieber in aller Gemütsruhe die Oberschule abschließen und wissen, daß eine Berufslehre gar nicht drinlag, weil eben die dafür benötigte Bezirksschule fehlte.

Eine Nacht lang heulte ich, dann war mein Entschluß gefaßt. Am Prüfungstag wollte ich mich in meine Höhle zurückziehen und alles um mich herum vergessen. Aber nicht einmal das war mir vergönnt. Der Eingang zur Höhle war mit einem schweren Gitter verschlossen. Man hatte wohl gemerkt, daß sich da jemand eingenistet hatte und hatte vielleicht befürchtet, es handle sich um einen Landstreicher. Jedenfalls waren meine Bücher und Kerzen verloren, und auch mein Kristalldetektor samt Kopfhörer, den ich aus praktischen Erwägungen schließlich doch dort zurückgelassen hatte.

Diese zusätzliche Schlappe gab mir den Rest. Den ganzen Tag lief ich im Wald herum und verfluchte mein erbärmliches Schicksal, das mich hatte in eine arme Familie hineingeboren werden lassen. Warum fiel einigen alles in den Schoß, während andere es mit allem Strampeln zu nichts bringen konnten im Leben?

Am Tag nach der Prüfung fragte Lehrer Ehrsam jedes Kind, wie es gegangen sei. Als die Reihe an mir war zum Berichten und ich sagte, ich sei nicht an der Prüfung gewesen, schaute mich Ehrsam lange traurig an. Dann sagte er fast tonlos: „Greg, denk an meine Worte. Das wird dir noch oft leid tun in deinem Leben." Und ich wußte im Innern genau, wie recht er hatte.

Noch etwas drückte mir fast das Herz ab: Lulu, meine heimlich geliebte Schulfreundin hatte die Prüfung bestanden und wechselte auf die Bez. Ich sah sie nur selten wieder.

Mutter war schon wieder schwanger, und wieder behauptete Vater felsenfest, das Kind sei nicht von ihm, denn er habe Mutter seit Jahren nicht mehr angerührt. Wieder gab es laufend Krach zwischen den beiden.

In dieser Zeit ließ Mutter sich ganz fallen. Kaum, daß sie uns noch das Essen kochte. Die Bettwäsche blieb monatelang an den Betten. Drei der älteren Kinder näßten wieder, sogar Beat, der Älteste.

Als das siebte Kind, wieder ein Mädchen, geboren wurde, war Mutter so mit den Nerven fertig, daß sie sich kaum um das Neugeborene kümmern konnte. Sie, die jedes Kind an der

Brust gestillt hatte, bis die ersten Zähnchen kamen, konnte plötzlich keine Milch mehr geben.

Es fügte sich, daß eine Schwester von Vater, welche mit über vierzig Jahren einen älteren Mann geheiratet hatte, ihr Neugeborenes verlor. Da war also einerseits eine Frau, die ein Kind nicht mehr selber stillen konnte und andererseits eine andere Frau, die ihre Brüste voller Milch hatte, aber kein Kind. Nun wurde Mutter so lange bearbeitet, bis sie einwilligte, ihr Letztgeborenes an unsere Tante abzugeben. Natürlich gab man an, das Kind werde nur so lange bei der Pflegemutter bleiben, bis Mutter mit den Nerven wieder besser stehe.

Ich wehrte mich mit Händen und Füßen gegen dieses Geschäft und warnte Mutter, sie werde ihr Kind nie mehr wiedersehen, wenn sie es aus dem Hause gebe. Aber eines Tages, als ich von der Schule kam, war es weg. Zuerst schrie ich Vater an, was ihm einfalle, ein Kind einfach wie eine Ware wegzugeben. Er sagte, das gehe mich nichts an. Dann setzte ich einen Vertrag auf, auf dem alles, was zwischen den beiden Parteien mündlich abgemacht wurde, festgehalten war. Diesen Vertrag schickte ich eingeschrieben an meine Tante. Ich bekam nie eine Antwort.

Als wir Kinder Kontakt zu unserer Schwester suchten, schottete man sie vor uns ab. Das Mädchen sei adoptiert und wisse nicht, daß es nicht bei seinen leiblichen Eltern wohne. Wenn wir unserer Schwester nicht schaden wollten, so sollten wir die Dinge ruhen lassen, wie sie nun einmal seien. So schickte ich mich ins scheinbar Unvermeidliche.

Das Jucki-Haus war ein Bauernhaus aus dem 17. oder 18. Jahrhundert, zumindest das Wohnhaus mit seinem spitzen Dach, welches in der ganzen Umgebung herausstach, weil es noch als letztes dieses Baustils übriggeblieben war. Die

Scheune war einmal abgebrannt gewesen und dann in neuerem Stil wieder aufgebaut worden. Jedenfalls paßte sie nicht zum Wohnhaus. Das Haus war mehr als baufällig. Die Dachbalken und der Estrichboden bestanden nur noch aus Wurmmehl. Bei jedem Sturm fielen neue Ziegel auf den Vorplatz. Weil niemand sich traute, aufs Dach zu steigen, wurden sie auch nie ersetzt. Auf dem Estrichboden standen allerlei Gefäße, die das Regenwasser auffangen sollten, Manchmal überliefen sie aber, und dann mußte man in der Wohnung darunter halt den Schirm aufspannen. Aber das Regenwasser war nur der eine Grund, weshalb unsere Betten immer feucht waren.

Kein Heimatschutz dachte daran, ein solches Überbleibsel aus der „guten alten Zeit" zu bewahren. Andere Interessen waren wichtiger. Darum hatte es die Gemeinde ja gekauft, nämlich weil es im öffentlichen Interesse lag, dieses alte Gemäuer abzubrechen und auf dessen Platz eine moderne Turnanlage zu kreieren.

Da kam aber der Krieg dazwischen. Das Geld wurde für anderes gebraucht. Und der uralte, gewölbte Keller eignete sich ideal für einen Luftschutzkeller. Man baute Lattengestelle ein und legte über den Eingang einen riesigen Betonklotz. So war dem Haus wenigstens für die Dauer des Krieges noch eine Gnadenfrist eingeräumt.

Im Vorraum zum Keller hatte ich mir aus einem alten Backtrog, den ich auf dem Estrich gefunden hatte, eine Werkbank gebaut. Als Werkzeug dienten mir Kieselsteine und ausgeleierte Schraubenzieher und Zangen aus dem Alteisen.

Der Estrich war offiziell nicht mehr benutzbar. Der Boden war, weil verfault, zum größten Teil weggerissen worden. Wir hatten an den Zimmerdecken immer alte Regenschütze und Küchenschürzen aufgespannt, welche den Regen zwar nicht abhielten, aber wenigstens in die bereitgestellten Eimer kanalisierten. Im Winter lief das Schmelzwasser an den Wänden herunter und gefror zu bizarren Gebilden. Da immer mindestens zwei meiner Geschwister die Betten näßten, waren die Matratzen im Winter manchmal auf der Unterseite gefroren.

Alle Wohnzimmer hatten knarrende Fußböden. Die Holzriemen wiesen zentimeterbreite Spalten auf, in denen Ungeziefer in Massen wohnten. Aber dieses grausige Abbruchobjekt war unser Zuhause geworden, in dem zumindest ich mich wohlfühlte.

Die Decke und die Wände der Küche waren mit einem dicken Pechüberzug vom ewigen Rauch geschwärzt. Der Holzkochherd hatte große Risse und ausgebrannte Löcher und hätte eigentlich gar nicht mehr angefeuert werden dürfen. In der einen Ecke war ein riesiger Backofen, mit einem schweren eisernen Deckel davor. Wenn er auch nicht mehr zum Feuern zu gebrauchen war, hatte er bei mir noch lange nicht ausgedient. Ich putzte ihn nämlich innen und wusch ihn mit Wasser und Bürste so lange, bis ich ihn als Ersatzhöhle für die verlorene im Wald benutzen konnte. Hatte ich einmal meinen Weltschmerz und wollte mit mir alleine sein, dann zog ich mich in den Backofen zurück mit Kerze und Büchern, und vergaß meine Umgebung.

Unser Vormieter Sommer, der mit seiner Familie nun im Parterre wohnte, war ein brutaler, jähzorniger Mann, der seine zwei Buben und seine Frau aus nichtigen Anlässen zusammenschlug. Die Frau war seit Jahren kränklich und manchmal monatelang unsichtbar für uns. Am Anfang kam sie zwar in Abwesenheit ihres Mannes zu meiner Mutter und beklagte sich zitternd über des Ehemannes böse Behandlung. Als Sommer dies aber einmal merkte, hörten wir die Frau schreien wie am Spieß, und sie ließ sich von da an nicht mehr blicken.

Mutter deutete einmal in ihrem Mitleid für die Frau eine Bemerkung an, man sollte den Mann bei der Behörde anzeigen. Darauf bedrohte er Mutter, er werde ihr den Hals umdrehen, wenn sie sich getraue, solches zu tun.

Manchmal, wenn Vater auf der Nachtschicht war, ertönten über uns im Estrich Schritte und Geräusche, als ob jemand Gegenstände herumschleppe. Mutter verdächtigte sofort Sommer, daß er uns an das gesammelte Brennholz wolle. Ein paarmal nahm ich dann meinen ganzen Mut zusammen, öffnete schnell die Falltüre, welche den Estrich von der Wohnung trennte und warf Holzstücke hinauf. Dann schloß ich jeweils wieder blitzschnell und verrammelte den Deckel von unten mit Seilen.

Einmal war ich im Hof unten mit Holzen beschäftigt, als meine Schwestern riefen, ich solle sofort heraufkommen, der Sommer treibe sich wieder auf dem Estrich herum. Diesmal konnte es aber nicht stimmen, denn ich sah Sommer in seiner Küche beim Nachtessen. Schnell ging ich nach oben. Im Estrich waren tatsächlich wieder die Schritte und die anderen Geräusche zu hören. Ich fühlte, wie sich mir die Haare sträubten. Um aber Mutter und Schwestern nicht noch mehr zu ängstigen, sagte ich nichts davon, daß Sommer unten in der Küche esse. Ich ging aber von nun an auch nicht mehr zur Falltüre und sorgte in Zukunft sehr dafür, daß sie immer gut verschlossen war.

Noch ein anderes unerklärliches Ereignis erlebte ich: Eines Nachts hatte ich so etwas wie einen Traum. Ich fühlte, wie ich anfing, über dem Bett zu schweben. Immer höher ging es. Ich sah unter mir mich selber im Bett liegen. Verwundert sah ich mein bleiches Gesicht mit den geschlossenen Augen. Ich sah aber auch meinen Bruder Beat im anderen Bett liegen und tief atmen. Der Greg aber, der unter mir im Bett lag, atmete nicht. Immer höher schwebte ich. Die Zimmerdecke hielt mich nicht auf. Ich schwebte in sie hinein. Dann bekam ich eine fürchterliche Angst. Ich schwebte ziemlich schnell wieder nach unten und in mich hinein. Dann erwachte ich und merkte, daß ich ganz steif war. Ich versuchte, mich zu bewegen. Es gelang mir nur mit äußerster Willensanstrengung. Dann begann es, mich im ganzen Körper und an allen Gliedern zu kribbeln. Es war dasselbe unangenehme Gefühl, als wenn man sitzt und einem der Fuß oder ein Bein einschläft. Zuletzt schmerzten mir alle Glieder.

Ich erzählte niemandem etwas von diesem unheimlichen Erlebnis. Es hätte es mir doch niemand geglaubt. Und meinen Ruf als „Spinner" wollte ich nicht noch vertiefen.

Selbstverständlich wäre ich an einem Sommersonntag, wie er im Buche steht, lieber im Wald und im Feld herumgestreift und hätte mir die lauen Winde um die Nase streichen lassen. Aber davon konnte keine Rede sein, denn ich mußte mit meinen Schwestern in die Sonntagsschule. Beat war bereits konfirmiert und hatte diese Sorge also los. Vater wollte ihn zwar anfänglich zum Besuch der Gottesdienste zwingen. Beat stellte sich aber stur. Er wollte lieber mit seinen Kameraden aufs Fußballfeld. Nach einigen lauten Auftritten zwischen den beiden resignierte Vater. Beat war von dieser Zeit an Luft für ihn. Dafür beobachtete er mit um so größerem Eifer, daß wir Übriggebliebenen keine Stunde schwänzten, denn er wollte nicht riskieren, dereinst vor seinem Herrn zu stehen und sich sagen lassen zu müssen, daß er ein schlechter Hirte seiner ihm anvertrauten Schafe gewesen sei.

Als ich mit meinen Schwestern auf dem Aufmarsch zu dem Lokal war, das unsere Kirche darstellte, rief mir Egon, ein Nachbarjunge. Egon war der Neffe von Lulu, meiner heimlich Angebeteten. Seine Mutter war geschieden und Erwin lebte bei seinen Großeltern, die er Mama und Papa nannte.

Seine Mutter aber rief er bei ihrem Vornamen, und Lulu war für ihn nicht die Tante, sondern eine etwas ältere Schwester.

Egon saß auf einem Baum im Garten seines Großvaters und hatte eine Seilbahn gebaut. Wenn er auch sonst nicht viel auf mir hatte, so wäre ich ihm heute gelegen gekommen. Er hatte nämlich keinen Bediener seiner Talstation. Ich zögerte. Es hätte mir schon gefallen mit Egon zu spielen. Zumal ich hoffte, vielleicht Lulu zu treffen. Aber ich wußte genau, daß Vater mich verprügeln würde, wenn er erführe, daß ich die Sonntagsschule geschwänzt hätte. Dies sagte ich auch, mit Bedauern, Egon. Der lachte mich nur aus und meinte, in die Sonntagsschule würden doch nur kleine Kinder gehen und nicht Jungs, die so alt wären wie ich. Diesen Gedanken hatte ich offengestanden schon manchmal selber gehabt.

Was sollte ich machen? Dort war Egon mit seiner Seilbahn, der einen Spielgefährten suchte, hier waren meine Schwestern, die drohten, mich bei Vater zu verpetzen, wenn ich nicht augenblicklich mitkäme. Egon gewann. Die Mädchen zogen mit düsteren Drohungen ab. Den ganzen Nachmittag verbrachte ich mit Egon. Nach dem Spielen lud er mich sogar zu sich in die Küche ein, wo uns seine Großmutter mit Tee und Kuchen bewirtete. Daß ich zum Überfluß noch meiner heimlichen Liebe Lulu von nahem in die Augen sehen durfte, machte mein Glück vollkommen.

Als ich nach Hause kam, hatte ich allerdings ein schlechtes Gewissen. Hunger hatte ich nach dem vielen Kuchen keinen. So zog ich mich, wie ich meinte, unauffällig in mein Reduit zurück und schloß den Deckel.

Kaum aber hatte ich zu lesen angefangen, wurde der Deckel geöffnet und Vater zog mich wortlos an den Füßen heraus. Er stieß mich in die Stube, wo sich inzwischen alle außer Beat versammelt hatten. Er hielt mich an den Haaren und traktierte mich mit dem Gummiriemen, den er sich eigens für diesen Zweck aus einem alten Autopneu geschnitten hatte. Zuerst schlug er mich nur auf den Hintern. Als ich aber keine Anstalten machte zu heulen, ließ er die Haare los, so daß er mit dem Riemen weiter ausholen konnte. Nun schlug er mich wahllos auf die nackten Beine, den Oberkörper und sogar ins Gesicht. Mutter und meine Schwestern schauten sich die Strafaktion starr an. Erst als das Blut ans Ofenrohr spritzte, rührten sie sich. Mutter fiel Vater in den Arm, und meine Schwestern umklammerten seine Beine. Alle schrieen sie laut, Vater solle mich nicht noch ganz totschlagen. Dies brachte ihn zur Besinnung. Keuchend ließ er von mir ab. Erst da kam in mir ein Schluchzen auf. Aber nicht wegen der Schläge, sondern weil sich meine Angehörigen für mich eingesetzt hatten. Sie hatten also doch noch Erbarmen mit dem „Nazi", wie sie mich manchmal nannten.

Vater ging in das Elternschlafzimmer. Ich sah ihn neben sein Bett knien, den Kopf auf die Matratze gelegt, die Hände wie einen Schild darüber gefaltet. Er betete halblaut.

Es gibt Kinder, mit denen will niemand etwas zu tun haben. Bei uns Groggkindern war es die Armut und unsere etwas merkwürdige Religion, die den Kreis unserer Spielgefährten kleinhielt. Aber auch das seltsame Benehmen unseres Vaters gegenüber den seltenen Besuchern erschwerte es ganz massiv, uns einen Freundeskreis aufzubauen. Ein paarmal hatten wir Kinder versucht, Kollegen zu uns einzuladen. Aber wir hatten das Pech, daß Vater jedesmal Nachtschicht hatte und sich gestört fühlte. Dann kam er jedesmal in unsere Fröhlichkeit hereingeplatzt und verjagte unsere Spielgefährten mit bösen Sprüchen, wie zum Beispiel: „Was sind jetzt das wieder für Heiden, die einen solchen Lärm machen?" Oder wenn wir uns etwa erlaubten, unsere Gäste mit Tee und Butterbrot zu verköstigen: „Wer muß das bezahlen? Glaubt ihr, ich krampfe Tag und Nacht, damit ihr solche Schmarotzer mästen könnt?“ Und das sagte er ganz ohne Hemmungen vor unseren Gästen. Da war es kein Wunder, daß sie sich kein zweites mal mehr einladen ließen.

Im Dorf war ein Junge, Ewald, der ein Einzelkind war. Sein Vater arbeitete in einem Steinbruch. Gewiß hatte auch er keinen großen Lohn. Dazu setzte er noch einen rechten Teil davon in Alkohol um. Aber Ewald mangelte es an nichts. Die Eltern verwöhnten ihren Einzigen mit Spielsachen und Süßigkeiten. Er brauchte nur etwas lautstark zu verlangen, schon bekam er es.

Ewald hatte Schwierigkeiten, sich in einem Freundeskreis einzuordnen. Man ließ sich zwar gerne zu ihm einladen, um die neuesten Errungenschaften auf dem Spielzeugsektor zu bewundern. Auch daß Ewalds Mutter immer Kuchen auf Lager hatte, war ein Grund, sich mit ihm abzugeben, aber er ließ einen nur widerwillig mit seinen Spielsachen geschirren. Immer riß er sie einem aus der Hand, weil er Angst hatte, sie würden geschlissen. Dafür wollte er der große Boss sein und die Kollegen sollten alle nach seiner Pfeife tanzen.

Ich hatte mich ein paarmal zu Ewald einladen lassen. Daß ich kaum mitspielen, sondern nur zuschauen durfte, war mir noch einigermaßen egal, wenn ich nur ein Stück Kuchen dafür bekam. Aber das ewige Befehlen stieß mich ab, so daß ich mir immer Ausreden einfallen ließ, wenn Waldi mich wieder einmal zu sich heimlocken wollte.

An einem Sonntagnachmittag beobachtete ich eine ganze Weile, wie Waldi es bei einigen Buben probierte und von allen Absagen bekam. Da war ich wohl noch die letzte Rettung für ihn. Aber ich sagte ihm klipp und klar, daß ich nicht Lückenbüßer spielen wolle und er sowieso nur an mich denke, wenn niemand sonst verfügbar sei.

Waldi war offenbar schon ziemlich gereizt, der vielen Körbe wegen, die er heute hatte einsammeln müssen. Jedenfalls drehte er plötzlich durch. Er ließ ein tierisches Geheul ertönen und stürzte sich auf mich. Dabei packte er meinen Arm und biß mich in die Hand. Der Biß war so heftig und tief, daß mir das Blut davon rann. Mit meiner freien Hand schlug ich Waldi auf den Kopf. Er biß nur noch fester zu und schrie wie am Spieß.

Da wir ziemlich nahe von Waldis Wohnung waren, hörte sein Vater das Geheul. Er kam auf seinem Fahrrad angerast, warf das Rad zu Boden und fiel über mich her. Gemeinsam gaben sie mir nun den Rest. Als sie von mir abließen, bestand ich nur noch aus Beulen, Schrammen und Wunden. Dann setzte Waldis Vater seinen immer noch schreienden Sprößling vornauf und fuhr mit ihm heim.

Völlig am Ende schleppte ich mich nach Hause zu Mutter. Noch bevor ich ihr den Sachverhalt erzählen konnte, las sie mir die Leviten, meines ramponierten Zustandes wegen. Dann aber erwachte doch noch ein wenig Mitleid in ihr. Sie wusch mir das Blut vom Gesicht und den Händen. Nun konnte ich ihr auch die ganze Geschichte erzählen. Ihr Kommentar war: „Du mußt dich halt wehren, Bub." Und die Schwestern, die ringsum standen, meinten: „Geschieht dir ganz recht!"

Wenn ich auch eine unbändige Wut im Bauche hatte auf Waldi, gewann doch ein anderes Gefühl langsam die Oberhand in mir: Der Neid auf Ewald, einen Vater zu haben, der sich ohne wenn und aber für ihn einsetzte, auch wenn dieser Vater klein und häßlich war und jede Woche einen mittleren Rausch heimbrachte.

In der ersten Klasse las ich die Bücher, die mein Bruder von der Schule heimbrachte. Dann, als ich selber die Schulbibliothek benutzen durfte, meine eigenen, plus diejenigen von Beat. Später genügte mir nicht einmal mehr dies. Ich borgte mir Bücher von Schulkollegen, von denen ich wußte, daß sie keine Lust hatten, sie zu lesen. Ich mußte ihnen dann nur den

Inhalt in Kurzform erzählen, damit sie Auskunft geben konnten, falls der Lehrer oder die Eltern danach fragten.

Mit der Zeit hatte ich das unbändige Verlangen, mir meine eigene Bibliothek zuzulegen. Dabei kam mir der Krieg zu Hilfe. Wir hatten am Ende eines Monats immer noch Rationierungsmarken übrig, weil wir nicht genug Geld hatten, sie einzulösen. Mutter tauschte einen Teil davon dann mit Nachbarinnen gegen Kleider. Wenn dann noch welche übrigblieben, bedienten wir Kinder uns. Damit konnten wir uns ein kleines Taschengeld eintauschen - oder einem älteren Nachbarjungen seine ganzen Bücher abschwatzen. Dabei wußte ich ganz genau, daß Mäni nicht nur seine eigenen, sondern auch noch die Bücher seines älteren Bruders gegen Marken verquantete! Ich hatte noch lange Angst, dieser Bruder käme Mäni auf die Schliche und verlange seine Bücher zurück.

Das viele Lesen verschaffte mir herrliche Nacht- und Tagträume. Es wurde aber manchmal ein Problem für mich, weil ich Roman und Wirklichkeit bald nicht mehr auseinanderhalten konnte. Es gab Zeiten, wo ich nicht mehr wußte, ob ich dies oder jenes nun erlebt, geträumt oder gelesen hatte.

Meine Aufsätze in der Schule wurden von den Lehrern als Musterbeispiele den anderen Kindern vor die Nase gehalten, was mir manch gehässige Bemerkung eintrug. Als mein Lieblingslehrer, Herr Ehrsam, der mich am letzten Tag vor dem Übertritt zu Lehrer „Spucki“ fragte, ob er eines meiner Aufsatzhefte behalten könne, war ich ungeheuer stolz auf mich.

Der Wechsel von der sechsten Klasse in die siebente verlief spektakulär. Lehrer Baumann, genannt „Spucki“, welcher die beiden Abschlußklassen leitete, stand im Ruf, ein ganz hinterhältiger Kerl zu sein. Das zeigte sich schon am ersten Tag, als er, ohne uns recht zu begrüßen, in das Zimmer kam, die Mappe auf seinen Tisch warf und dann eine Kanonade von Schimpfwörtern über uns ergoß. Wir seien nun also der neue Abschaum der Schule von Kurligen. Nicht einmal die Aufnahmeprüfung in die Bezirksschule hätten wir geschafft. Und jene, die es in ihrer Dummheit gewagt hätten, an die Prüfung zu gehen, seien mit Glanz und Gloria durchgefallen. Wir sollten nun aber nur nicht meinen, die letzten zwei Jahre könnten wir auf unseren Bänken verfaulen. Er werde uns diese Flausen schon noch austreiben.

Er nahm ein Bündel Zettelchen und warf sie uns auf die Bänke. „Von eins bis zehn numerieren und oben rechts den Namen hinschreiben", bellte er. Dann, ohne weitere Vorwarnung, legte er los. Bis wir nur gemerkt hatten, daß er mit uns Kopfrechnen wollte, war die erste Serie von „Plus-minus-geteilt-mal" vorbei. Dann kam schon die nächste Rechnung. Ich glaube, am ersten Tag war nicht einer, der auch nur eine einzige richtig hatte. Aber das war es auch, was er mit seinem Überfall bezweckte, nämlich uns gleich am ersten Tag so ins Bockhorn zu jagen, daß wir einen unheimlichen Respekt vor ihm bekommen sollten. Was er aber erreichte, war, Angst und Haß in uns zu wecken.

So wie der erste Tag begann, folgten alle anderen. Immer wurden zuerst wortlos die Zettelchen verteilt. Dann kam das Maschinengewehr, das er „Kopfrechnen" nannte. Dann das Austauschen der Zettel zum Korrigieren. Dann die Auswertung, die immer ein ähnliches Resultat erbrachte.

Mit der Zeit merkten wir Buben, daß die Mädchen sich gegenseitig die falschen Resultate als richtig korrigierten. Spucki, also Lehrer Baumann, merkte nichts, denn er schmiß die Papierchen nachher immer gleich in den Papierkorb. Es interessierte ihn auch gar nicht, ob betrogen wurde. Hauptsache, er hatte seine schlechte Morgenlaune fürs erste abreagiert.

Es wurde gemunkelt, Baumann sei früher Lehrer einer höheren Schule gewesen. Wegen Alkoholproblemen und anderen Vorkommnissen sei er aber strafversetzt worden. Und nun ließ er seinen Ärger wegen der verpatzten Laufbahn an uns Kindern aus. Dabei war wohl keines unter uns, das mit entsprechender Förderung nicht zu entwickeln gewesen wäre. Aber wir Oberschüler stammten alle aus Familien, wo die Eltern selber kaum lesen und schreiben konnten. Meine Eltern zum Beispiel waren ja nicht mal in der Lage, mir bei den Schulaufgaben zu helfen.

Wir waren also zwei Klassen beim Lehrer Baumann. Meist hatten wir denselben Unterrichtsstoff. Das war für den Lehrer der bequemste Weg, sein Tagesprogramm zu gestalten. Das hieß aber auch, daß wir zwei Jahre hintereinander den gleichen Stoff hatten.

Wenn schönes Wetter war, ging Baumann mit uns in den Wald. Er nannte dies „Naturkunde". Diese Naturkunde spielte sich folgendermaßen ab: Lehrer Baumann ging, immer etwa zehn Schritt, vor uns her. Ab und zu brummelte er etwas, das niemand von uns verstand. Er hatte, schien mir, auch gar nicht die Absicht, daß es hätte verstanden werden sollen. Hauptsache, wir marschierten schön brav hinter ihm drein. Aber auch daran haperte es. Wir ließen den Abstand zum Lehrer nämlich immer größer werden. So merkte er weniger, wenn wir schwatzten und Schabernack trieben.

In der achten Klasse waren drei Knaben, die allgemein nur als „die drei Sch" bekannt waren, weil der Familienname von allen dreien mit einem „Sch" begann. Diese drei waren bei den kleineren Schülern sehr gefürchtet, weil sie es als die allergrößte Gaudi ansahen, Schwächere zu schikanieren. Auf mich hatten sie es besonders abgesehen, weil sie mir zwar körperlich überlegen waren, ich sie aber ab und zu mit bissigen Worten bei den Mitschülern lächerlich machte.

Bei einer von Spuckis Naturkundewanderungen beging ich die Unvorsichtigkeit, mich am Schluß der Gruppe zu befinden. Diese Chance ließen sich die drei „Sch“ nicht entgehen. Einer hieb mir in einem unbeobachteten Augenblick einen derben Prügel auf den Kopf. Für einen Moment wurde es mir schwarz vor den Augen, und ich ging in die Knie. Als ich wieder klar denken konnte, war die Klasse bereits ziemlich weit. Ich rappelte mich auf und rannte hinterher. Das Blut lief mir in einem kleinen Bächlein in den Nacken. Ich überholte die Gruppe und meldete Lehrer Baumann das Vorkommnis. Dieser knöpfte sich die drei Lausebengel vor. Aber keiner bekannte sich zu dem Anschlag auf meinen Hinterschädel. So beließ es der Lehrer bei der Feststellung, daß es aus den dreien wohl nichts besseres gäbe, als Verbrecher. Mich schnauzte er an, ich solle halt besser auf mich selber aufpassen.

Das vorletzte Schuljahr ging vorbei, ohne daß einer von uns Schülern sichtlich zunahm an Weisheit und Klugheit. Und schon waren wir es, die auf der Abschußrampe saßen und Lehrer Baumanns Repetitionen über sich ergehen ließen. Allerdings hatte ich eher den Eindruck, daß die Abschußrampe in Wirklichkeit ein Abstellgeleise sein würde.

Wenn auch die „drei Sch“ ihrer üblen Streiche wegen verrufen waren, bei einigen Mädchen standen sie in hohem Ansehen. Ich wünschte mir sehr, irgend etwas zu können, mit dem ich den Mädchen imponieren konnte. Sogar Budi, den einzigen mir verbliebenen männlichen Klassenkameraden, beneidete ich. Der konnte auch etwas, was sich niemand getraute. Er konnte einen Regenwurm in die linke Mundecke einführen und dann in der rechten wieder herausziehen. Und wenn die Mädchen ihn anspornten, dann ließ er ihn den Hals hinuntergleiten und kurz, bevor er ganz verschwand, zog er ihn langsam wieder herauf - nicht, ohne dabei laut und wollüstig zu schmatzen.

Sorgen können einen zu Boden drücken. Das hatte ich nicht nur gelesen, das empfand ich oft auch so. Als ich eines Tages an einem Schaufenster vorbeiging und die Auslagen besichtigte, sah ich wie in einem Spiegel mein Abbild. Ich erschreckte mich. War ich das wirklich, der da so gebeugt daherkam wie ein Nußkipferl? Ich nahm mir vor, meine Haltung zu verbessern. Die nächsten paar Monate hatte ich permanente Schmerzen im Rücken und im Nacken, weil ich mich zwang, aufrecht zu gehen. Ich bekam ein Buch in die Hände, das beschrieb, welche Wirkung das richtige Atmen auf das Wohlbefinden des ganzen Menschen hätte. Immer, wenn ich unbeobachtet war, machte ich die in dem Buch beschriebenen Übungen. Ich war mit Eifer dabei, und bald fühlte ich mich spürbar besser. Zum erstenmal hatte ich ganz bewußt Freude an mir selber. Sogar mein Stottern besserte sich. Wenn ich aufgeregt war, hatte ich sonst immer stottern müssen, und die bisher einzige Methode es zu vermeiden war: Zu schweigen. Bald hieß es, der Greg sei ein stolzer, überheblicher Lümmel, der den Kopf über dem Hut trage. Mutter und meine Schwestern warfen mir vor, hochtrabend und hochschnauzig geworden zu sein und nannten mich im Streit immer wieder „Nazi“. Dies tat mir weh.

Beim Eintritt in die erste Klasse war ich noch der Kleinste gewesen. Aber schon in der vierten hatte ich aufgeholt. Und jetzt, in der achten, überragte ich alle andern. Nur mein Kollege Budi konnte mit mir Schritt halten. Aber auch ihn überholte ich noch im letzten Schuljahr.

Wenn ein junger Bernhardinerhund zu einem ausgewachsenen Dackel kommt, so wird er sich diesem in jedem Falle unterwerfen. Auch wenn der Bernhardiner dann den Dackel um ein mehrfaches an Gewicht und Größe überholt, wird er den Dackel sein Leben lang als den Stärkeren betrachten. Genau so ging es mir. Eigentlich hätte ich mich nun rächen können für alle Ungerechtigkeiten, die ich von seiten meiner Schulkollegen - und mehr noch meiner Schulkolleginnen - hatte erdulden müssen. Ich war unbestreitbar der größte, schnellste und stärkste Schüler, der sich zu dieser Zeit auf dem Schulgelände und in seiner Umgebung herumtrieb. Aber, komischerweise, hatte ich mal eine handgreifliche Auseinandersetzung mit einem Mitschüler, dann hieß es, es sei eine Schande, wenn sich ein so großer „Gängel" an einem Kleineren vergreife. Als sich diese Kleineren vor nicht allzulanger Zeit an mir vergriffen hatten, und erst noch im Rudel, da hatte niemand protestiert.

Aber ich hatte ja gar nicht den Drang mich zu rächen, obwohl sich in mir eine Wut angestaut hatte über erlittene Unbill. Aber der Beschützerdrang in mir war größer als die Rachegefühle. So konnte ich es etwa nicht mitansehen, wenn im Schulhof in der Pause ein Einzelner von einer Gruppe zusammengehauen wurde. Ich stand dann immer dazwischen und half dem Bedrängten, sich in Sicherheit zu bringen. Sofort hieß es dann, ich solle mich schämen, mir Schwächere vorzuknöpfen.

Als Familie hatten wir Groggkinder immer noch einen schlechten Ruf. War irgendwo irgend etwas Unrechtmäßiges passiert, dann hieß es bestimmt, es werde wohl eines der Groggkinder dabei gewesen sein. Als einmal nachts auf dem Rangierbahnhof eine kleine Diesellok in voller Fahrt auf den Prellbock gesetzt worden war, kam am nächsten Tag der Dorfpolizist in die Schule. Beim Einzelverhör quetschte er mich besonders lange und intensiv aus. Als ich wissen wollte, warum er es gerade auf mich so abgesehen habe, antwortete er zynisch, ich werde wohl wissen, daß ich einen besonders schlechten Ruf hätte. Als es dann aber auskam, daß sein eigener Sohn dabei war, nahm die Untersuchung ein abruptes Ende.

Ein anderes Mal hatten es die Nachtbuben auf einen alleinstehenden Coiffeur abgesehen und machten sich hin und wieder ein Vergnügen daraus, diesen etwas schrulligen Mann nachts aus dem Schlaf zu schrecken, und zwar mit „Pechfädenziehen“. Für dieses Spiel brauchte man eine leere Patronenhülse, die Gummidichtung einer Bierflasche und eine lange Schnur. Die Schnur klemmte man in den Hals der Patronenhülse, den Gummi montierte man auf die Auswerfernute. Drückte man nun den Gummi fest auf eine Glasscheibe, so entstand ein Vakuum und die Patronenhülse blieb auf der Scheibe kleben.

Jetzt konnte man, so weit die Schnur reichte, sich an einem sicheren Ort verstecken und die angestreckte Schnur mit den Fingerspitzen massieren. Die Vibration setzte sich über die Schnur fort, und der Patronenboden brachte die ganze Scheibe in Resonanz. Als der Coiffeur einmal einen der Nachtbuben erwischte, erzählte dieser ihm, er sei zwar nicht dabei gewesen, er habe aber beobachtet, daß der lange Groggsürmel dabei gewesen sei. Natürlich kam der arme Mann sofort zu uns. Es war fast Mitternacht, als es an die Türe polterte. Mutter war noch auf, weil sie Quitten einkochte. Sie bat den aufgeregten Coiffeur in die Küche und bewirtete ihn mit Kaffee. Sie konnte ihm aber plausibel machen, daß ich unmöglich dabei gewesen sein könne, da ich schon seit Stunden im Bett sei. Das könne sie bezeugen, denn ich müßte ja an ihr vorbei, wenn ich aus meinem Zimmer gehe. Der gute Mann hatte sich inzwischen beruhigt und begriff, daß er von den Nachtbuben geleimt worden war. Als Entgelt für die ungerechtfertigte Verdächtigung und den Kaffee schnitt er mir dann die Haare gratis. Er war aber so aufgeregt dabei, weil ihm die Geschichte wieder in den Sinn kam, daß er mir lauter Stufen in die Haare schnitt.

Lauter Engelein waren wir gewiß nicht, meine Geschwister und ich. Wenn wir aber etwas Ungutes taten, dann entsprang dies zumeist aus einer Not heraus, wie zum Beispiel die Sache mit den Kaninchen:

Wir hatten an der Hausmauer einen alten Kaninchenstall vorgefunden. Dieser stammte vermutlich noch von den Kindern des Bauern Jucki. Was lag näher, als diesen Stall wieder mit Leben zu füllen? Wir beschafften uns also von irgendwoher einige junge Kaninchen, die in einem Wurf überzählig waren. Diese fütterten wir mit Gras, das wir uns an den Wegrändern zusammensuchten. Die Wegränder waren aber zumeist sehr verstaubt. So machten wir halt einige Schritte in das Land der Bauern der Umgebung. Und je weiter entfernt dieses Land vom Bauernhof lag, um so dreister wurden wir. Erwischte uns dann der Bauer, mußten wir mit einer Tracht Prügel von Hand oder sogar mit der Peitsche rechnen. Weil die Mädchen aber immer besser wegkamen, weil sie besser auf Kommando herzerweichend heulen konnten, schickte ich meist sie zum „Ernten". Natürlich tauchte hin und wieder einer der Bauern bei uns zu Hause auf, wenn er das Gefühl hatte, er sei in letzter Zeit etwas arg gerupft worden. Dann mieden wir halt seine Felder für eine Zeitlang.

Um zu etwas Taschengeld zu kommen, stellte ich auch Fallen, weil es pro abgelieferte Maus zwanzig Rappen gab. Der Bauer, der im Gemeindeauftrag die Mäuse entgegennahm und die Anzahl in ein Mauserbüchlein eintrug, warf sie anschließend immer auf den Mist. Eines Tages fiel mir auf, daß unsere Katze jeden Tag mit toten Mäusen heimkam, die ich ihr dann abnahm und zu den von mir gefangenen legte. Interessanterweise waren diese Mäuse immer schon kalt, während doch frischgefangene noch leben oder doch zumindest noch warm sind. Neugierig geworden, beobachtete ich unsere Mietze und fand heraus, woher die Mäuse stammten: Vom Mist des Bauern, der die Mäusesammelstelle hatte.

Das brachte mich auf die Idee, dem Zufall ein bißchen nachzuhelfen. Ich schlich mich jeweils nach dem Eindunkeln zum besagten Misthaufen und behändigte mir die Mäuse, soweit sie nicht schon unter dem Mist verlocht waren. Weil sie nach Mist stanken und mich so hätten verraten können, wusch ich sie. Irgendwie mußte der Mäuseeinsammler doch etwas gemerkt haben; jedenfalls war eines Tages, als ich wieder lieferte, plötzlich ein Plakat aufgehängt, auf welchem stand, es sollten in Zukunft nur noch die Schwänze der Mäuse abgeliefert werden. Diese wurden dann nicht mehr auf den Mist, sondern in die Jauchegrube geworfen.

Solche Taten sprachen sich natürlich herum und waren nicht gerade geschaffen, meinen Ruf und denjenigen unserer Familie zu verbessern. Das Gefühl, immer schuld zu sein, saß bald einmal so tief in mir, daß ich mir auch Gewissensbisse machte bei Gelegenheiten, bei denen ich ganz sicher unschuldig war. Bei einem meiner Streifzüge durch die Wälder stieß ich auf eine Gruppe von Buben, die ein Jahr jünger waren als ich. Ich kannte sie sehr gut, sie gingen gleich mir zu Lehrer Baumann in die Schule, aber eine Klasse tiefer. Die Gruppe war eben dabei, eine Baumhütte zu bauen. Ich wurde aufgefordert mitzumachen, was mir sehr schmeichelte, denn der Anführer der Gruppe nahm sonst nicht viel Notiz von mir. Als die Hütte fertig war, wurde sie eingeweiht. Die Buben hatten zu diesem Zwecke einige Getränke mitgebracht, nicht nur Tee und Kaffee, sondern auch Bier, welches Isi, der Anführer, seinen Eltern stibitzt hatte. Wir saßen recht ausgelassen in der Hütte und festeten, daß die Hütte Gefahr lief, sich in ihre Bestandteile zu zerlegen.

Als wir alle müde waren, zog jeder seines Weges. Am nächsten Tag vernahm ich in der Schule die Schreckensnachricht, Isi sei von seinem Bruder erschossen worden. Er habe mit dessen Militärgewehr gespielt, als dieser in das Zimmer gekommen sei. Darauf habe ihm der Bruder einen Schrecken einjagen wollen, damit er das Gewehr in Zukunft stehen lasse. Isi hatte aber beim Spielen das Gewehr geladen. Ein Schuß löste sich und traf Isi so unglücklich, daß er starb.

Als ich dies hörte, zermarterte ich mir das Gehirn, ob ich da nicht auch mitschuldig sei. Hätte ich nicht die jüngeren Kameraden vom Biertrinken abhalten sollen?

Diese tragische Episode ging mir monatelang nicht aus dem Kopf. Ich fragte mich ernstlich, ob nicht ich vielleicht meiner Umgebung Unglück bringe.

Ich war am Aufgabenmachen. Mutter scheuerte die Holztreppe, welche von unserer Wohnung hinunter in den Hof führte. Da klopfte es an die Haustüre. Nein, eigentlich ist das Wort „Klopfen“ der falsche Ausdruck. „Poltern“ wäre da schon richtiger gewesen. Mutter öffnete und an der Stimme, die jetzt ertönte, erkannte ich, daß es sich bei dem Besucher um den Armenvater handelte. So nannte man den Präsidenten der Vormundschaftsbehörde. Dieses Amt war nicht begehrt in der Gemeinde, darum nahm man halt den, der es machte. Trotzdem hatte der Armenvater einige Macht.

Ich hörte, wie der Armenvater sich bei Mutter nach mir erkundigte. Ich konnte mir nicht vorstellen, was der alte „Knauseri“ von mir hätte wollen können, weshalb ich meine Ohren spitzte wie ein Katze und mit dem Atmen aufhörte. Sein Begehren war aber bald ersichtlich, denn er redete mit einer lauten, überheblichen Stimme auf meine Mutter ein, daß es auch von einem zufällig des Weges gehenden Passanten unweigerlich verstanden worden wäre.

„Ihr habt, doch einen Buben, den Greg? Das ist doch der Bengel, der ständig umhervagabundiert und allerlei Lausbübereien anstellt? Damit ist jetzt Schluß. Höchste Zeit, daß er von jemandem recht erzogen wird. Sagt ihm, er soll am Montagmorgen um acht bei mir antraben. Er soll mit mir z'Acker fahren.“

Mutter versuchte auf anständige Art dem Manne klarzumachen, daß sie mit seinen Erziehungsplänen nicht einverstanden sei. Aber er drohte ihr, wenn sie nicht spure, dann werde er dafür sorgen, daß ich in ein Erziehungsheim müsse. Dann, plötzlich, wurde die Stimme des Armenvaters recht süß. Er machte Mutter Komplimente ihres rassigen Aussehens wegen und machte ihr recht anzügliche Andeutungen, daß er sie „ganz gerne einmal testen würde", man höre ja so allerlei über Mutters Vorliebe für Männerbekanntschaften. Anscheinend waren ihm die plumpen verbalen Annäherungsversuche nicht genug, denn ich hörte, wie Mutter ihn seiner „frechen Tatzen" wegen gehörig ausschimpfte und „Finger weg!" rief. Schließlich gab es ein Geräusch, das mir aus eigener Erfahrung her klar machte, daß da jemand eine Ohrfeige eingefangen hatte. Der Armenvater fluchte und verabschiedete sich mit den unflätigsten Drohungen gegen Mutter und das „ganze Bettlergesindel", womit er wohl unsere Familie meinte. Zum Schluß hörte ich ihn noch schreien, es sei ausgemacht, daß ich mich am Montag um acht bei ihm zu melden hätte.

Die Türe unten schlug zu und Mutter kam schwer atmend in die Küche. Ich tat, als ob ich fleißig über meinen Aufgaben gewesen sei und von dem ganzen Auftritt nichts mitbekommen hätte. Sie sagte kein Wort, aber ihre Augen funkelten wie die Augen eines Tigerweibchens, wenn es seine Jungen beschützt.

Ich glaubte, Mutter werde dann beim Abendessen auf die Sache mit dem Armenvater zu reden kommen. Aber kein Wort fiel darüber. So nahm ich an, sie habe nicht im Sinne, mich zu dem Grobian zu schicken. Ich war froh darüber und dankte Mutter im Stillen.

Der Tag darauf war der letzte Tag vor den Sommerferien. Lehrer Baumann ging im Schulzimmer unruhig hin und her.

Die Arme hatte er auf dem Rücken verschränkt, wie immer, wenn er in Gedanken versunken war. Er öffnete ein Fenster. Wir wußten alle, was jetzt kommen würde. Baumann trug nicht umsonst den Übernamen „Spucki". Immer wenn er aufgeregt war, räusperte er sich heftig ein paarmal. Nach einiger Zeit öffnete er dann das Fenster und spuckte hinaus. Wir waren im obersten Stock. Vor den Fenstern neigte sich ein kleines Vordach, an dessen Ende eine Dachtraufe befestigt war. Diese war das Ziel von Baumanns Spuckkünsten, und seine Laune hing ganz davon ab, ob er in die Dachtraufe traf oder nicht. Das wußten wir nicht erst, seit wir zu ihm in die Klasse gingen. Wir waren schon von unseren Vorgängern informiert worden, genau wie diese es von ihren Vorgängern erfahren hatten und wie wir es unseren Nachfolgern weitererzählen würden.

Heute hatte er nicht getroffen. Wir merkten es an der heftigen Reaktion, als er das Fenster mit einem lauten Knall schloß. Unsere Köpfe gingen einige Zentimeter nach unten, denn wir wußten aus Erfahrung, daß Stunk in der Luft lag.

Wir hatten aber Glück, denn gerade, da Lehrer Baumann explodieren wollte, klopfte es. Baumann ging vor die Türe. Draußen wurde ein lautes Gespräch hörbar, welches in der Folge zu einem richtigen Streit ausartete. Leider konnte ich nur ab und zu einige Wortfetzen verstehen.

Nach etwa einer Viertelstunde wurde die Türe aufgerissen und „Spucki" stürmte herein. Er setzte sich wortlos auf seinen Stuhl vor dem Pult. Kurz vor Schulschluß räusperte er sich ein paarmal und sagte dann ruhig: „Der Greg bleibt dann noch hier, wenn es läutet."

Alle schauten mich an. Ich spürte förmlich, welche Gedanken in den Köpfen meiner Schulkameraden schwirrten. Natürlich nahmen sie an, ich hätte wieder einmal etwas ausgefressen und käme nun an die Kasse. In diesem Moment läutete es. Ganz gegen die Gewohnheit am letzten Schultag gab es heute kein Hurrageschrei. Die Schulranzen wurden mit ungewohnter Langsamkeit gepackt. Dann murmelten alle einen Abschiedsgruß in Richtung des Lehrers.

Als sich die Türe hinter dem Letzten schloß, schaute Lehrer Baumann lange zu mir. Dann fragte er mich, ob ich mir vorstellen könne, was er mit mir zu besprechen habe. Ich schüttelte den Kopf, wußte aber instinktiv, daß es nichts Gutes sein konnte.

„Dann will ich es dir sagen", begann Baumann seine Rede. „Der Armenvater war eben bei mir. Wir haben das Heu nicht immer auf derselben Bühne. Weiß der Kuckuck, warum sie den zum Armenvater gemacht haben.

Also, der langen Rede kurzer Sinn ist, daß er dich in den Ferien als billigen Knecht will, damit du ihm bei der Feldarbeit hilfst. Ich habe es ihm ausreden wollen, aber er hat gedroht, er werde dich in ein Erziehungsheim schicken und in der Armenkommission werde er beantragen, daß man euch nicht mehr unterstützt, sondern auf die Heimatgemeinde schickt. Ich muß dir also den Rat geben, tue lieber, was er von dir verlangt. Es ist immer noch das kleinere Übel. Nun pack deine Sachen und geh."

Lehrer Baumann stand auf und verließ ohne Gruß das Zimmer. Unten warteten meine Schulkameraden auf mich. Sie wollten mich ausquetschen. Aber ich gab auf keine Fragen Antwort, sondern rannte nach Hause, wo ich mich im Zimmer einschloß und heulte.

Ich träumte, ich läge auf einer Wiese. Über mir bogen sich die Äste eines Apfelbaumes unter der Last der Früchte, die sie zu tragen hatten. Rings um mich waren friedlich grasende Kühe. Ihre Glocken klangen seltsam, wie das Schellen einer Veloglocke. Da erwachte ich. Unten im Hof vor meinem Fenster rief jemand immerzu „He-heee!". Dazu bediente man ohne Unterbruch eine Veloglocke. Das hatte ich also nicht geträumt. Es war Morgen. Bruder Beat war bereits fort zur Arbeit. Ich aber hatte Ferien.

Neugierig öffnete ich das Fenster, um zu schauen, wer denn zu so früher Stunde schon einen solchen Radau mache. Das hätte ich gescheiter sein lassen. Unten im Hof stand nämlich die Frau des Armenvaters. Und sie hatte mich schon erspäht. Ich solle sofort runterkommen, schrie sie. Ob ich denn nicht mehr wisse, daß ich ab heute zu tun habe bei ihnen. Und ich solle gefälligst pressieren, ihr Mann sei schon recht ungehalten, daß ich nicht zur befohlenen Zeit gekommen sei.

Ich zog mich zur Beratung mit mir selber ins Zimmer zurück. Was würde passieren, wenn ich ganz einfach nicht auf die Forderung eingehen würde? Dann würde die Frau unten vermutlich weiterschellen und rufen, bis auch Mutter erwachte. Und Mutter würde sich zwar eine Weile für mich wehren, dann aber gewiß nachgeben, denn der Armenvater hatte ihr ja gedroht, er werde dafür sorgen, daß man ihr die Kinder wegnehme, oder die ganze Familie auf die Heimatgemeinde schicke. Konnte ich das meiner Familie antun? War es nicht besser, nachzugeben und einmal zu gucken, wie sich die Sache weiterentwickle?

Mein Entschluß war gefaßt. So wie ich ins Bett gegangen war, nur mit der Turnhose bekleidet, rannte ich nach unten, wo mich die Frau mit der Bemerkung empfing, nun sei es aber höchste Zeit. Sie setzte sich auf ihr Fahrrad und fuhr los. Ich im Laufschritt hintendrein. Zwischendurch schaute sie immer wieder zurück, ob ich ihr auch brav folge.

Als wir auf dem Hof des Armenvaters ankamen, war ich total erschöpft. Aber ich hatte keine Zeit, die still vor sich hinrostenden Maschinen zu bewundern, die im ganzen Hof und in der Wiese herumstanden. Der Armenvater hatte die Kühe bereits eingeschirrt und saß auf dem Wagen. Ich wurde mit Flüchen empfangen. Dann befahl er mir, ich solle aufsteigen. Brav wollte ich mich zu ihm setzen. Er schrie mich an, ich Dummkopf solle gefälligst hinten aufsitzen. Da sah ich erst den Pflug, der hinten angebunden war. Es sollte heute also gepflügt werden. Ich setzte mich folgsam zuhinterst auf den Wagen und der Bauer ließ die Peitsche über die Kühe sausen, welche sich erschreckt in Bewegung setzten.

Schon nach kurzer Zeit begann ich zu frieren. Zuerst an die nackten Füße, welche nach unten baumelten, aber bald schlotterte ich am ganzen Leib, denn es war ein kalter Herbstmorgen und ich hatte noch nichts im Magen.

Als wir am Acker angelangt waren, hatte der Bauer sich einigermaßen beruhigt. Er befahl mir, die Kühe zu halten, während er selber den Pflug am Geschirr der Kühe befestigte. Dann gab er mir Instruktionen, wie ich die Tiere in den Furchen zu führen hätte. Dies tat er so kompliziert, oder ich war so erfroren, daß ich erst nach einigen gefahrenen Furchen richtig begriffen hatte, was ich zu tun hatte.

Der Acker war ein Stoppelfeld. Ich war barfuß. Zwar waren meine Fußsohlen vom ewigen Nacktlaufen so hart, daß ich die Stoppeln an den Füßen kaum spürte. Aber an den Knöcheln hatte ich keine Hornhaut. Und die Stoppeln kamen mir genau bis an die Knöchel und schürften mich auf. Zudem war der Acker zuvor mit Mist belegt worden. Ich rutschte dauernd aus.

Bald blutete ich an den Knöcheln. Der Mist drang mir derart arg in die Wunden, daß ich eine rotschwarze Schmiere an den Füßen hatte.

Mittlerweile fror ich nicht mehr. Einerseits weil der Körper Bewegung hatte, andererseits weil inzwischen die Sonne schien. Nun kamen aber die Fliegen. Zuerst plagten sie nur die Kühe. Dann aber rochen sie mein Blut und taten sich an der Mischung von Blut und Mist an meinen Beinen gütlich. Alles Wehren nützte nichts. Die Biester schienen nur noch gieriger zu werden, wenn man sie abwehrte. Nach und nach begann ich zu hinken, weil auch die allerdickste Fußsohle einmal von den kurzen Stoppeln geschafft wird. Ich machte Fehltritte und landete einmal mit meinem rechten Fuß unter dem Huf der Leitkuh. Glücklicherweise war die Erde weich, sonst hätte leicht ein gebrochener Knochen dabei herauskommen können.

Als es neun Uhr läutete von der Kirchturmuhr, hoffte ich auf eine Vesperpause, aber vergeblich. Der Bauer wollte die verlorene Zeit wieder hereinbringen. Oder hatte er vielleicht Angst, er müßte mir auch etwas zu essen geben? Die Antwort darauf bekam ich, als es von der Kirche Mittag schlug. Der Bauer befahl mir, bei der nächsten Furche nicht mehr einzufahren, da wir nach Hause gehen würden. Er spannte die Kühe an den Wagen. Den Pflug ließ er, halb in der Erde steckend, auf dem Feld.

Als wir auf dem Hof ankamen, mußte ich noch helfen, die Kühe auszuschirren und zu tränken. Mein Magen knurrte schon seit Stunden. Sicher hatte die Bäuerin ein währschaftes Mittagessen bereit, hoffte ich. Dies mochte vielleicht auch stimmen. Nur kam ich nicht in die Lage, es festzustellen, denn der Armenvater befahl mir in barschem Ton, ich solle nun heimgehen, um zu essen. In einer Stunde erwarte er mich wieder pünktlich hier.

Das schien mir denn doch die Höhe zu sein. Ich rannte nach Hause, wo mich Mutter mit einer Kanonade von Schimpfwörtern empfing, weil ich mich wieder den ganzen Morgen herumgetrieben hätte und nun mit solch verschmutzten Beinen heimkomme. Daß sie nicht gleich sah, in welchem Zustand ich mich befand, war der finsteren Küche zuzuschreiben. Als sie aber begriff, daß ich wegen des Armenvaters so aussah, ergriff sie mich in einer Wut und schleppte mich durch das ganze Dorf zum Gemeindeammann. Dieser war eben am Essen als wir ankamen und die Mutter Sturm läutete an der Klingel. Die Frau des Ammanns wollte uns zuerst abwimmeln. Ihr Mann brauche seine Ruhe über Mittag. Mutter ließ sich aber nicht abwimmeln. Dann würden wir eben warten, bis der Ammann gegessen habe und zur Arbeit gehe, sagte sie.

Das half. Der Ammann erschien in Kürze und wollte wissen, um was es gehe. Mutter erklärte es ihm mit schriller Stimme und ließ mich meine Beine zeigen. Der Ammann furchte seine Stirn und begann über den Armenvater zu fluchen. Nun sei aber genug Heu unten, sagte er. Wir sollten heimgehen und ich solle mich waschen. Er selber werde am Abend mit dem Armenvater ein Hühnchen rupfen. Das sei ja nicht die erste Klage von armen Leuten, die bei ihm lande.

Ich hatte mit dem Armenvater noch einen anderen Streit.

Unser früherer Vermieter war der trunksüchtige Kleinbauer gewesen. Er hatte hauptberuflich im Wald gearbeitet und die Landwirtschaft nur am Abend und am Wochenende betrieben. Auch seine Frau war dem Trunke ergeben. Beide schoben einander die Schuld in die Schuhe, daß sie keine Kinder hatten.

Der Mann war mittlerweile an einer „Säuferleber“ gestorben, ohne daß er das Pensionsalter hatte genießen können. Das Haus hatten sie schon lange vorher verkaufen müssen, weil sie den Zins für die Hypotheken nicht mehr bezahlen konnten. Die Frau wurde dann in der Gemeinde von einer Bruchbude zur anderen geschoben. Sie kam etwa jeden Monat einmal zu uns, um wieder einmal das Herz auszuschütten und zu weinen. Das Trinken war ihr inzwischen zur Gewohnheit geworden. Lieber verzichtete sie auf das Essen, als auf ihre tägliche Ration Schnaps. Dies verhalf ihr im Dorf zum Übernamen „Schnapsguttere“. Kaum ein Kind, das ihren wirklichen Namen noch kannte. Aber die „Schnapsguttere“ kannte jedes. Und die Kinder riefen ihr diesen Namen nach, sobald sie sich auf der Straße erblicken ließ.

Ich hatte Mitleid mit ihr. Immer wenn ich sie sah, kam mir eine Szene vor Augen, die ich erlebte, als ich etwa zwei Jahre alt war und wir bei ihnen wohnten: Das Ehepaar war damals in der kleinen Tenne beim Heuabladen gewesen. Ich sah ihnen dabei zu. Beide waren offenbar betrunken. Aus einem mir nicht verständlichen Grund begannen beide, sich anzuschreien. Mich beachteten sie vermutlich gar nicht. Plötzlich warf der Bauer die Heugabel nach seiner Frau. Sie blieb im Lehmboden stecken, genau über dem Fuß. Eine Zinke stak rechts und eine links von ihrem Schuh. Sie erschrak so, daß sie zuerst erstarrte. Dann aber schrie sie wie ein Tier auf der Schlachtbank.

In diesem Moment begann auch ich aus Leibeskräften zu schreien. Das rettete vielleicht der Frau das Leben, denn der Bauer hatte soeben zur Sense gegriffen und stürmte auf die Frau los. Als er aber mich gewahrte, schien er wie aus einer Trance zu erwachen. Er warf die Sense in eine Ecke und riß mich an seine Brust. Nun heulten wir alle drei.

Wenn ich auch das Trinken der Frau innerlich verurteilte, wäre es mir nie eingefallen, sie darauf anzusprechen oder ihr gar Vorhaltungen zu machen. Wenn sie jemand für Arbeiten benötigte, die sie nicht mehr selber erledigen konnte, kam sie immer zu mir. Ich brachte ihr ihre Möbel, die immer weniger wurden, weil sie in die Pfändung kamen, von einer Notwohnung zur anderen. Da sie mir kein Geld geben konnte für die Hilfe, gab sie mir mal eine Büchse mit rostigen Nägeln, mal einen präparierten Rehkopf, mal einen Hammer ohne Stiel. Und immer wenn sie uns besuchte, fragte sie mich, ob ich auch die Sachen noch hätte.

Als sie merkte, daß es mit ihr zu Ende ging, ließ sie mich zu sich kommen. Ich hätte doch, sagte sie zu mir mit matter Stimme, immer ein Auge auf ihren Nünisteintisch gehabt. Ob ich diesen nun wolle? Sie brauche ihn ja nicht mehr und sie wolle nicht, daß er in die Hände des Armenvaters komme. Dieser habe sich den Tisch schon lange unter seine Aasgeiernägel reißen wollen. Aber ich müsse ihn sofort mitnehmen, sie merke, daß es mit ihr nicht mehr lange gehe.

Also nahm ich den Nünisteintisch mit nach Hause. Ein paar Tage später läutete ihr die Totenglocke. Ein gehetzter Mensch hatte seine Ruhe gefunden.

Kaum war die Beerdigung vorüber, meldete sich der Armenvater bei uns und verlangte die Herausgabe des, wie er sich ausdrückte, aus der Erbmasse geklauten Tisches. Die Zimmervermieterin der „Schnapsguttere" habe mich beobachtet, wie ich den Tisch heimlich aus dem Haus getragen hätte, als die „Schnapsguttere" todkrank im Bett gelegen sei. Nun werde er mich vor Gericht schleppen und nicht locker lassen, bis ich hinter Schloß und Riegel sei. Es sei denn, ich rücke den Tisch sofort heraus.

Diesmal ließ ich mich aber nicht mehr auf einen Kuhhandel mit ihm ein. Ich sagte ihm auf den Kopf zu, was ich von ihm halte und er solle ruhig vor Gericht gehen. Die würden ihn dort schön auslachen, wenn er wegen einem alten, wurmstichigen Tischlein einen Prozeß würde anstrengen wollen.

Als der Armenvater merkte, daß seine ganzen Drohungen nichts nützten, zog er mit wüstem Gefluche davon.

Das langersehnte Schulende kam immer näher. Und je näher es kam, um so unwirklicher schien es mir. Alle meine Kameraden wußten genau, wie es nach Schulende weitergehen würde. Einige konnten, trotz fehlender höherer Schule, eine Berufslehre machen. Einige gingen in die Fabrik als Hilfsarbeiter. Einige der Mädchen hatten eine Haushaltstelle angenommen. Ich hatte nichts.

Zwar wäre ich in der Lederfabrik, wo auch schon Bruder Beat arbeitete, willkommen gewesen. Der Betriebsleiter, Herr Schmalinger, war schon seit der siebten Klasse immer wieder auf Schulbesuch gekommen. Er hatte dann immer vom Lehrer die Hefte verlangt. Als er meine Aufsätze gelesen hatte, wollte er wissen, wer denn dieser Gregor Grogg sei, der diese fantasievollen Geschichten schreibe. Dann setzte er sich zu mir und wollte wissen, was ich für Pläne hätte für nach der Schulzeit. Ich konnte keine Auskunft geben, weil ich es ja selber nicht wußte. Schmalinger wollte von mir das Versprechen, daß ich zu ihm käme, bevor ich eine andere Stelle annähme. Das wollte ich jedoch nicht versprechen, denn Bruder Beat war nicht glücklich mit seiner Stellung dort. So gab ich Schmalinger immer ausweichende Antworten.

Als es aber so weit war, daß das Schulende in Reichweite lag, ging Mutter selber zu Schmalinger und wollte mich anmelden. Nun kam aus, daß ich gar nicht anfangen konnte, weil ich zum Zeitpunkt des Schulaustrittes noch nicht fünfzehn Jahre alt war. Hier rächte sich nun, daß mich Mutter zu früh zur Schule schickte. Sie hatte mich aber damals unbedingt loshaben wollen. Nun hatte sie mich und sich selber in eine Situation gebracht, die sicher noch schlimmer war, als vor acht Jahren. Damals war ich ein Kind von sechs Jahren gewesen. Nun stand ich in der Pubertät.

Mutter wollte es nicht bei diesem Bescheid des Betriebsleiters bewenden lassen. Sie ging zu den Behörden und verlangte, man sollte eine Ausnahme machen, sie brauche dringend meinen Verdienst. Sie erhielt aber zur Antwort, genau aus diesem Grund habe man ja das Gesetz gemacht, daß nicht unreife Kinder am Fließband und anderswo ausgenutzt würden.

Mutter mußte in den sauren Apfel beißen. Ich aber stand vor dem totalen Nichts. Als meine Eltern kapiert hatten, daß von mir für die nächsten paar Monate nicht mit einem Verdienst zu rechnen sei, kümmerten sie sich nicht weiter um meine Zukunft. Sollte der Lümmel selber sehen, wie er über die Runden kam!

Als für uns zum letzten Mal die Schulglocke läutete, stimmten meine Kameraden ein Indianergeheul an. Dann ergriffen sie ihre Mappen und stürmten in den Schulhof. Hinter dem Hof befand sich der Komposthaufen, auf welchen der Abwart immer die Blätter und den Rasen warf. Hier versammelten wir uns. Wir räumten unsere Schulmappen aus und warfen den ganzen Plunder auf den Mist. Budi zündete alles mit einem einzigen Zündholz an. Dann führten wir einen Indianertanz auf um das Feuer.

Plötzlich wurden alle still. Es galt Abschied zu nehmen, Abschied von Kameraden, die einem trotz vieler Unstimmigkeiten und Kämpfe lieb geworden waren. Abschied auch von dem alten Gemäuer, das uns acht Jahre lang beherbergt hatte - und beschützt und behütet. So empfand ich es zumindest in diesem Augenblick.

Verlegen gaben wir uns die Hände. Wir versprachen uns, uns in Bälde wieder zur ersten Klassenzusammenkunft zu treffen. Dann ging jedes seines Weges. Ich schaute ihnen nach, bis das letzte meiner Gespänlein verschwunden war. Ich spürte plötzlich ein unheimliches Loch um mich, in dem ich zu versinken drohte.

II.

Sommer, der Mieter der unteren Wohnung, hatte sich ein Eigenheim gekauft. Das wäre eigentlich die beste Gelegenheit gewesen für die Gemeinde, auch uns zu kündigen und das Juckihaus endlich abreißen zu können. Der Luftschutzkeller wurde auch nicht mehr benötigt, weil inzwischen der Krieg zu Ende gegangen war. Aber es hatte sich ein anderer Interessent für die untere Wohnung gemeldet, dem man nicht gut absagen konnte. Es war der in Kurligen allgemein angesehene Dorfwegmacher Mani.

Mani und seine Frau waren ein kinderloses Ehepaar. Sie lebten sehr zurückgezogen und bescheiden. Das einfache Logis im Juckihaus kam ihnen wie gerufen.

Als Mani merkte, daß ich gerne las, lud er mich in seine Stube ein, um mir seine Bücher zu zeigen. Wie staunte ich, als ich die Regale sah! So etwas hätte ich hinter dem „Hinterwäldler" Mani nie erwartet. Und wie war ich froh, daß er mir spontan anbot, mir von seinen Büchern auszuleihen, solange ich Sorge zu ihnen tragen würde. Diese Wochen nach der Schulentlassung begannen nämlich langweilig zu werden. Und die Schulbibliothek, meine Quelle der Freude, diese einzigartige Möglichkeit, auf Pegasus' Flügeln der Wirklichkeit zu entfliehen, war mir genommen. So kam mir Mani wie ein Arzt vor, der mich vor Entzugserscheinungen bewahrte.

In dieser Zeit hatte ich irgendwie das Gefühl, Vater wolle etwas gutmachen an mir, was er vor Jahren schon kaputtgemacht hatte. Er hatte mich auch seit einiger Zeit nicht mehr gezüchtigt. Dafür gab es aber einen besonderen Grund: Er hatte mir nämlich einmal nach einer Züchtigung seine Kraft und Überlegenheit mit einer grossen Pfanne voll Wasser demonstriert, die er mit gestrecktem Arm vor sich hertrug. Dann hatte er grinsend zu mir gesagt, daß er mich von dem Tag an nicht mehr schlagen werde, an dem ich ihm diesen

Kraftakt nachmachen könne. Von da an hatte ich jeden Tag trainiert. Und als es soweit war, hatte ich ihm wortlos die Pfanne voll Wasser am ausgestreckten Arm vor die Nase gehalten. Das wirkte! Vater ließ vor Schreck oder Staunen den Kiefer nach unten fallen. Und er hielt Wort. Entweder aus Fairneß - oder ganz einfach aus Angst, ich könnte ihm die biblischen Züchtigungen mit Zins und Zinseszins zurückzahlen.

Vater hörte sich mittlerweile immer aufmerksam die Nachrichten im Radio an. Einmal sagte er uns, das einzige, das ihn an den Meldungen interessiere sei, ob endlich die Weissagung der Bibel eintreffe und die Juden ihr Land verlieren würden. Dann käme nämlich der ersehnte Letzte Tag.

In seinem Glauben an die baldige Entrückung in den Himmel wurde er immer fanatischer. Es reichte ihm nicht mehr, jede Woche dreimal in den Gottesdienst zu gehen. Er versuchte jeden, der ihm über den Weg lief, zu seinem Glauben zu bekehren. Als er es bald mit allen Arbeitskollegen verdorben hatte, kamen die Nachbarn dran.

Mutter wurde auch immer ungemütlicher. Im Haushalt tat sie nur noch das Allernotwendigste. Ihr Tablettenkonsum steigerte sich ins Gefährliche. Mit den Nerven war sie so am Ende, daß man sich die Einweisung in eine Klinik überlegte.

Als ich einmal eine unbedachte Bemerkung machte, wegen ihrer Nachlässigkeit gegenüber ihrer Familie, riß sie mich an den Haaren zu Boden und trampelte auf mir herum. Ich war so überrascht, daß ich mich nicht wehrte, sondern nur mit den Händen das Gesicht zu schützen versuchte. Als sie anfing, mit den Fußspitzen gezielt an meine Schläfen zu treten, rissen Sara und Ria sie weg. Ich glaube, sie hätte mich in diesem Moment vor Haß töten können.

Es gab in jener Zeit Tage, an denen ich da und dort herumlungerte, einfach, weil ich nichts anzufangen wußte. Wie ich so einmal auf der Treppe zur Kirche hockte, kam Beni Birsegger vorbeispaziert. Beni war einer der Schulkameraden, mit denen ich mich in einer Doppelklasse getroffen hatte. Weil er um keinen Preis zu Lehrer Spucki in die Abschlußklasse gehen wollte, hatten seine Brüder ihm eine Stelle im Welschland gesucht, wo er nebenbei noch zur Schule gehen konnte. In Benis Begleitung war Isi, ein Jahrgänger von mir. Isi war aber bereits in der ersten Klasse sitzen geblieben und hatte dann jede Klasse repetiert. So war er halt schon in der vierten aus der Schule entlassen worden.

Froh für eine Abwechslung unterhielt ich mich mit den beiden ehemaligen Kollegen. Beni schwärmte mir von seiner Stelle vor und den guten Meistersleuten, die er habe. Überhaupt sei es im Welschland ganz anders als hier. Die Leute seien nicht so stur wie die Kurliger und verstünden es noch zu leben und zu festen. Dann fragte er mich ganz unvermutet, ob ich nicht mitkommen wolle. Er sei nämlich von einem befreundeten Bauern gebeten worden, im Urlaub ein bißchen die Augen offen zu halten, ob da nicht ein schaffriger Bursche zu finden wäre für ihn. Der Meister, den ich dann bekäme, hätte eine Wirtschaft und sei noch Junggeselle. Der Lohn sei zwar nur zwanzig Franken. Dafür würde ich es aber schön haben und erst noch die französische Sprache lernen. Aber ich müßte mich schnell entscheiden, denn er müsse in zwei Tagen bereits wieder zurück. Wir könnten dann zusammen reisen.

Das kam mir denn doch ein wenig plötzlich. Aber Beni zog mir den Speck so durch den Mund, daß ich versprach, mit den Eltern zu reden. Ich würde am nächsten Tag zu ihm kommen, um ihm Bericht zu geben.

Zuerst waren Vater und Mutter erschrocken, als ich mit dieser Idee kam. Aber beide überlegten, daß dann ein hungriges, unrentables Maul weniger zu stopfen wäre. Mutter war einverstanden, wenn ich nur bis zu meinem fünfzehnten Geburtstag ginge und dann sofort in eine Fabrik eintrete. Vater sagte nur, dann müsse er sofort mit dem Priester reden, damit er mir eine Bestätigung mitgebe, daß ich ihrer Kirche angehöre und dann auch dort die Gottesdienste besuchen könne.

So konnte ich also am nächsten Tag Beni zusagen. Ich schlief nicht viel in jener Nacht. Das Reisefieber hatte mich gepackt. Am Nachmittag war ich noch lange mit Schwesterchen Martina herumgetollt. Martina nicht mitnehmen zu können, war das Einzige, das ich bedauerte.

Einen Tag später standen wir am Bahnhof von Kurligen. Beni mit einem Koffer in der Hand, ich mit einer Schachtel unter dem Arm, in der meine wenigen Habseligkeiten verstaut waren. Diese bestanden aus zwei Hemden, einem Paar Sonntagshosen, drei Paar Socken und einem Paar Sandalen, die mir Mutter noch am Tag vor der Abreise gekauft hatte, weil ich außer den hohen Schuhen, die ich an den Füßen trug, keine anderen hatte.

Die Fahrt im Zug gab Beni Gelegenheit, mir noch weitere Details für meinen Aufenthalt in Chevaz, unserem Reiseziel, zu geben. Die Bewohner des Jura bernois seien, so meinte er, ein eigenes Völklein. Sie seien stolz und unnahbar, bis man sie näher kennenlerne. Ihr langjähriger Kampf für einen eigenen Kanton habe sie mißtrauisch gemacht gegen alles, was aus der Deutschschweiz komme. Habe man aber einmal ihr Vertrauen gewonnen, so werde man als ihresgleichen akzeptiert. Er gebe mir darum den Rat, am Anfang den Kopf unten zu halten und zu tun, was der Chef mir befehle. Er, Beni, werde mir in der ersten Zeit helfen, soweit er das könne.

Bis Porrentruy ging es nun zügig mit der Eisenbahn. Dann nahm uns ein altertümliches Postauto an Bord. Als wir uns unserem Ziel näherten, fiel mir auf, daß auf der Straße viele Fuhrwerke mit angebundenen Fohlen kamen und gingen. Beni erklärte mir, heute sei in Chevaz der Tag, an dem die Hengstfohlen kastriert würden. Diese kastrierten Pferde nenne man dann Wallache. Da Chevaz zentral gelegen sei, finde dieser Anlaß eben hier statt.

Wirklich, als wir ins Dorf kamen, konnte sich das Postauto nur noch im Schrittempo bewegen, da die Straße von Pferden und Fuhrwerken fast verstopft war.

Bei der Kirche war für uns Endstation. Beni wollte mir als Attraktion die Beschneidung der Fohlen zeigen. Auf einer Wiese waren drei Rondelle mit gestreutem Sägemehl angelegt worden. Auf jedem Rondell stand ein Mann in weißem Mantel und drei Männer in braunen Bauernkitteln. Diese führten laufend Fohlen herein, die sie dann fesselten und zu Boden warfen. Dann klemmten sie ihnen mit einem der Länge nach aufgeschnittenen Rundholz die Hoden ab und schnürten das Holz zusammen. Mit einem raschen Schnitt öffnete der Mann im weißen Mantel den Hodensack und riß den Inhalt heraus. Die ausgerissenen Hoden warf er in einen Kübel. Schon stand einer der drei Männer mit einem Eimer Desinfektionsmittel bereit und schüttete den ganzen Inhalt über die Wunde. Das Fohlen wurde von seinen Fesseln befreit und trabte zu seiner Mutter. Das Rundholz blieb am leeren Hodenbeutel.

Die ganze Wiese war rot vom Blut der jungen Pferde. Ich fühlte, wie mir langsam schlecht wurde und sagte zu Beni, daß ich langsam weitergehen mochte. Beni lachte mich aus.

Weil die Meistersleute von Beni näher wohnten, als mein zukünftiger Meister, gingen wir zuerst dorthin. Wir wurden beide mit freundlicher Herzlichkeit empfangen. Beni wurde sogar umarmt, was mir einigermaßen seltsam vorkam, war ich doch solches von Kurligen her nicht gewohnt. Wir wurden mit Speis und Trank bewirtet. Dann machten wir uns auf den Weg zu meinem zukünftigen Chef.

Mitten im Dorf stand das Restaurant „Cheval“. Hier machte Beni halt und deutete lachend auf ein Fuhrwerk, welches eben hier angehalten hatte. Da sei ja mein Meister, sagte er und ging auf den Mann zu, der die Pferde ausschirrte.

Ich beobachtete etwas beklommen den Mann, der nun für fast ein Jahr mein Vorgesetzter sein würde. Als er Beni erblickte, streckte er ihm die Hand zum Gruß entgegen und sagte etwas in Französisch, was ich nicht verstand. Ich hatte zwar beim Lehrer Spucki einige Lektionen gehabt, und eigentlich war Spucki dafür bezahlt worden, uns zwei Jahre lang Französisch beizubringen. Aber er hatte es beide Jahre verstanden, meinen Kameraden solchermaßen den Verleider zu machen, daß eines ums andere meiner Kamerädlein absprang. So war zuletzt immer nur noch ich übriggeblieben und wegen mir stand Spucki nicht extra eine Stunde früher auf am Morgen. So war es also nicht verwunderlich, daß ich kein Wort verstand vom Gespräch, das mein Meister mit Beni führte. Später merkte ich allerdings, daß es dafür noch einen anderen Grund gab: Nämlich, daß die beiden gar nicht richtig Französisch gesprochen hatten, sondern einen Dialekt.

Während Beni mit dem Chef redete, reichte dieser, ohne mich anzublicken, seine Rechte zu mir herüber. Ich ergriff sie und stammelte irgendetwas. Aber ich hätte auch gar nichts zu sagen brauchen, denn Monsieur Rinaz nahm überhaupt keine nähere Notiz von mir.

Als die Pferde getränkt waren, griff mein Chef nach dem Geldbeutel und reichte Beni zwanzig Franken, welche dieser mit einem kurzen Seitenblick zu mir schnell im Hosensack verstaute. Dann sagte Monsieur Rinaz wieder etwas zu Beni und deutete dabei zu mir herüber. Beni erklärte mir, Gaston, also mein Chef, habe zu ihm gesagt, daß er mir mein Zimmer zeigen solle, er kenne ja den Weg. So ergriff ich denn mein Paket und folgte ihm. Durch die menschenleere Küche ging es nun über eine lange Treppe nach oben. Wir kamen in einen Saal. Offenbar war es ein Saal, in dem gewirtet wurde, den Tischen und Stühlen nach zu schließen. In einer Ecke stand ein altes Bett. Beni deutete darauf und sagte, dies sei mein Bett, und der Kasten dort gehöre auch mir. Ich schaute ihn ungläubig an und fragte, ob denn der Saal nicht mehr für andere Zwecke gebraucht würde. Doch, meinte Beni verlegen. Und daß ich es gleich wisse, mein „Zimmer“ werde zudem noch an den Sonntagen von den auswärtigen Fußballern als Umkleideraum verwendet. Das sei nicht gerade ideal, gab er dann freimütig zu, aber wenn er mir das zu Hause gesagt hätte, wäre ich am Ende gar nicht mitgekommen.

Damit hatte er allerdings recht. Ich war richtig wütend auf Beni, daß er mir diese Sachlage verschwiegen hatte. Da hatte ich mich doch gefreut, endlich ein eigenes Zimmer zu haben und nun mußte ich es gar noch mit ganzen Fußballvereinen teilen, statt nur mit meinem Bruder Beat.

Nun wollte ich noch wissen, wofür Beni das Geld von Monsieur Rinaz bekommen habe. Beni druckste herum, aber ich ließ nicht locker, bis er mir kleinlaut gestand, dies sei die Vermittlungsgebühr gewesen, daß er mich gebracht habe. Warum nur kam mir die Szene von den Silberlingen und dem Heiligen Abendmahl in den Sinn?

Nachdem mir Beni mein Zimmer gezeigt hatte, wurde er plötzlich unruhig. Er müsse jetzt heim, seinem Meister im Stall helfen. Wir gingen nach unten. In der Küche saß ein alter Mann und las Zeitung. Beni stellte ihn mir als den Vater von Gaston vor. Er werde hier im ganzen Dorf nur als Père Rinaz bezeichnet. Ich solle ihm halt auch so sagen.

Père Rinaz begrüßte mich freundlicher, als der Sohn es getan hatte. Er fragte mich auch, ob ich eine gute Fahrt gehabt hätte. Dann lud er Beni und mich zu einem Wermut ein. Da ich noch nie so etwas getrunken hatte, bekam ich sofort einen leichten Schwips davon. Aber es nahm mir auch das in mir aufsteigende Heimweh ein wenig.

Beni wollte durch die Küchentüre verschwinden. Er stieß fast mit einer Frau zusammen, die eilig herein kam. Beni sagte noch, dies sei die Schwester des Chefs, Madeleine. Sie sei verheiratet und komme jeden Tag so quasi als Haushälterin und Wirtin.

Bald gab es auch ein richtiges Nachtessen. Aber ich mußte die Bissen hinunterwürgen, denn ich fühlte mich hintergangen und verraten. Nachher wollte ich höflichkeitshalber Madeleine noch beim Abwasch helfen, was sie aber lachend abwehrte. So zog ich mich halt in mein Zimmer zurück, legte mich zu Bett und versank vor Müdigkeit sofort in einen tiefen Schlaf.

Ich lag schon lange wach, als es an die Türe polterte. Jemand rief meinen Namen. Dann öffnete sich die Türe und das Licht wurde angedreht. Es war Père Rinaz. Er brummelte irgend etwas auf französisch, das ich zwar nicht verstand, aber die Geste war eindeutig: Aufstehen. Dann schlurfte er wieder die Treppe hinunter in die Küche. Das war die Zeremonie, die ich von da an jeden Morgen erlebte.

Als ich nach unten kam, deutete der Alte nach einer Türe, die nach hinten durch den Schweinestall und in den Hinterhof führte. Dort stand ein alter, vergammelter Brunnen. Der Wasserhahn tropfte. An der Mauer waren ein paar Nägel eingeschlagen. An einem dieser Nägel hing ein verwaschenes Tuch. Père Rinaz bedeutete mir, ich solle mir mit den Händen das Gesicht waschen und es dann mit dem aufgehängten Lappen abtrocknen. Ich tat, wie geheißen. Der Alte wartete geduldig, bis ich fertig war. Dann winkte er mir, ihm zu folgen.

In der Küche wartete bereits der Chef auf mich. Sein Anblick war nicht gerade das, was man sich am Morgen als Aufmunterung wünscht. Seine ganze Kleidung hing an ihm, als hätte er sich nur notdürftig angezogen, weil er sowieso gleich wieder ins Bett wollte. Als ich grüßte, brummte er wie ein Bär. Dann bedeutete er mir, ich solle den Kessel nehmen, der über dem Kochherd hing. Er ging voran. Wieder ging es durch den Schweinestall. Dann durch die Tenne in den Kuhstall. Hier standen zwei Kühe, ein Kalb und die zwei Pferde, die ich gestern schon gesehen hatte. Die Pferde schnaubten leise und neugierig, als ich an ihnen vorbei ging.

Der Meister nahm mir den Kessel aus der Hand und griff einen einbeinigen Hocker, der an der Wand hing. Dann setzte er sich neben eine Kuh und begann zu melken. Er machte mir vor, wie man die Euter mit einem Spritzer Milch einfettete und so lange massierte, bis die Milch fast von selber in den Eimer floß. Das sah so leicht aus, aber als ich es probierte, kam die Milch nur in einem dünnen Faden aus den Strichen der Kuh. Doch nach einer Weile hatte ich den Kniff raus. Der Meister nickte beifällig und schlurfte aus dem Stall.

Als die erste Kuh keine Milch mehr geben wollte, probierte ich es an der zweiten. Hier ging es schon leichter. Aber nach immer etwa zwanzig Zügen am Euter wollte mir in den Händen der Krampf kommen.

Als auch die zweite Kuh keine Milch mehr hergeben wollte, kam eben der Meister wieder in den Stall. Er hatte also meine Anfängerkünste im Melken zeitlich richtig eingeschätzt. Er zeigte mir, daß in den Eutern noch eine ganze Menge Milch verblieben war, die man am Ende auch noch ausmelken mußte.

Dann gingen wir zusammen in die Küche zurück, wo Père Rinaz bereits ungeduldig auf die Milch wartete, weil er einen Teil davon für das Morgenessen brauchte, das er jeden Morgen zubereitete.

Ich hatte inzwischen einen rechten Hunger bekommen und hätte gerne noch eine zweite Tasse Milch genommen. Aber Gaston schaute immerzu auf die Uhr. Er selber nahm nur einen Schluck schwarzen Kaffees, stand auf und wartete ungeduldig neben dem Tisch, damit ich merkte, daß es endlich weitergehen sollte. Ich tat ihm den Gefallen.

Wieder ging es in den Stall. Zuerst mußte ich den Tieren das zweite Mal die Krippe füllen. Die erste Ration hatte wohl der Alte eingefüllt. Nachher ging es ans Misten, Tiere tränken, Futter zubereiten und Boden wischen. Der Chef sagte in gebrochenem Deutsch, er zeige mir das alles nur einmal. Ab morgen müsse ich es selbständig machen, weil er am Abend jeweils in der Wirtschaft zu tun habe und sehr spät ins Bett komme.

Kaum war ich im Stall und in der Scheune fertig, winkte Gaston wieder, ihm zu folgen. Er griff sich zwei Mistgabeln und steckte sie über die Hinterradnaben von zwei Fahrrädern, die im Hinterhof standen. Dann schwang er sich auf das eine und fuhr los.

Ich war überhaupt noch nie in meinem Leben auf einem Fahrrad gesessen. Vater hatte zwar eines, aber wir Kinder durften es nicht benutzen, weil die Pneus im Krieg nur schwer erhältlich waren. Beat hatte sich allerdings nicht an dieses Verbot gehalten, zumal nicht, wenn Vater schlief. Wenn Vater es jedoch gemerkt hatte, hatte es Prügel gesetzt.

Der Chef hatte bereits einen Vorsprung von bald hundert Metern, und ich stand immer noch ratlos neben meinem Fahrrad. Es blieb mir keine andere Wahl, als vorsichtig aufzusitzen und zu versuchen, in Fahrt zu kommen. Nach einigen Kurven und Beinahestürzen ging es schon recht flüssig. Als ich aber probeweise die Bremsen betätigen wollte, merkte ich zu meinem Schrecken, daß diese überhaupt nicht ansprachen. Ich wollte den Chef überholen, damit ich ihm diesen widrigen Umstand berichten konnte. Als er aber merkte, daß ich ihm auf den Fersen war, beschleunigte er sein Tempo.

Glücklicherweise ging es immer ein wenig aufwärts. Die Fahrt führte durch viele Wiesen und Felder. Alle waren sie winzig klein und hatten einen Stacheldrahtzaun ringsum. Später erklärte man mir, das käme daher, daß jeder Erbe von einem Stück Land genau seinen Anteil bekomme. So seinen viele Stücke Land mittlerweile so klein geworden, daß sich das Bebauen bald nicht mehr lohne. Wir kamen an ein Grundstück, wohin bereits Misthaufen ausgeführt worden waren, die es nun zu verteilen galt.

Ich mußte staunen, welches Tempo Gaston vorlegte. Ich war kaum in der Mitte der Wiese, als er mir bereits wieder entgegenkam. Vorwurfsvoll schüttelte er seinen Kopf. Dabei schmerzten mir bereits die Muskeln der Oberarme so, daß ich glaubte, nicht mehr weitermachen zu können.

Endlich gab es eine Pause. Gaston packte einen Korb aus, den er hinten auf seinem Gepäckträger aufgeladen gehabt hatte. Aber ich konnte die herrlichen Würste kaum halten, so zitterten mir die Arme.

Als wir endlich die Wiese fertig hatten, glaubte ich, nun gehe es wieder heimzu. Aber ich täuschte mich. Eine zweite Wiese kam dran. Dann kam der Heimweg, an den ich schon die ganze Zeit mit Schrecken dachte. Der Chef sauste wieder voraus. Zu treten brauchten wir nicht. Es ging mir auch so schon zu schnell. Der Gedanke an die Abzweigung von der Hauptstraße zur Dorfstraße ließ mir den Angstschweiß ausbrechen. Diese ähnelte nämlich mehr einem Bachbett denn einer Straße. Glücklicherweise erwischte ich eine Karrenspur, die mich wie eine Schiene leitete. Bremsen konnte ich nur mit meinen auf dem Boden nachschleifenden Füßen.

Endlich kamen wir wieder auf die Ebene. Die Fahrt wurde geruhsamer. Ich nahm mir vor, als erste Freizeitarbeit mir die Bremsen vorzuknöpfen, was ich dann am Abend auch tat. Wenn ich auch noch nie eine Fahrradbremse auseinandergenommen hatte, gelang es mir doch, mit Hilfe von Schmirgelpapier wieder eine kleine Bremswirkung zu erzielen.

So ging der erste Tag zu Ende. Am Abend kam Beni mich besuchen, wie er mir versprochen hatte. Er hatte eine Pfeife im Mund, mit deren Hilfe er wunderbar duftende Wolken in den Himmel blies. Als er sah, wie ich ihm hingerissen zuschaute, gab er mir die Pfeife zum Probieren. Es schmeckte nicht halb so gut auf der Zunge, wie ich es mir anhand des in die Nase steigenden Rauches vorgestellt hatte. Beni überließ mir die Pfeife. Er sagte, er habe zu Hause noch eine schönere.

Schon am ersten Tag hätte ich dringend ein gewisses Örtchen aufsuchen sollen. Ich versuchte zuerst dem Chef, dann dem alten Rinaz mein intimes Anliegen mitzuteilen. Aber auf alle meine Andeutungen antworteten sie immer nur mit: „Oui, oui.“ Ich dachte, irgendwo im Hause würde besagtes Örtchen gewiß zu finden sein. Aber alles Augenoffenhalten nützte nichts.

Am dritten Tag dann, ich hatte eben wieder eine Pfeife geraucht, wurde mir hundeübel. Ich sah nur noch die eine Möglichkeit, mir im Garten hinter dem Haus Erleichterung zu verschaffen. Und hier stand es dann auch. Und nicht nur eines, sondern gleich drei, weil hier ja eine Wirtschaft war. Die nächste halbe Stunde sah man mich nicht mehr.

Ich war eigentlich nach Chevaz gekommen, um die französische Sprache zu lernen. Wie aber sollte ich das bewerkstelligen in einem Haushalt, in dem nur ein alter Mann und sein

Sohn lebten, die sich mehr um den Umsatz in der Wirtschaft kümmerten, als um den dummen Deutschschweizer? Und die sich überdies untereinander nur in ihrem Dialekt unterhielten? Wenn die beiden sich an mich wandten, dann nur um mir einen Befehl zu geben, welcher meine Arbeit in Feld und Stall betraf. Ansonsten war ich den ganzen Tag allein. Der Chef saß in der Wirtschaft, entweder bei den seltenen Gästen, oder er kümmerte sich um Bestellungen und Rechnungen.

Zwar kam Gastons Schwester Madeleine jeden Tag, um zu kochen und den Haushalt zu machen. Sie war anständig und lieb zu mir, aber ich sah sie nur bei den Mahlzeiten. Auch ihr Mann Marc Gignon, ein „Uhrensteinler", aß bei uns. Sie versuchten sich zwar bei diesen Gelegenheiten ein bißchen mit mir zu unterhalten. Aber über ein freundliches „Ca va?" ging diese Unterhaltung selten hinaus.

Mein Monatslohn betrug zwanzig Franken. Da mir hier niemand die Wäsche waschen und flicken wollte, mußte ich sie in einem Militärsack, den der Chef mir gab, heimschikken. Ich legte für Mutter immer zehn Franken bei, weil ich nicht wollte, daß sie mir nachher vorhielte, sie habe gratis für mich arbeiten müssen. So blieben mir also von meinem sonst schon mageren Lohn gerade noch etwa neun Franken, denn das Porto kostete ja auch noch.

Ich ging nie mit den Schuhen durchs Haus, aber ich trug sie in der Hand auf mein Zimmer. Aber sogar dies wollte Gaston nicht haben. Er sagte, er wolle nicht, daß das Zimmer nach Stall stinke. Das Paar, das ich nicht gerade trug (ich hatte ja nur die hohen und die Sandalen) mußte ich auf die Bretter über dem Schweinestall stellen. Diese Bretter waren aber nur lose hingelegt. So kam es, daß ich eines schönen Sonntags meine Sandalen nicht mehr fand, sondern nur noch die Schnallen, welche die Schweine nicht hatten fressen wollen. Als ich dies Gaston klagte, tat er es ab. Dann hätte ich meine Sandalen eben nicht richtig auf die Bretter gelegt. Die Wahrheit aber war, daß die Bretter nur in etwa anderthalb Metern über den Schweinen lagen. Das einzige Licht, das diese sahen, war von oben. Wenn nun also eine Sau etwas Tageslicht genießen wollte, mußte sie sich auf die Hinterläufe stellen. Daß sich die eine meine Sandalen dabei schnappte, war ihr gewiß nicht zu verargen.

Glücklicherweise war gerade Madeleine in der Küche, als ich Gaston das Vorkommnis meldete. Sie schüttelte nur den Kopf über ihren Bruder. Am nächsten Tag brachte sie mir ein Paar währschafte Halbschuhe von ihrem Mann, welcher glücklicherweise dieselbe Größe hatte wie ich. Diese Halbschuhe waren mir noch lieber als die Sandalen, denn ich hatte mir schon Sorgen gemacht, was ich im Winter anziehen sollte am Sonntag.

Als ich eines Abends im Bett lag, kam plötzlich der Gemeinderat von Chevaz herein. Zuerst stutzten die Männer, als sie mich im Bett sahen. Ich verstand zwar nicht, was sie mit Gaston besprachen, konnte mir aber vorstellen, daß er sie beruhigte. Der „Boche“ verstehe zu wenig Französisch, um die Verhandlungen mitzubekommen. So setzten sie sich also und hielten ihre Gemeinderatssitzung ab. Ich aber spielte den Schlafenden. Innert Kürze war ich total eingenebelt vom Rauch ihrer selbstgedrehten Zigaretten. Als sie nach Mitternacht endlich gingen, konnte ich noch lange nicht einschlafen, weil ich mich fürchterlich darüber aufregte, daß der Chef es nicht einmal für nötig befunden hatte, mich vorher zu orientieren. Als ich ihn am anderen Tag darauf ansprach, meinte er nur, ich könnte ja auch fragen, ob am Abend das Zimmer benötigt würde. Daß es eigentlich in erster Linie mein Zimmer war, das schien ihn überhaupt nicht zu interessieren.

In der Folge erlebte ich in meinem Bett noch einige solcher Sitzungen. Und es war nicht nur der Gemeinderat, welcher bei mir Sitzungen abhielt. Auch die Ortsvereine brauchten ja ab und zu einen Saal für ihre Versammlungen. Zwar gab es noch ein weiteres Restaurant im Dorf, ebenfalls mit einem Saal. Aber in das eine gingen nur die „Roten“ und in das andere nur die „Schwarzen“. Das ganze Dorf war in diese zwei Lager eingeteilt. Die „Roten“, das waren die Arbeiter, meist Uhrensteinler. Die „Schwarzen“, das waren die Bauern und die wenigen Gewerbler im Dorf. Beide Parteien hatten ihre eigenen Vereine, vom Turnverein bis zur Dorfmusik. Und in dem kleinen Dorf Chevaz gab es keine Rekrutierungsschwierigkeiten für diese Vereine, denn wer etwas auf sich hielt, der war in mehreren davon. „Boches“ aber waren in keinem Verein vertreten.

Wenn der Chef mich frühzeitig über Zimmerbesetzungen informierte, dann verzog ich mich am Abend zu den Pferden in den Stall. An Schlafen war zwar nicht zu denken, weil die Tiere stets schnaubten und wieherten, wenn sich jemand im Stall aufhielt. Aber wenigstens mußte ich dann nicht im dicken Zigarettenrauch ausharren.

Als ich wieder einmal so dösend im Stall lag, hörte ich die Türe sich leise öffnen. Das war nichts Ungewohntes, denn die Gäste der Wirtschaft zogen es vor, den langen Weg zu den Klos im Garten zu sparen, und den Stall als Pissoir zu nutzen. Aber diesmal waren die Kühe unruhiger als sonst. Besonders die eine schnaubte laut und wollte sich von der Kette reißen. Leise schlich ich mich unter dem Futterbarren hindurch gegen die Türe. Schemenhaft sah ich einen Mann, der sich auf eine Bierharasse gestellt hatte und sich an der Kuh zu schaffen machte. Gaston hatte mir schon mal von gewissen diesbezüglichen Vermutungen erzählt. Vorsichtig griff ich mir die Mistgabel, sprang nach vorne und schlug sie dem Eindringling über den Buckel. Der Mann erschrak so, daß die Harasse davonflog. Die Türe wurde aufgerissen und der Mann verschwand in der Dunkelheit. Ich aber war so aufgeregt und hatte solche Angst, der Mann könnte zurückkommen, daß ich mich unter dem Futterbarren verkroch.

Bald war ich soweit, daß Gaston mir am Abend nur noch zu sagen brauchte, wie mein Programm für den nächsten Tag aussah. Dann traf ich die Vorbereitungen dazu selber und sah den Chef nur noch, wenn es etwas zu reklamieren gab. Am Anfang tauchte er zwar hin und wieder plötzlich mit seinem Militärvelo auf, wenn ich irgendwo auf dem Feld war. Mit der Zeit aber wußte er, daß seine Anweisungen gewissenhaft ausgeführt wurden und er sich beruhigt seinen Geschäften widmen konnte.

An meinem ersten Sonntag in Chevaz half mir Gaston morgens früh im Stall, weil wir, wie er sagte, nachher auf die Alp gehen würden. Es kam mir dies etwas komisch vor, denn Beni hatte mir gesagt, nach der Morgenarbeit im Stall hätte ich den ganzen Tag frei, bis ich am Abend wieder in den Stall müßte. Andererseits war ich aber auch neugierig, was es mit dieser Alp für ein Bewenden haben würde, denn davon hatte mir Beni noch nichts gesagt.

Nachdem wir also fertig waren im Stall, nahmen wir hastig noch ein Frühstück ein, dann reichte mir Père Rinaz einen Rucksack, den er bereits gepackt hatte. Gaston griff sich einen knorrigen Stock und los gings. Der Weg auf den Berg war mehr ein Bachbett denn ein ordentlicher Fahrweg. Gaston bestätigte mir auf meine erstaunte Frage, daß dies tatsächlich bei starken Regengüssen ein Bachbett sei. Ich solle es also vermeiden, bei Gewitter auf diesem Weg zu gehen. Er fülle sich innert Minuten mit reißendem Wasser. Bei normalem Regen jedoch verlaufe alles im porösen Gestein. Das ganze Gebiet sei voller Grotten. Dort sammle sich der Regen und komme irgendwo im Tal wieder zum Vorschein.

Nach etwa einer Stunde waren wir oben. Eine mit Bäumen und Büschen verwachsene Weide war mit morschen Pfählen und Stacheldraht umzäumt worden. Die ältesten Pfähle stammten vermutlich noch vom Großvater Gastons. In der Mitte der Weide stand ein verlotterter Stall. Eine Seite war offen. Tiere waren keine zu sehen. Gaston faltete seine Hände zu einem Trichter und rief in die Runde: „Weeela, wela, wela", und schon kamen sie angetrabt. Es waren etwa ein Dutzend Rinder und zwei Fohlen. Scheu kamen sie näher. Gaston verlangte von mir den Rucksack. Er nahm altes Brot und eine Büchse mit Salz heraus. Die Tiere kamen heran und fraßen und leckten es ihm aus den Händen.

Dann umkreiste der Chef jedes einzelne der Tiere, um es auf Verletzungen und Krankheiten zu untersuchen. Er erklärte mir, auf was ich zu achten hätte. Diese Aufgabe hätte ich nun jeden Sonntag. Es sei gut, daß ich nicht katholisch sei, da würde ich nicht die Messe verpassen.

Dann schritten wir zusammen den Zaun ab. Gaston erklärte mir, dies sei gleichzeitig die Grenze zu Frankreich. Ich solle mir aber ja nicht einfallen lassen, sie zu überschreiten, denn es wären immer etwa Grenzwächter unterwegs, weil dies ein bekanntes Schmugglergebiet sei.

Neben dem Stall war ein Reservoir. Hier wurde das Regenwasser des Stalldaches gesammelt. Daneben stand ein mit Moos und Algen bewachsener Brunnen. Diesen hätte ich zu reinigen und den Wasserstand und die Leitung zu inspizieren, wies mich mein Chef an. Wenn einmal zu wenig Wasser im Reservoir sei, dann müßten wir mit dem Jauchefaß welches vom Tal heraufbringen. Dies sei aber in den letzten zwanzig Jahren nie der Fall gewesen.

Wir schrieben das Jahr 1947, und es würde das heißeste und trockenste des Jahrhunderts sein. Aber das konnte zu dieser Zeit noch niemand wissen, denn es war erst Frühling.

Beim Abstieg ins Tal zeigte mir Gaston noch die Wälder, die ebenfalls ihm gehörten. Hier lagen überall Stämme und Äste herum. Das sei dann noch eine Spätherbstarbeit, erklärte er. Seine Waldarbeiter seien jetzt eben daran, die Vorbereitungen für den Transport ins Tal zu treffen. Wenn alles bereit sei, müßten wir mit den Pferden die Stämme aus dem steinigen, mit Baumstrünken übersäten Gebiet zum Bachbett schleppen. Dort würden sie dann mittels Seilwinden auf Langholzwagen gehievt und zu Tale gebracht. Ich konnte mir nicht vorstellen, wie man in diesem Bachbett mit einem Wagen fahren wollte.

Einen Mitbewohner unseres Haushaltes habe ich noch ganz zu erwähnen vergessen: Godi! Godi war ein Basterli zwischen allen im Dorf vorkommenden Hunderassen. Der Hauptanteil aber war von einem Dackel.

Wenn ich unterwegs war, ob mit Pferd und Wagen, zu Fuß oder mit dem Fahrrad, immer war Godi mit dabei. Ich konnte noch so schnell sein, Godi trippelte mit seinen kurzen Beinchen hinterher. Am liebsten war er dabei, wenn ich pflügte. Dann lief er mir immer in der Furche nach und schnappte sich die Mäuse, deren Läufe ich mit dem Pflug öffnete. Es gab Tage, an denen er über zwanzig Stück vertilgte. Mit zwei, drei Bissen verschwanden sie in seinem Rachen. Vermutlich waren sie nicht mal ganz tot, wenn sie im Magen landeten. Und wenn Godi nicht mehr fressen mochte, dann schnappte er nur noch nach ihnen und ließ sie dann liegen.

Zum Besitz meines Patrons gehörte auch ein Stück Land, das nur dürftig mit Humus bedeckt war. Seit Jahrzehnten war hier Grasland. Da der Ertrag immer geringer wurde, weil die Jauche zum Düngen fehlte, hatte der Chef beschlossen, das Feld umzupflügen und Frucht zu sähen.

Mitten in diesem Feld war eine kahle Stelle, wo der nackte Fels hervorkam, von etwa der Größe eines kleinen Hausplatzes. Ich fragte den Chef, wie er sich das vorstelle. Sollte ich um den Felsen herumpflügen?

Das sei kein Problem, meinte Gaston, ich solle halt jeweils den Pflug über den Felsen tragen. Am Anfang ging auch alles gut. Es machte mir keine Mühe, den Pflug über eine Distanz von zwanzig Metern zu heben und dann langsam wieder in die Erde zu lassen. Dabei konnte ich den Pflug nur mit der linken Hand tragen, mit der anderen mußte ich die Zügel nehmen, weil ja die Pferde keine Furche mehr hatten, in der sie ihren Weg geradeaus fanden. Ich hatte noch kein Viertel der Kahlstelle überstanden, da mußte ich schon den Pflug mit der Rechten tragen und die Pferde mit der Linken leiten, weil mein Arm ermüdet war. Und nach einem weiteren Viertel mußte ich beide Hände zu Hilfe nehmen. Ich hatte dann jedesmal beim Wiedereinfahren in die Furche Mühe, weil die Pferde entweder zu weit nach links oder zu weit nach rechts abgedriftet waren. Und ich ließ den Pflug immer früher zu Boden sinken, bis er schließlich einmal am Felsen aufsaß. Es gab einen gewaltigen Knall. Die eine Pflugschar bohrte sich in den Stein, und bis ich die Pferde anhalten konnte, war bereits ein großes Stück abgebrochen.

Ich fluchte erstmal. Dann setzte ich mich auf den Pflug, ruhte mich aus und überlegte.

Sollte ich heim und dem Chef mein Mißgeschick erzählen? Oder sollte ich die Egge anspannen und den umgepflügten Teil eggen? Ich entschied mich für das Zweite. Also schnell die Pferde umgespannt! Meine Wut über den zerbrochenen Pflug und meine Nervosität wegen des zu erwartenen Donnerwetters hatten sich auf die Pferde übertragen. Sie brachen mit der Egge durch und jagten über das Feld davon, Godi mit lautem Gebell hintendrein. Die Egge machte gewaltige Sprünge, was die Pferde mit noch größerem Tempo beantworteten. Schließlich verhedderte sie sich in einem Zaun. Die Pferde stolperten hin und her, bis sie zitternd stillstanden. Eine gute Weile mußte ich sie mit Worten und Streicheln beruhigen, dann getraute ich mich erst, sie vom Zaun zu befreien. Nun aber hatte ich genug. Ich warf die Egge wütend auf den Wagen, band den Pflug hintendran und fuhr heim.

Als Gaston die Bescherung sah, wußte er sofort, was passiert war. Aber er schimpfte nicht etwa des zerbrochenen Pfluges wegen, sondern weil ich nicht weitergepflügt hatte. Ich hätte ja, meinte er, den Pflug immer die eine Länge des Feldes tragen können. Die andere Pflugschar sei ja noch gut gewesen. Ich war so geschafft, daß ich ihm laut auf deutsch sagte, er könne mich mal. Dann verschwand ich in meinem Zimmer und überlegte, ob ich nicht meine Schachtel packen und nach Hause fahren solle. Aber nach einiger Zeit beschloß ich, hierzubleiben. Als ich wieder nach unten kam, hatte Gaston die Pferde ausgeschirrt und getränkt. Nun standen sie friedlich im Stall, als ob nichts geschehen sei. Es dünkte mich, sie würden mir zublinzeln und lachen, weil sie früher zu ihrem Feierabend gekommen waren.

Beni und ich waren natürlich nicht die einzigen Deutschschweizer in Chevaz. Etwa auf jedem dritten Bauernhof bediente man sich dieser billigen und willigen Arbeitskräfte, die man kurz und bündig „Boches“ nannte. Aber nicht alle Burschen waren gleich gehalten. Die meisten hatten wirklich Familienanschluß gefunden, wie Beni zum Beispiel. Daß ich gerade den miesesten Platz ausgelesen hatte, das bestätigten mir meine Kollegen, die ich an den Abenden jeweils auf der Straße antraf. Wir diskutierten dann viel über unsere Meistersleute und die Löhne, die wir erhielten. Es stellte sich heraus, daß ich nicht nur den schlechtesten Platz erwischt, sondern zudem noch den geringsten Lohn hatte. Einige hatten fünfmal so viel wie ich! Und keiner mußte seine Kleider und Wäsche nach Hause schicken zum Waschen und Flicken.

Es gab in Chevaz folgende soziale Abstufung: Zuoberst kamen die alteingesessenen Bauern und Bürger. Dann kamen die Gewerbler. Dann die Lehrer und sonstige Gemeindebeamte. Dann die Uhrensteinler. Dann die Waldarbeiter. Und zuletzt die „Boches".

Die Waldarbeiter waren fast ohne Ausnahme Gewohnheitstrinker. Jeden Morgen kam die Equipe, die für einen Hungerlohn bei Gaston taglöhnerte, in unser Restaurant. Jeder trank hier in einem Zug ein Dezi Schnaps, während Père Rinaz jedem seine Feldflasche mit diesem Gesöff füllte. Am Abend war dann ihr erster Gang wieder in das Restaurant, wo ihnen wiederum ein Glas Schnaps eingeschenkt wurde.

In der Equipe war auch ein Neger, der sich, gottweißwoher, in dieses Nest verirrt hatte. Aber sogar der Mann von Gastons zweiter Schwester war dabei. Diese Schwester, Marie, sah ich des öfteren sich bei Madeleine ausweinen, weil sie im Dorf putzen gehen mußte, alldieweil ihr Mann den ganzen Taglohn versoff.

Industrie gab es in Chevaz keine. Auch in den umliegenden Dörfern nicht. Aber es gab viele Heimarbeiter, die für die Schweizer Uhrenindustrie arbeiteten, die „Uhrensteinler". Für eine gute Uhr brauchte man Edelsteine, meistens Rubine, die als Lager für die Zahnradachsen dienten. Je mehr Steine eine Uhr hatte, desto besser und demzufolge teuer war sie. Die „Uhrensteinler" bereiteten die Rohware so zu, daß sie nachher in Drehbänken auf ihre definitive Form gedreht werden konnte. Mindestens zehn Stunden saßen da Männlein und Weiblein in ihrer Wohnung an der Arbeit, das eine Auge geschlossen, im anderen eine Lupe eingeklemmt. Mit einer Reißnadel hielten sie die etwa drei Millimeter Steinchen fest, mit einer zweiten stachen sie allerkleinste Teile vom Rohling weg, bis dieser einigermaßen rund war. Der Lohn richtete sich nach Menge und Qualität der abgelieferten

Ware. Wenn auch in der Stunde wenig verdient wurde, hatten die Uhrensteinler doch immer einen respektablen Monatslohn, weil sie auch samstags und sonntags an der Arbeit saßen. Durch diese Arbeit verkümmerten ihre Augen so, daß sie im Alter fast blind wurden. Viele konnten mit der Zeit nur noch mit der Lupe die Zeitung lesen.

Alle Bauern trugen Sabots. Dies sind Holzschuhe, wie sie auch in Holland getragen wurden. Auch ich hätte gerne Sabots gehabt. Aber ein Paar kostete etwa soviel, wie mir in vier Monaten von meinem Lohn übrig blieb. Meine hohen Schuhe waren an den Absätzen schon total schief gelaufen. Die Sohlen waren so dünn geworden, daß ich jeden Stein fühlte. Anstelle von Socken füllte ich sie mit Kleie oder Stroh.

An Sonntagen guckte ich manchmal einem alten Mann zu, der als einziger noch das Schnitzen der Sabots beherrschte - oder noch die dafür nötige Geduld aufbrachte. Ich versuchte mich bei ihm einzuschmeicheln, da ich hoffte, er gebe mir ein Paar zu einem Spezialpreis ab. Als alles nichts nützte, gab ich es auf. Da winkte er mir einmal, als ich mit dem Fahrrad vorbeifuhr. Als ich anhielt, sagte er, ein Mann habe ein Paar Sabots bei ihm bestellt. Nun sei er aber gestorben. Da dieser Mann die gleiche Größe gehabt habe wie ich, und er für Größe vierundvierzig wohl nicht so bald einen Abnehmer fände, überlasse er sie mir für zehn Franken. Ich freute mich so, daß ich dem Verstorbenen fast dafür dankbar war, daß er das Zeitliche gesegnet hatte.

Hinter dem „Cheval“, gleich neben dem Mist, stand ein Häuschen. Nannte man den Zustand dieses Gebäudes „verlottert“, so war dies bestimmt keine Beleidigung, sondern eher eine nüchterne Bestandsaufnahme. Das Haus wurde von zwei uralten Leutchen bewohnt, Mann und Frau. Die beiden

Alten gingen gebeugt an Stöcken und kamen nur noch selten aus ihrer Wohnung.

Mir war aufgefallen, daß im selben Haus ein Mädchen ein und aus ging, dessen Alter ich auf etwa siebzehn Jahre schätzte. Darauf angesprochen, berichtigte Gaston aber, sie sei erst vierzehn. Da sie jeden Tag mit der Schulmappe zu sehen war, mußte ich diese Angaben wohl oder übel glauben.

Am Anfang gingen Marianne und ich ohne sichtbare gegenseitige Beachtung aneinander vorbei. Mit der Zeit aber lächelte das Mädchen mir zu und ich erwiderte mit einem Grinsen den wortlosen Gruß. Schließlich blieb sie hin und wieder stehen, wenn ich mit der Mistkarette unterwegs war und schaute mir zu. Dann richtete ich es ein, daß der Weg vom Stall zum Mist immer kurvenreicher und so eine Begegnung auf die Distanz von etwa zwei Metern unumgänglich wurde.

Nach einigen Wochen stummen und einsilbigen Grüßens richtete das Mädchen die ersten Worte an mich. Es zeigte sich, daß sie besser deutsch konnte, als ich französisch, denn sie war einige Zeit in Bern gewesen, wo ihre Mutter herstammte. Ihr Vater aber war der Sohn der beiden Alten. So war sie selber folgerichtig die Enkelin der beiden.

Sie erzählte, ihre Eltern seien geschieden, und da weder Vater noch Mutter das Kind bei sich behalten konnten, wurde es zu den Großeltern abgeschoben. Hier fühlte es sich zwar einigermaßen geborgen, denn vorher war es von Pflegeplatz zu Pflegeplatz gereicht worden. Aber die beiden Alten waren wortkarg und empfanden die Kleine eher als Ballast denn als Freude ihres Alters.

So versuchte sie halt im Dorf bei Gleichaltrigen Anschluß zu bekommen, was eher mißlang, denn die Eltern der halbwüchsigen Dorfkinder sahen in dem Mädchen eine gewisse Gefahr für die Moral ihrer Kinder. Zudem hatte ihr Vater eine „Boche“ geheiratet, was den „Bastard“, wie sie das Kind nannten, eben auf die Stufe eines „Boche“ stellte. Ich hatte einiges Verständnis für diese Einstellung, wenigstens was die Moral betraf, denn das Mädchen war im Körperbau den Gleichaltrigen weit voraus, weshalb ich vorher auch sein Alter zu hoch eingeschätzt hatte.

Es war aber auch wirklich schon „alles Nötige“ dran. Das Gesicht war offen. Die Wangen und die Lippen voll und rot, als ob sie geschminkt wären, was aber nicht der Fall war. Unter dem Pullover machten sich zwei aufreizende Kugeln bemerkbar, die mir jedesmal die Röte ins Gesicht trieben, wenn ich sie verstohlen betrachtete. Der Po war mollig rund und machte beim Gehen kreisende, aufreizende Bewegungen. Die Beine schließlich rundeten das Ganze zu einer vollkommenen Harmonie. Weiblicher konnte Eva im Paradies nicht ausgesehen haben.

Ein paar Mal hatte Gaston uns beide bei einem Schwatz überrascht und mich jedesmal nach Hause geschickt. Er warnte mich sogar ziemlich zornig vor dem frühreifen Kind. Es habe mit älteren Bauernjungen aus dem Dorf unliebsamen Umgang und ich solle mich ja nicht zu eng mit ihm einlassen.

Das machte mich natürlich nur noch neugieriger auf Marianne, meine junge Nachbarin. Ich begann nachts von ihr zu träumen und sogar tags konnte ich mich nicht mehr voll auf die Arbeit konzentrieren, denn das Gesicht von Marianne, mit ihren lüsternen, vollen, lachenden Lippen und den blitzenden Zähnen ließ mich nicht mehr los.

Ich trieb mich sogar am Abend wenn es dunkelte im Hinterhof herum, immer in der Hoffnung, Marianne möge auftauchen.

Einmal, als ich mich eben wieder auf die Pirsch gemacht hatte, hörte ich aus der Remise des „Cheval“ Kichern und Plaudern. Ich schlich mich näher und sah durch die losen Bretter der Wand Marianne und vier Burschen aus dem Dorf. Der eine hielt sie umfaßt und war eben daran, ihr die Bluse aufzuknöpfen. Sie trug keinen Büstenhalter und die forsche

Tätigkeit des Burschen schien ihr offensichtlich Spaß zu machen.

Der Bursche küßte ihr den Busen und ging mit einer Hand auf die Suche zwischen ihre Schenkel. Dann hob er sie etwas hoch und sie umklammerte mit ihren Schenkeln die Oberschenkel des Burschen. Die Arme hatte sie um seinen Nacken geschlungen. So standen die Beiden da und der Bursche begann mit langsamen Beckenbewegungen. Marianne erwiderte diese heftig mit ihrem Unterleib. Schließlich stöhnte der Junge und hielt in seinen Verrenkungen inne. Marianne sah den Burschen etwas ungläubig und ratlos an. Ihre Beine lösten sich von ihm und suchten Halt am Boden. Er gab ihr einen leichten Schubs, und sie landete in den Armen des am nächsten stehenden Jungen.

Dieser küßte sie erst lange auf die Lippen und drückte seinen ganzen Leib an sie. Dann begann er sie vollends zu entkleiden. Marianne kicherte und ließ es ohne Gegenwehr geschehen. Als sie nackt vor ihm stand, stellte er ihr ein Bein und sie sank in die Knie. Der Bursche drückte ihren Kopf gegen seine Oberschenkel und sie öffnete ihm mit ihren Händen den Hosenbund. So kniete sie vor ihm und er bewegte die Hüften immer heftiger. Als er stöhnte, ließ sie sich nach hinten ins Stroh sinken und fuhr sich mit den Händen übers Gesicht. Der nächste Bursche legte sich zu ihr.

Ich hatte genug gesehen und zitterte am ganzen Körper. Ich schlich mich davon und wanderte ruhelos im Dorf herum, immer die eben gesehenen Bilder vor mir. Ich steckte meinen Kopf in das kühle Naß des Dorfbrunnens und hielt ihn so lange unter Wasser, bis ich in Atemnot geriet.

Ich überlegte, ob ich zu Bett gehen sollte. Aber ich wußte, daß ich keine Ruhe finden würde. Stattdessen beschloß ich, meinen Kollegen Beni aufzusuchen und ihm alles zu erzählen. Beni war aber nicht zu Hause. Er werde zu Werner, einem anderen Kollegen, gegangen sein, berichtete seine Madame.

Bei Werner fand ich aber meinen Spezi auch nicht, weshalb ich meine Schritte wieder heimwärts wandte.

Wie von einem inneren Zwang angetrieben, wählte ich den Weg über den Hinterhof. Es zog mich magisch an die Stätte zurück, wo ich in meinem Innern so tief aufgewühlt worden war. Leise schlich ich mich wieder an den alten Standplatz. Ich sah gerade noch, wie einer der Burschen Marianne einen Klaps auf den Po gab und sie in Richtung der großelterlichen Wohnung schob. Das Mädchen lachte schrill und setzte sich in Bewegung. Die vier Burschen aber machten sich stolz wie Gockel und prahlend auf leisen Sohlen davon und verschwanden im Eingang des Restaurants.

Lange noch stand ich im Dunkeln und starrte auf die Türe, wo Marianne wohnte. Der Wunsch, es den Burschen gleichzutun, wurde in mir wach. Sollte ich an ihr Fenster klopfen und sie um Einlaß bitten? Die Gedanken, was ich mit Marianne dann alles anstellen könnte oder würde, durchfuhren mich heiß. Dann aber meldete sich die Stimme der Vernunft in mir. Vielleicht waren es auch meine Verzagtheit und Unschlüssigkeit, die mir vor den Wünschen meines jugendlich geladenen Körpers standen. Jedenfalls drehte ich mich langsam um und schlich mich wie ein geprügelter Hund auf mein Zimmer.

Lange konnte ich nicht einschlafen. Immer wieder stellte ich mir die erlebten Bilder vor. Ich bildete mir ein, einer der vier Burschen zu sein, die die kleine Nachbarin nacheinander vernascht hatten. Auch als ich schließlich einschlafen konnte, beherrschte nur ein Traumbild in tausend Variationen meinen Schlaf: Marianne.

Wenn ich nun meiner jungen Nachbarin im Hof begegnete, war ich gehemmter als zuvor. Trotzdem sie immer wieder versuchte, mit mir ins Gespräch zu kommen, brachte ich es nicht fertig, sie um ein Rendezvous zu bitten. Hinterher schalt ich mich dann immer einen Feigling. In den folgenden Nächten kamen mir immer wieder die Bilder aus der nächtlichen Remise vor die Augen. Manchmal war ich nahe daran, laut den Namen des Mädchens zu schreien: „Marianne!“ Aber ich unterdrückte mein Sehnen und schimpfte mich in den Schlaf. Wie war ich doch dem Schöpfer dankbar, daß er auch mir an jede Hand fünf Finger gebastelt hatte. Wie sollte sonst ein Junge in der Pubertät seine schäumenden Fantasien meistern?

Nach einigen Wochen war das Mädchen verschwunden. Ich blieb manchmal mit meiner Mistkarette im Hof stehen und wartete auf die Schritte und das Lachen meiner heimlich Angebeteten. Aber sie erschien nicht mehr.

Eines Morgens, als ich am Küchentisch saß, fühlte ich den forschenden Blick meines Meisters auf mir ruhen. Ich sah auf und Gaston senkte die Augen wieder. Dann aber gab er sich einen Ruck und fragte mich geradeheraus, ob ich mit dem Nachbarsmädchen Marianne etwas gehabt hätte. Ich schüttelte nur den Kopf und fragte, warum er mir diese Frage stelle. Gaston erwiderte, das Mädchen bekomme ein Kind und das halbe Dorf zittere, weil Marianne etwa ein Dutzend Burschen als mögliche Väter angegeben hätte. Ich fühlte wie mir das Blut in den Kopf stieg. Meine Hände begannen zu zittern. Stumm stieß ich ein Dankgebet ‘gen Himmel, daß mich meine Schüchternheit oder vielleicht auch mein Schutzengel vor einem Unglück bewahrt hatte, denn ganz gewiß hätte man die Gelegenheit benutzt, den dummen „Boche“ ausfressen zu lassen, was ein paar übermütige Bauernsöhne eingebrockt hatten. Von ganzem Herzen aber bedauerte ich Marianne und ihr noch ungeborenes Kind, die beide Opfer von grausamen Umständen waren und gezeichnet sein würden für ihr ganzes Leben.

Chevaz liegt in einem Gebiet, das keinen Fluß, nicht einmal einen Bach hat. Alles Wasser, das vom Himmel kommt, versickert irgendwo im Boden. In dessen Tiefen hat es Grotten, die zum Teil noch unerforscht sind. Hier sammelt sich das Wasser zu Strömen und fließt unterirdisch viele Kilometer weit.

Wenn nun ein Sommer kommt, wie derjenige des Jahres 1947, gibt es in Chevaz bald einmal Wassermangel. Die Brunnen versiegten. Die Zisternen trockneten aus. Das Unwahrscheinliche trat ein: Ich mußte das Jauchefaß gut ausspülen und mit Wasser vom Dorfbrunnen füllen. Die armen Pferde wurden zu vieren vor das Faß geschirrt und bekamen die Peitsche wohl an die hundertmal zu spüren, bis sie, mit weißem Schweiß bedeckt, oben auf der Alp anlangten.

Die Leute von Chevaz sind ähnliche Sommer gewöhnt. Aber was sich in diesem Jahr anbahnte, das hatten selbst die ältesten Bewohner des Ortes noch nie erlebt. Allerorten gab es nur noch ein Gesprächsthema: Das Wetter.

Der Heuet nahte. Es gab nur wenig Gras. Die Halme standen nicht wie in anderen Jahren bis über die Knie, sondern nur etwas über die Knöchel. Die Bauern machten immer bedenklichere Gesichter, als auch die Frucht und die Rüben nicht mehr wachsen wollten. Um das Gras zu strekken, mußte ich die äußersten Blätter der Rüben abreißen, häckseln und unter das Gras mischen.

Da ich immer ohne Oberkleider auf die Felder ging, hatte ich bald einmal einen Sonnenbrand mit zentimeterhohen Blattern. Bald konnte ich vor Schmerzen meine Arme kaum mehr heben. Den Kopf versuchte ich mit einem geknoteten Taschentuch zu schützen. Es nützte aber wenig. Bald hatte ich ein Kopfweh, das kaum mehr auszuhalten war.

Von alledem merkte mein Meister nichts. Als ich klagte, ich hätte Fieberschauer, schrie er mich an. Ich wolle mich nur vor der Arbeit drücken.

Glücklicherweise sah Madeleine meinen Zustand. Sie redete auf ihren Bruder ein, er solle mich zu einem Arzt bringen. Er weigerte sich. Dann schreibe mich dieser nur krank, was ja offensichtlich meine Absicht sei.

Als die Blattern aufsprangen, wurde es aber auch Gaston langsam ungemütlich. Er schickte mich zu den Nonnen, die im Dorf als barmherzige Schwestern bekannt waren, weil sie arme Leute unentgeltlich pflegten. Als diese mich sahen, liefen sie alle zusammen und schüttelten entsetzt die Köpfe. Zuerst wollte keine mir helfen. Ich fürchtete schon, sie hätten erfahren, daß ich nicht katholisch sei und verweigerten mir die Hilfe aus diesem Grunde. Eine der Nonnen konnte leidlich gut Deutsch. Sie erklärte mir, sie dürften keine Hand an mich legen, weil dies ein Fall für einen Arzt sei. Wenn sie mich verarzten würden und es käme zu Komplikationen, dann würde man sie zur Rechenschaft ziehen.

Ich kämpfte gegen die Tränen und sagte, mein Chef würde mich nie zu einem Arzt schicken. Lieber würde er zusehen, wie ich zugrunde ginge. So brachte ich sie doch dazu, daß sie meine Wunden salbten und mir einen dicken Verband anlegten. Nun müsse ich aber meinem Patron sagen, er dürfe mich nicht mehr an die Sonne schicken, rieten sie mir eindringlich. Ich bedankte mich herzlich für die gute Behandlung und den Rat.

Als ich Gaston scheu den Bescheid der Nonnen weiterleitete, bekam er einen Tobsuchtsanfall. Was mir denn einfalle, schrie er. Ob er vielleicht noch einen teuren Knecht einstellen müsse, wenn er mir schon so viel Lohn bezahle. Ich solle gefälligst schauen, daß ich meine Arbeit täte. Das Heu müsse unter Dach. Es sei schon genug, daß ich das nicht alleine könne und er mir dabei helfen müsse.

So biß ich halt die Zähne zusammen. Bei jeder Gabel Heu, die ich auf den Wagen lud, merkte ich, wie die Wasserblattern auf dem Rücken und den Schultern aufsprangen. Der Verband war mir nur hinderlich, weil er auf den wunden Stellen rieb. Ich riß ihn weg und mit ihm löste sich auch die Haut, die daran festklebte.

Bevor ich zu Bett ging am Abend, weichte ich am Brunnen mein Hemd ein, dann konnte ich es unter Schmerzen ausziehen. In der Nacht klapperten mir die Zähne vom Schüttelfrost. Gegen Morgen besserte es ein wenig und ich fiel in einen tiefen Schlaf.

Glücklicherweise war das Heu nun eingebracht. Bald bildete sich unter den Krusten eine neue Haut. Das Eine hatte ich als Lehre aus diesem Vorfall gezogen: Ich lief nicht mehr mit nacktem Oberkörper herum.

In diesem Sommer ging auch noch ein Bauernhaus in unserer Nähe in Flammen auf. Außer dem Vieh konnte nichts gerettet werden, weil kein Wasser da war, um das Feuer zu löschen. Das ganze Dorf bildete Ketten zu den Dorfbrunnen. Es wurden Eimer von einem Helfer zum anderen gereicht. Aber es dauerte fast fünf Minuten, bis die Eimer voll waren. Was dann noch mit der alten Handpumpe gegen das Feuer eingesetzt wurde, waren ein paar klägliche Spritzer, die noch vor dem brennenden Haus verdampften.

Zufälligerweise erfuhr ich, daß das abgebrannte Haus dem zukünftigen Schwager meines Patrons gehört hatte. Bis jetzt hatte ich noch keine Ahnung davon gehabt, daß sich Gaston mit seinen über vierzig Jahren noch zu verehelichen gedachte. Ich hatte ihn jedenfalls noch nie mit einer Frau zusammen gesehen.

Vor unserem Restaurant war die einzige Benzintanksäule des Dorfes, eine jener Zapfstellen, die von Hand aufgepumpt werden mußten. Man konnte nicht einfach den Benzinhahn in den Füllstutzen des Autos halten und abstellen, wenn der Tank voll war. Auf der Säule befand sich ein Glas mit Skala, wohinein man das Benzin zuerst füllte. Der Kunde hatte zu sagen, wieviel Platz in seinem Tank frei war. Dann wurde ihm fünfliterweise eingepumpt.

Wenn ich nach Feierabend nicht sofort aus dem Haus ging, hatte ich die angenehme Aufgabe, auf die spärlichen Kunden zu warten. Es gab Abende, an denen kein einziges Auto durch das Dorf fuhr. Da wurde man des Wartens müde.

Wenn sich Gaston auch während der ganzen Pumperei nicht blicken ließ, beim Einkassieren war er stets zur Stelle. Und wenn mir ein Kunde zur Seltenheit mal ein Trinkgeld geben wollte, so hielt der Chef schnell die Hand hin und sagte, ich sei für diese Arbeit bezahlt. Nur wenn Gaston außer Haus war und Père Rinaz einkassierte, floß das Trinkgeld in meinen Geldbeutel.

Benzinpumpen war nicht die einzige Freizeitbeschäftigung, mit der mich Gaston beglückte. Saß ich in der Küche um zu lesen und ein Gast verlangte nach offenem Wein, drückte mir Gaston die Karaffe in die Hand und schickte mich in den Keller. Ich machte mir meine Freizeit dadurch bezahlt, daß ich unten im Keller die Karaffe unter den Hahn des Weinfasses stellte und mich flugs unter das Wermutfaß legte. In der Zwischenzeit hatte mich nämlich Père Rinaz auf den Geschmack gebracht, indem er immer wenn Gaston nicht zu Hause war, mir ein Gläschen offerierte. Wenn der Chef mal dazukam, gab es ein Donnerwetter. Aber nicht etwa, weil er Angst hatte, ich würde mich zu einem der Dorfsäufer entwickeln, sondern weil ihn das Getränk reute.

Hin und wieder gab es sich, daß ich bereits im Keller meine Lust gestillt hatte, und Père Rinaz mir oben in der Küche noch ein Gläschen kredenzte. Anschließend fiel ich meist schnell in einen gesunden Schlaf. Ich glaube, wenn ich einige Jahre in Chevaz geblieben wäre, hätte ich wie die Waldarbeiter geendet, die sich jeden Morgen ihre Tagesration in der Wirtschaft holten.

Im ganzen Dorf gab es nur etwa zehn Telephonapparate. Die Alten wehrten sich gegen alles Neue. Als aber immer mehr Junge in den nächsten Hauptort zur Arbeit fuhren und dort mit der „Zivilisation“ in Berührung kamen, verlangten sie, daß auch im Dorf Chevaz eine Telephonzentrale mit genügend automatischen Anschlüssen installiert werden müsse. Die Postdirektion war auf Anfrage bereit, dem Ansinnen nachzukommen, wenn die Kosten für den Bau des Zentralengebäudes von der Gemeinde getragen würde. Natürlich wehrten sich die Alten vehement. Aber einer der Ge-meinderäte kam auf die glorreiche Idee, doch die „Boches“ als billige Kräfte mit dieser schweren Arbeit zu beglücken.

Gesagt, getan. So erhielt ich von meinem Meister den Befehl, eine Woche lang am Morgen eine Stunde früher aufzustehen, damit ich zur rechten Zeit auf der Baustelle sein konnte. Die allernötigsten Tagesarbeiten verrichtete Gaston selber zu Hause. Wenn ich am Abend hundemüde vom Bau kam, mußte ich zuerst in den Stall. Bis ich dann zu Abend essen konnte, war es meist schon finstere Nacht, und ich fiel anschließend nur noch todmüde ins Bett.

Als ich meine „Bocheskollegen“ fragte, ob sie ebenfalls zu Hause noch das ganze Pensum erledigen müßten, bekam ich zu meinem Erstaunen zu wissen, daß ihre Meister ihnen nicht nur die ganze Arbeit zu Hause abnähmen, sondern ihnen noch ein Taschengeld für die außerordentliche Beschäftigung gäben. Natürlich konnte ich es nicht verklemmen, meinem Chef eine Andeutung in diesem Sinne zu machen. Gaston blieb fast die Luft weg bei dem Wutanfall, den er deswegen bekam.

Termingerecht wurde die Zentrale fertiggestellt. Nun wurden von der PTT die Stangen gesetzt und die Drähte gezogen. In der Küche des „Cheval“ trennte ein Schreiner eine Ecke mit Brettern ab und eine Türe wurde montiert. Das war unsere Telephonkabine.

Am Tage der Einweihung des Telephonapparates war Gaston ganz aufgeregt. Er hatte bereits Tage zuvor eine Liste der Nachbarn angelegt. Am ersten Tag durfte man nämlich gratis telephonieren. Somit mußte doch ein Plan gemacht werden, wer wann in der Kabine zu stehen habe.

Der Apparat kühlte von einem Sprecher zum anderen nicht ab. Natürlich konnten die Nachbarn nicht einfach so, ohne Gegenleistung, telephonieren. Gaston hatte es so eingerichtet, daß jeder Interessent mindestens eine halbe Stunde in der Gaststube zu warten hatte, bevor er drankam. Klar, daß jeder etwas zu konsumieren hatte. So waren drei Fliegen auf einen Schlag erledigt: Erstens wurde der Gratistag voll ausgenützt. Zweitens gab es Mehreinnahmen in der Wirtschaft. Und drittens wurden die Nachbarn zu weiteren Telephonaten und damit auch zu Wirtschaftsbesuchen animiert.

Gaston hatte mich als Lückenbüßer eingeteilt. Es hätte ja sein können, daß ein Interessent nicht erschienen wäre. Dann wäre automatisch einer der wartenden Gäste aus der Wirtschaft an die Reihe gekommen. Das aber wollte Gaston verhindern, weil dann ja die ganze, mühselig erstellte Warteliste zusammengefallen wäre. Ich hatte also immer im Hause zu sein, damit der Chef mich in einem solchen Notfall rufen konnte. Dabei wußte ich nicht einmal, wem ich hätte telephonieren können. Meine Familie hatte keinen Anschluß und die Nachbarn daheim wollte ich nicht gerne behelligen, wußte ich doch aus Erfahrung, daß sie nicht gerne andere Leute ans Telephon holten.

Es wurde spät in der Nacht, bis Gastons Plan doch noch die befürchtete Lücke bekam. Sofort rief er mich in die Küche. Ich hatte mir für diesen Notfall immerhin die Nummer der Eltern meines heimlichen Schulschatzes Lulu herausgesucht. Ich war erleichtert, daß Lulus Mutter an den Apparat kam. Sie wollte zuerst wissen, wie es mir gehe, dann schickte sie ihren Mann zu meiner Mutter.

Heftig atmend kam Mutter an den Apparat. Sie meinte, es müsse etwas passiert sein, weil ich anrief. Während ich mit ihr sprach, merkte ich, daß sie schluchzte. Ich fragte, was sie denn habe. Es war eine schreckliche Nachricht: Martina, meine kleine Lieblingsschwester, hatte sich beim Spielen draußen so unglücklich an einer Spitze des Gartenzaunes verletzt, daß sie ein Auge verlor. Dabei wäre es noch zu retten gewesen, wenn nicht unglückliche Umstände dies verhindert hätten. Nach dem Unfall hatte der herbeigerufene Arzt Martina selber in das Kreisspital gefahren. Als das Aufnahmeprozedere endlich vorbei war, stellte es sich heraus, daß keiner der anwesenden Ärzte in der Lage war, eine Augenoperation durchzuführen. Nun wurde Martina in das am nächsten gelegene außerkantonale Krankenhaus gebracht. Hier gab es zwar Augenspezialisten. Aber sie waren nicht bereit, mit der Operation anzufangen, ehe nicht ein Gelddepot errichtet war. Mutter ging sofort auf Betteltour. Endlich erklärte der Ammann sich bereit, im Namen der Gemeinde Kostengutsprache zu leisten. Aber nun war alle Mühe vergebens. Es war zuviel Zeit seit dem Unfall vergangen. Das Auge war verloren.

Kreideweiß kam ich aus der Telephonkabine. Die Leute in der Küche starrten mich an, als ob ich ein Gespenst sei. Tonlos erklärte ich, was geschehen war. Dann gab ich mir einen Ruck und sagte, ich müsse sofort nach Hause. Martina, mein Schwesterchen, brauche mich jetzt dringend. Aber Gaston stellte sich mir jammernd und fluchend in den Weg. Ich könne ihn unmöglich im Stich lassen, meinte er.

Ich ging hinaus in die Nacht um zu weinen und mit Gott zu hadern. Was war das für ein Gott, der es zuließ, daß ein unschuldiges Kind für sein Leben lang mit einer solch grausamen Strafe geschlagen wurde? Was hatte dieses unschuldige Geschöpf dem Herrn, der sich „Lieber Gott“ nennen ließ, zuleide getan? Was hatte alles fanatische Zukreuzekriechen unseres Vaters genützt, wenn solche Gottesfürchtigkeit nicht einmal imstande gewesen war, dieses Unglück zu verhindern? Hatte dieses Ereignis wenigstens unserem Vater die Augen geöffnet, oder hatte er es einfach als eine weitere Prüfung Gottes empfunden?

Als ich mich wieder einigermaßen in der Gewalt hatte, begann ich mich zu fragen, ob nicht vielleicht ich selber schuldig war. Hatte ich nicht von den Oberen unserer Sekte eine Bescheinigung für den Kirchenbesuch im Gottesdienstlokal von Pruntrut erhalten und war nie hingegangen? Dann aber kam ich zum Schluß, daß ein Gott unmöglich so gemein sein konnte, ein unschuldiges Wesen für meine Unterlassung zu bestrafen.

In meiner Not suchte ich Beni auf und bat ihn, meinem Chef klarzumachen, daß ich unmöglich hierbleiben konnte. Das versprach er denn auch. Weil es aber schon spät in der Nacht war, vereinbarten wir, bis zum nächsten Tag zu warten.

Beni hielt Wort. Und inzwischen war wohl auch Gaston von seinen Leuten zugeredet worden. Jedenfalls wollte er mich gehen lassen, wenn ich ihm verspräche, wiederzukommen. Das tat ich auch. Aber irgendwie hatte ich im Hinterkopf doch die Idee, daß es für mich keine Rückkehr nach Chevaz geben werde. Am nächsten Tag machte ich noch meinen gewohnten Stalldienst. Dann packte ich ein paar meiner Sachen und ging zur Postautostation.

Als ich Martina wiedersah, den Verband über dem Auge, überkam mich nochmals eine ungeheure Wut auf das Schicksal. Was man auch immer tat auf Erden, ob Gutes oder Böses, Gott hielt seine Spritzkanne, gefüllt mit Strafe, überall und jederzeit bereit. Warum sich da noch bemühen?

Mein lauter Hader mit Gott klang langsam ab. An dessen Stelle tauchte bei mir die Frage auf, ob dieser Unfall auch passiert wäre, wäre ich zu Hause geblieben. Vielleicht wäre ich dann mit Martina unterwegs gewesen?

Nach ein paar Tagen ließ ich mich total fallen. Ich schottete mich vor den Leuten ab und wanderte nur noch ziellos durch die Wälder. Kaum daß ich noch zu den Mahlzeiten erschien. Eine abgrundtiefe Ohnmacht hatte mich erfaßt.

Es vergingen drei volle Wochen. Ich hatte keinen Gedanken daran, wieder nach Chevaz zu fahren. Genau genommen hatte ich die Erinnerung an meine Bauernarbeit verdrängt. Wenn Mutter mich fragte, was ich eigentlich im Sinn hätte, gab ich nur ausweichende Antworten.

Inzwischen hatte ich mich an den Anblick von Martina mit ihrer Augenbinde gewöhnt. Nur wenn Mutter ihr diese abnahm, um die tägliche Auswaschung vorzunehmen, gab es mir jedesmal einen Stich ins Herz. Dann mußte ich die Zähne zusammenbeißen, um nicht in Tränen auszubrechen. Aber solche Gefühlsausbrüche hätten meiner kleinen Schwester eher geschadet als genützt.

Eines Tages stand plötzlich Beni vor unserer Haustür. Er sagte, er habe Schulferien und verbringe diese zu Hause. Für mich habe er eine Botschaft von Gaston. Dieser habe sich nämlich in der Zwischenzeit verheiratet und wolle sich nun mit seiner angetrauten Gattin für drei Tage auf Hochzeitsreise begeben. Ich war überrascht. Niemand hatte es für nötig befunden, mir zu sagen, daß die Heirat unmittelbar bevorstand. Ich war aber nicht sehr enttäuscht, denn ein „Boche“ brauchte ja solches gar nicht zu wissen. Er würde es dann schon merken, wenn plötzlich eine Frau im Hause herumliefe.

Ich gab Beni klar zu verstehen, ich hätte überhaupt keine Lust, nochmals nach Chevaz zu fahren. Nun merkte ich aber, daß Gaston Beni genaue Anweisung gegeben hatte, wie er auf meine Einwände zu reagieren hätte. Geheimnisvoll erklärte Beni mir, der Chef habe eine Armbanduhr für mich gekauft, weil ich ja noch keine hätte. Eine Prachtsuhr sei es. Diese bekäme ich, wenn ich zurückkehre.

Ich ließ mich auch durch diesen Köder nicht umstimmen. Erst als Beni sagte, Gaston habe erklärt, er habe noch nie einen so guten „Boche“ gehabt, wurde ich weich. Am nächsten Tag schon saß ich in der Eisenbahn.

Gaston und seine Frau taten wirklich sehr erfreut und erleichtert, als ich auftauchte. Mit einer generösen Geste überreichte Gaston mir die Armbanduhr. Ich mußte leer schlucken, denn die „Prachtsuhr“ entpuppte sich als eine alte, die ich schon seit meiner Ankunft vor einem halben Jahr in einer Küchenschublade gesehen hatte. Das neue Armband daran hatte Gaston gewiß nicht mehr als einen Franken gekostet, und es verhinderte auch nicht, daß die Uhr jeden Tag ein paar Stunden verschlief und schon nach einer Woche den Geist ganz aufgab.

Endlich kamen die ersten Gewitter. Mensch und Natur freuten sich gleichermaßen. Das Korn auf den Feldern war zwar schon viel früher reif, als in normalen Jahren. Aber es stand nur halb so hoch und viel magerer als in guten Jahren. Zudem war es voller Staub und Disteln.

Endlich bequemte sich auch Gaston wieder vermehrt auf die Äcker, um mir beim Einbringen zu helfen. Wir banden die Garben von Hand. Die vielen Disteln zerstachen mir die Hände. Der Staub füllte die Lungen. Dauerhusten war die unangenehme Folge davon.

Dann ging es ans Dreschen. Weil es regnete, konnten wir diese Arbeit nicht draußen machen. Die Dreschmaschine hatte aber einen festen Zeitplan und wer drankam mußte dreschen, Regenwetter hin oder her.

Die unangenehmste Arbeit hatte, wer das Korn in die Maschine stopfen mußte. Hier trat am meisten Staub auf und beim Stopfen mußte man höllisch aufpassen, daß man nicht mit den Händen in die Maschine geriet. Es war weder ein Unfallschutz noch eine Absaugevorrichtung für den Staub vorhanden.

Klar, daß diese unangenehme Arbeit mir zugeteilt wurde. Es war mir aber noch einigermaßen verständlich, denn die anderen Drescher waren Gastons Waldarbeiter, und die hatten wie immer bereits am Morgen schon ihre Schnapspromille intus, und man konnte sie nicht der Gefahr aussetzen, daß sie in ihrem Dusel in die Maschine fielen. Und von Gaston selber war auch keine Ablösung zu hoffen, denn er war ja schließlich der Chef.

Der Staub in der Tenne wurde so dicht, daß man kaum mehr seine Nachbarn sah. Und diese benahmen sich in ihrem Suff so tolpatschig, daß ich einige Male fast im Schlund der Maschine gelandet wäre. Am Abend hatte ich Schüttelfrost und Fieber. Am zweiten Tag mußte ich mich zusammenreißen, daß ich mit meinen zitternden Gliedern keine unbedachte Bewegung machte. Als wir an jenem Abend fertig waren, konnte ich kaum mehr die Kühe melken, so zitterte ich. Essen konnte ich nicht mehr, nur einen unheimlichen Durst hatte ich. Dazu kam noch ein Durchfall, der mich auf dem Klo blockierte. Dort schlief ich dann auch ein und erwachte erst gegen Morgen wieder. Da ich keine Kraft mehr fand, mich in mein Zimmer zu schleppen, legte ich mich zu den Pferden und deckte mich mit Stroh zu.

Bezeichnend, daß Gaston mein Fehlen erst am Morgen auffiel, als Père Rinaz mich wecken wollte und ich keine Antwort gab! Da erst suchte er mich und fand mich dann auch tief schlafend im Stall. Wenn ich aber nun dachte, er würde mich meines Zustandes wegen schonen, hatte ich mich getäuscht. Die Arbeit des Tages mußte getan werden, krank hin oder her.

Im Stall war ein Kalb geboren worden. Als ich eines Morgens eintrat, war es einfach da. Es wurde sofort von der Mutter weggenommen und angebunden. Es hatte das Unglück, ein Stierkalb zu sein. So wurde es zum Schlachten gemästet. Gaston schärfte mir dringend ein, ihm nach dem Trinken der Milch immer sofort den Maulkorb anzulegen, da es kein Gräschen und keinen Heuhalm fressen durfte, wegen dem Fleisch, das sonst nicht so schön weiß werden würde, wie es die Hausfrauen liebten.

Das Kälbchen tat mir leid. Kaum auf der Welt, sollte es also im Kochtopf landen. Manchmal ging ich am Abend noch in den Stall, kniete mich zu ihm nieder und streichelte es. Gegen die Anweisung Gastons nahm ich ihm dann den Maulkorb ab und fütterte es mit Gras. Es sollte die kurze Zeit, die ihm auf Erden gegönnt war, nicht unnötig leiden müssen.

In vielen Ortschaften der Schweiz wird St. Martin, der Tag, an dem früher die Bauern ihren Herren den Jahreszins abzuliefern hatten, immer noch gefeiert. An den meisten Orten beschränkt man sich auf einen Tag. Nicht so in Chevaz. Hier dauerten die Feierlichkeiten eine ganze Woche. Ein ganze Woche waren die Wirtschaften bumsvoll und die Gäste desgleichen. Die ledigen Burschen maskierten sich und trieben allerlei Schabernack. Die Mädchen wurden in dieser Woche tunlichst gar nicht aus dem Haus gelassen, es hätte sonst neun Monate später zu einer Invasion von Neubürgern kommen können.

Gaston hatte aus Frankreich eine Fiedelgruppe engagiert, die jeden Abend bis spät nach Mitternacht einen Heidenlärm veranstaltete. Und weil ja mein Zimmer genau über der Wirtschaft lag, kam ich voll in den Genuß des Spektakels. Das Repertoire der beiden Musiker beschränkte sich auf etwa zehn Stücke. Da sie diese immer in der gleichen Reihenfolge darboten, wußte ich bald einmal, welches Stück nach dem gerade aktuellen folgen würde. Am liebsten hätte ich mir die Ohren mit Watte vollgestopft. Da ich aber keine solche hatte, beschränkte ich mich darauf, den Kopf in Kissen und Bettdecke zu wühlen.

Natürlich mußte die Arbeit in Feld und Stall trotz der Festlichkeiten gemacht werden. Aber dazu hatte man ja die „Boches". Diejenigen Bauern, die nicht das Glück hatten, einen Boche auf dem Hof zu haben, mußten selber Hand anlegen, es sei denn, man hätte sonstwie ein billiges Knechtlein gehabt.

Immerhin konnte uns niemand verwehren, daß wir am Abend nach getaner Arbeit uns ebenfalls verkleideten und unter die Einhcimischen mischten. Allerdings wurden wir immer sofort als „Boches" erkannt, denn unsere Verkleidung bestand meist nur aus einem gewendeten Kittel und geschwärztem Gesicht. Die Einheimischen konnten sich eine fantasievollere Maskerade leisten.

Immerhin wurden auch wir Knechtlein beim Besuch der Bauernhäuser mit Schnaps bewirtet. Ich hatte aber den leisen Verdacht, man habe diesen mit Wasser gestreckt, damit wir noch arbeitsfähig blieben. Schließlich wäre ja die ganze Organisation des Dorfes zusammengefallen, wenn auch noch wir auf den Straßen herumgetorkelt wären, statt uns der Kühe und Pferde zu widmen.

Jedes Fest geht einmal zu Ende. Nach einer Woche ging alles wieder seinen normalen Gang, abgesehen vom Kater, den jeder Einwohner noch einige weitere Tage pflegen mußte. Und abgesehen von den Knechten und Waldarbeitern, welche mit akuter Alkoholvergiftung im Bett lagen.

Der Winter nahte. Die Felder waren mit Winterfrucht angesät. Die Kühe, die ich jeden Tag kilometerweit auf die Weiden hatte treiben müssen, fanden kein Gras mehr. Nun blieben sie im Stall. Die Rinder und Fohlen von der Alp hatten wir zu Tal getrieben. Ein Händler hatte sie bereits erwartet und in seinem Transporter mitgenommen. Mein Tagewerk beschränkte sich nun auf das Füttern und Melken der Kühe und das Pflegen von Tieren und Stall.

Eines Morgens gab mir Gaston meinen Monatslohn. Zuerst glaubte ich, er habe sich verrechnet, denn was er mir in die Hand drückte, waren zehn Franken statt zwanzig. Auf meine erstaunte Frage meinte er lakonisch, ich hätte ja nun weniger Arbeit, nicht einmal mehr halb soviel wie im Sommer. Ich solle froh sein, daß er mir überhaupt noch einen Lohn bezahle, denn was ich esse, das koste ihn mehr als ich einbringe.

Wortlos ging ich in mein Zimmer zurück und stand ein paar Minuten später mit meinen gepackten Habseligkeiten wieder in der Küche. Nun lag das Erstaunen bei Gaston. Er hätte niemals mit einer solchen Reaktion gerechnet. Im Nu lag eine weitere Zehnernote auf dem Küchentisch. Eine Weile zierte ich mich allerdings noch. Dann ließ ich mich umstimmen und packte wieder aus. Wahrscheinlich hätte ich Gaston so weit bringen können, mir noch eine Nachzahlung für die unterbezahlten Sommermonate zu leisten. Aber der Mut zu einer solchen Aktion fehlte mir. Immerhin war von einer Lohnkürzung nie mehr die Rede.

Hinten im Garten war ein Hühnerhof mit zwölf Hühnern und einem Hahn. Der Chef hatte mir eingeschärft, daß dies das alleinige Reich von Père Rinaz sei und ich hier absolut nichts zu suchen hätte. Wahrscheinlich befürchtete er, ich könnte mich an den Eiern vergreifen. Deshalb vermutete ich, als Gaston mich eines Tages in den Hühnerstall mitnahm, daß ich ihn auszumisten hätte, denn offensichtlich war hier seit Jahren solches nicht mehr geschehen. Aber ich täuschte mich. Gaston zeigte auf die Hühner, die fast bewegungslos in den Ecken herumstanden. Sie seien krank, sagte er. Und es sei nun meine Aufgabe, allen mit der Axt den Kopf abzuhauen und sie dann im Mist zu verscharren.

Mich schauderte. Einer Maus oder Ratte konnte ich notfalls noch den Garaus machen. Aber einem Huhn den Kopf abzuschlagen, das ging denn doch zu weit! Aber Gaston drückte mir eine Axt in die Hand und zeigte auf einen Spaltstock. Ich solle sie nicht aus den Händen lassen, bevor ich sie mit einer Gabel Mist zugedeckt hätte, sagte er, weil sie sonst kopflos davonfliegen würden. Dann ging er ohne sich weiter um mich zu bekümmern ins Haus.

Da stand ich nun, die Axt in der Hand, die armen Hühner vor mir. Am liebsten hätte ich die Axt weggeschmissen und mich davongemacht wie mein Chef. Aber war es zu verantworten, daß ich die Hühner weiterleiden ließ? Sie waren krank. Wäre es nicht besser, sie bekämen ein kurzes Ende?

Ich raffte mich zusammen und griff mir das erste. Es wehrte sich nicht. Und als ich diesem den Kopf abgeschlagen hatte, ging das weitere Prozedere wie automatisch. Am Schluß blieben ein blutüberströmter Spaltstock und eine ebensolche Axt übrig. Als ich Spaltstock wie Axt gewaschen und die abgefallenen Federn eingesammelt hatte, kam erst die Reaktion: Ich fing am ganzen Körper an zu zittern. Mir wurde schlecht. Ich ging in die Küche, wo bereits Père Rinaz mit einem vollen Glas Wermut auf mich wartete. Offenbar hatte er genau vorausgesehen, was passieren würde. Ich sah, daß er Tränen in den Augen hatte und war froh, daß ich ihm erspart hatte, seine Lieblinge selber töten zu müssen. Mehr als eine Stunde saßen wir wortlos in der Küche beieinander und genehmigten uns ein Glas nach dem anderen. Gaston ließ sich nicht blicken. Er hatte nicht den Mut, seinem alten Vater in die nassen Augen zu schauen.

Die Schweine im Stall neben der Küche waren inzwischen so groß und fett geworden, daß sie sich kaum mehr wenden konnten in ihrem engen Verließ. Ich befürchtete, daß ich nächstens beim Abschlachten der Tiere helfen müßte, denn eines Tages kam ein Metzger, und Gastons Waldarbeiter waren auch schon mit Gratisschnaps bewirtet worden. Gaston sagte mir, ich solle mich heute nicht hinten im Garten zeigen, die Schweine würden geschlachtet. Dies kam mir denn doch etwas merkwürdig vor. Ich wollte nicht fragen, warum ich ausgerechnet heute nicht dabei sein sollte, wo ich doch sonst immer die unangenehmsten Arbeiten bekam. Aber ich beschloß, der Sache auf den Grund zu gehen.

Ich gab vor, die Pferde striegeln zu wollen und zog mich in den Stall zurück. Ich trödelte noch eine Weile herum, dann stieg ich auf den Heuboden. Durch eine Ritze in der Bretterwand hatte ich eine gute Übersicht auf den Garten und konnte das Geschehen genau beobachten. Bald verstand ich auch, warum ich nicht dabei sein sollte. Nach einigem Warten hörte ich die Schweine kreischen. Die größte Muttersau wurde von drei Männern in den Garten getrieben. An einem Hinterlauf war sie mit einem dicken Seil gefesselt. Im Garten war ein massiver Tisch aufgestellt, deneben ein hölzerner Riesenbottich mit dampfendem Wasser. Über dem Bottich stand eine Art dreibeiniger Flaschenzug mit einem eisernen Haken am Ende des Seiles. Auf dem Tisch lagen eine Menge verschieden große Messer und sonstiges Metzgerwerkzeug. Die Männer banden dem Schwein die Beine zusammen und warfen es mit einem Ruck auf den Boden. Alle drei legten sich quer über die Sau, damit sich diese nicht mehr bewegen konnte. Dann schnitt ihr der Metzger mit einem einzigen Schnitt den Hals auf. Das Blut schoß mit einer riesigen Fontäne aus der Schlagader und wurde mit Eimern aufgefangen. Die Schreie des Tieres tönten immer leiser, seine zukkenden Bewegungen wurden matter. Als es ausgeblutet war, hängten die Männer das Schwein an den Hinterläufen an den Flaschenzug und hievten es in den Heißwasserbottich. Auf einem alten Waschherd, der im Schopf stand, wurde weiter Wasser heißgekocht. Dieses schütteten sie kübelweiße über den Kadaver und warfen einige handvoll harzige Körner darüber. Dann begannen sie, mit einer Art Spachtel, die Borsten von der Haut zu schaben. Danach wurde das Tier in die maximale Höhe gezogen. Der Metzger nahm das größte Messer. Mit einem einzigen Schnitt öffnete er die Sau an der Bauchseite von der Gurgel bis zum Schwanz. Mit dem Beil teilte er sie dann der Länge nach in zwei Hälften. Nun wurde der ganze Kopf abgeschnitten und einem der Männer übergeben, der ihn im Schopf in den Waschherd legte. Das weitere Zerlegen ging in Windeseile vonstatten. Füße, Magen, Leber und Lunge wanderten zum Kopf in den Kessel. Die Därme wurden entleert, ausgespült und gebrüht.

Das Ausblutenlassen ohne vorheriges Töten war verboten. Aber in Chevaz schienen andere Gesetze zu herrschen. Deshalb hatte ich auch nicht dabeisein sollen.

Am Abend gab es Blutwürste. Gaston wunderte sich, daß ich nicht einen Bissen hinunterwürgen konnte!

Inzwischen war es Dezember geworden. Stein und Bein war gefroren. Schnee lag auf der Alp. Ich hatte mich an den Müßiggang gewöhnt. Stundenlang stand ich in der Stalltüre, das Oberteil der Türe offen, die Arme über das Unterteil verschränkt. Ich schaute dem nicht vorhandenen Verkehr zu. Ab und zu hielt ein Wagen um betankt zu werden. Dann hatte ich wieder für ein paar Minuten zu tun.

Gaston hatte es nicht gerne, wenn ich so in der Stalltüre stand. Er behauptete, ich würde ihm die Gäste vertreiben. Das war natürlich ein Vorwand. Er konnte es einfach nicht ausstehen, wenn ich mal nichts zu tun hatte. Aber er wußte mich ja auch nicht zu beschäftigen.

Eines Tages hieß er mich, die Pferde zum Schmied zu bringen. Dieser brannte ihnen neue Hufeisen auf die Hufe und versah diese mit langen, spitzen Winterstollen. Am nächsten Tag zogen wir früh am Morgen auf die Alp, um das von den Holzern im Sommer und Herbst geschlagene Holz zu Tale zu bringen.

Die Pferde standen schon voller Schweiß und Schaum, als wir mit dem riesigen Leiterwagen oben anlangten. Ich mußte sie mit einem Lappen abreiben und mit Decken zudecken und sie durften einige Minuten verschnaufen. Dann ging der Zirkus los: Die Pferde wußten anscheinend schon von anderen Jahren her, was ihnen bevorstand, denn sie traten unruhig von einem Bein auf das andere und wieherten nervös.

Überall zwischen Bäumen und Felsen lagen die gefällten, entästeten und entrindeten Baumstämme, die ich nun mit den Pferden zu einem Sammelplatz schleppen mußte. Hier wurden sie mit viel „Horuck“ und Gefluche auf den Leiterwagen gehoben. Die Waldarbeiter hatten sich für diese schwere Arbeit bereits mit einer Doppelportion Schnaps vorbereitet. Dementsprechend rauh ging es nun zu. Gaston regierte zwar, aber seine Stimme ging im allgemeinen Lärm unter. So beschränkte er sich darauf, von sicherer Warte aus einige unnütze Befehle zu geben.

Die allergefährlichsten Schlepptransporte hatten wir für den Schluß aufgespart, als die Pferde schon müde und alle Beteiligten gut eingearbeitet waren. Es galt nämlich, diejenigen Stämme, die sich beim Fällen ineinander verkeilt hatten, zu entwirren. Wenn die Stricke zum Zerreißen gespannt waren, konnten sich nämlich diese Stämme plötzlich lösen und den Pferden an die Hinterbeine fahren. Die Pferde erschraken dann derart, daß sie davongaloppieren wollten. Ich mußte mich dann in die Zügel werfen und mich mitschleppen lassen, bis die Pferde ermüdeten und stillstanden.

Nach einigen Stunden waren die Tiere gleichermaßen erschöpft und voller Blessuren wie ich. Am liebsten hätte ich geheult vor Erschöpfung und Schmerzen, aber auch aus Wut über die dummen Bauern, die es nicht fertigbrachten, gescheite Forstwege anzulegen. In Kurligen hatte ich den Waldarbeitern schon oft zugeschaut. Das Arbeiten dort war ein Kinderspiel im Vergleich zu hier.

Am Abend kamen wir dreckig und geschunden ins Dorf. Wie schön wäre nun ein erfrischendes Bad gewesen. Aber im Haus gab es ja nicht mal eine Dusche. Gaston hatte zwar im Restaurant auf Betreiben der Gesundheitskommission ein WC einrichten lassen. Aber dieses war für die Gäste und die Familie, nicht für mich. Ich mußte mich nach wie vor mit dem eiskalten Wasser des im Hinterhof stehenden Brunnens begnügen. Auch das WC im Garten wurde nur noch von mir benutzt. Ich hatte einmal versucht, mich in das WC im Restaurant zu schleichen. Gaston hatte mich aber erwischt und mich in meine Schranken als „Boche" gewiesen.

An Weihnachten schmückte Madeleine im Restaurant eine große Tanne. Einige Päcklein lagen darunter. Ich freute mich auf das Weihnachtsfest, denn ich erwartete, daß auch für mich ein Päcklein dabei sein würde. Der Weihnachtsabend kam, die Päcklein wurden verteilt, an die Familienmitglieder und an die Stammgäste, und ich ging leer aus. Ich durfte mich nicht mal in die Gaststube setzen, als die Kerzen angezündet wurden.

Am Tag nach Weihnachten ging ich in den Wald und schnitt mir ein kleines Tännchen. Im Laden kaufte ich mir etwas Engelhaar. Für Kerzen reichte mein Geld nicht mehr. Das Bäumchen stellte ich auf den riesigen Versammlungstisch in meinem Zimmer. Dann setzte ich mich davor und summte leise ein Wehnachtslied. Plötzlich öffnete sich leise die Türe und Madeleine kam herein. Als sie mich einsam hier sitzen sah, kamen ihr die Tränen. Sie lobte die Schönheit meines einfachen Weihnachtsbaumes. Dann strich sie mir leicht über die Haare und ging hinaus.

Am nächsten Abend, als ich vom Stall kam, waren ein paar Kerzen auf meinem Baum und ein Päcklein darunter. Darin war ein Paar selbstgestrickte Socken. Ich biß mir auf die Zähne, um nicht laut zu heulen vor Freude. Als ich mich wieder beruhigt hatte, ging ich nach unten und drückte Madeleine wortlos die Hand. Leider kam Gaston dazu. Er wollte wissen, was dies zu bedeuten habe. Als ihn Madeleine aufklärte, schrie er sie an, ob sie denn wolle, daß ich noch das ganze Haus anzünde mit den Kerzen. Ich schlich mich nach oben, verriegelte die Türe, zündete die Kerzen an und weinte.

Gaston hatte also vor einigen Monaten geheiratet. Colette hatte nichts, aber auch gar nichts zu sagen in dieser Ehe. Sie hatte das Pech, ein uneheliches Kind geboren zu haben. Der Mann, dem sie das zu verdanken hatte, soll ein französischer Knecht gewesen sein, der bei ihrer Familie gedient hatte. Noch ehe das Kind auf die Welt kam, verschwand der Kindsvater über die Grenze und ward nicht mehr gesehen. Colette konnte froh sein, daß der alternde Junggeselle Gaston um sie anhielt. Jedermann wußte, daß es nicht die Liebe war, was die beiden zusammenbrachte, sondern reine Vernunftsgründe. Colette und ihr Kind bekamen ein Dach über dem Kopf und Gaston eine billige Haushälterin.

Wenn im Haus etwas zu beraten war, geschah das genauso wie vorher. Colette hatte zu schweigen. Und wenn sie mal ihre Meinung sagen wollte, fuhr ihr Gaston über den Mund. Dann nahm Colette ihr Mädchen an der Hand und verschwand still im ehelichen Gemach.

Nachdem das Langholz von der Alp geholt worden war, ging das Leben wieder seinen winterlichen Trott. Weil ich nicht viel zu arbeiten aber trotzdem einen gesegneten Appetit hatte, nahm ich innert kurzer Zeit über zehn Kilo zu. Ich brachte es auf über achtzig Kilo.

Inzwischen war ich fünfzehn geworden, hätte also eigentlich daheim eine Stelle antreten können. Es wunderte mich, daß von meinen Eltern keine Aufforderung kam, endlich mitverdienen zu helfen. Ich selber hatte mich so an den welschen Trott gewöhnt, daß ich von mir aus auch keine Anstalten traf, mich nach einer anderen Arbeit umzusehen.

Der Frühling kündete sich an und die ersten Arbeiten auf den Feldern mußten getan werden. Langsam schmolzen meine Fettvorräte wieder dahin. Auch Gaston schien sich keine Sorgen darum zu machen, daß er sich bald einen anderen „Boche“ suchen müßte. Da traten zwei Ereignisse ein:

Das erste war der lang schon erwartete Brief meiner Mutter, in dem sie mir mitteilte, ich solle nun endlich heimkommen. Mein zusätzliches Einkommen werde dringend erwartet.

Das zweite Ereignis spielte sich auf dem Dorfplatz ab, wo ich gerade die Tiere zum Brunnen getrieben hatte. Ich hatte schon lange befürchtet, es könnte einmal mit einem der selten durchfahrenden Autos zu einem Konflikt kommen. Und nun passierte es halt tatsächlich. Ein kleines Lastauto kam um die Ecke gefahren. Der Fahrer mußte brüsk auf die Bremse treten. Der Wagen hielt mit quietschenden Reifen. Die Pferde erschraken am meisten. Sie galoppierten davon, glücklicherweise in den Stall zurück. Der Fahrer des Wagens beugte sich aus dem Fenster und begehrte auf. Mir war, als müßte ich diesen Mann kennen. „Onkel Hans?“ fragte ich, allerdings unsicher.

Der Mann reagierte erstaunt. Ich sei doch nicht etwa der Greg, seines Bruders Kind. Doch, das sei ich allerdings, gab ich zur Antwort. Nun stieg Onkel Hans aus dem Wagen und begrüßte mich herzlich. Er sagte, er müsse noch schnell seine Tour fertig machen, dann habe er Zeit, mich zu besuchen.

Ich pressierte mit meiner Arbeit und ging dann zu Gaston, um ihm den kommenden Besuch zu melden. Gaston schlug vor, ich solle mit meinem Onkel zu einem Glas Wein in die Gaststube kommen.

Als Onkel Hans kam, eilte Gaston herbei und begrüßte ihn freundlich. Dann bat er ihn an einen der Tische. Mir drückte er eine Karaffe in die Hand und hieß mich, im Keller Wein zu holen. Er schenkte uns und sich selber ein und prostete uns zu. Dann meinte er, wir hätten sicher eine Menge zu reden, er lasse uns daher allein.

Als ich Onkel Hans vom Brief meiner Mutter erzählte und sagte, daß ich noch keine Stelle hätte, fragte er, ob sein Bruder Pius nicht mein Pate sei. Ich solle Pius einmal einen Brief schicken. Er habe ihm eben letzte Woche gesagt, die Firma, in der er arbeitete, Rosenbaum, würde junge Leute suchen.

Dann schaute Onkel Hans auf die Uhr. Es sei schon spät, er müsse sich verabschieden. Da kam Gaston mit einem Kassazettel. Wir hatten natürlich beide gedacht, Onkel Hans sei eingeladen worden. Gaston hatte ja ungefragt den Wein offeriert. Da hatten wir uns anscheinend getäuscht. Onkel Hans nahm ohne ein Wort den Geldbeutel hervor und bezahlte. Ich schämte mich für meinen Chef.

Am selben Abend noch schrieb ich den Brief an meinen Paten. Drei Tage später kam schon Antwort: es seien keine Stellen frei. Ich war enttäuscht. Daß Onkel Pius nicht gerade freigiebig war, wußte ich. Das einzige Geschenk, das ich jemals von ihm erhalten hatte, war ein Schulsack gewesen. Aber daß er mir auf meinen Brief nur einen einzigen Satz gönnte, stimmte mich doch traurig. Wieder ein paar Tage später kam ein zweiter Brief. Diesmal waren es zwei Sätze: Es sei nun doch plötzlich eine Stelle frei. Ich solle mich umgehend in der Firma Rosenbaum melden.

Nun galt es, Gaston mitzuteilen, daß ich auf Monatsende gehen würde. Er fiel aus allen Wolken. Natürlich hatte er schon damit gerechnet, mich für ein weiteres Jahr ausnützen zu können. Zuerst tobte er. Das gehe natürlich nicht, daß ich ohne Einhaltung einer Kündigungsfrist einfach so davonlaufe. Dann aber beruhigte er sich und legte mir ans Herz, ihm daheim sofort einen Kollegen zu suchen für ihn. Obwohl ich nicht im Traum daran dachte, dem alten Leuteschinder diesen Gefallen zu tun, versprach ich es.

Die restlichen Tage vergingen wie im Flug. Ich machte bei meinen Kameraden die Abschiedsrunde. Einer von ihnen schenkte mir ein weißes Kaninchen, das ich in eine Schuhschachtel packte, in die ich eine Menge Löcher geschnitten hatte.

Abschiedstränen gab es nicht. Einzig als ich Madeleine die Hand drückte, brachte ich kein Wort hervor. Sie war die einzige der Familie, die mich wie einen Menschen behandelt hatte in diesem Jahr.

Nach fast genau einem Jahr brachte mich das Postauto zur Bahnstation nach Pruntrut. Im Zug saß mir ein frommer Mönch gegenüber, der immer in einem kleinen Büchlein las. Die Schachtel mit dem Kaninchen hatte ich auf den Gepäckträger genau über ihm gelegt. Mit der Zeit fiel mir auf, wie sich der Mönch über seine ausgeprägte Glatze strich. Ich meinte, er putze sich den Schweiß ab. Da bemerkte ich, wie es langsam aber stetig aus der Kaninchenschachtel tröpfelte. Glücklicherweise stieg der Mönch an der nächsten Station aus, und ich stellte die Schachtel auf den Boden.

III.

Die Heimreise machte ich an einem Sonntag. Eigentlich hätte ich ganz gerne noch ein paar Tage Ferien gemacht. Aber Mutter drängte darauf, daß ich endlich den ersten Lohn heimbrächte. Natürlich wäre auch jetzt noch die Gelegenheit gewesen, eine Berufslehre zu machen. Mein Schulkollege Budi, der mit mir bis zur achten Primarklasse ausgehalten hatte, hatte auch ohne höhere Schule eine Lehre als Maler beginnen können. Und Rudi, ein Klassenkamerad, der extra ins Luzernische gezogen war, um nur sieben Schuljahre machen zu müssen, hatte eine Maurerlehre angefangen. Ich hatte mich schon während der Schulzeit sehr für die Elektronik interessiert. Aber eine letzte scheue Bemerkung in dieser Richtung brachte mir von Mutter nur die Antwort ein, es sei jetzt wichtiger, endlich Geld heimzubringen. Das war ein Argument, dem ich nichts entgegensetzen konnte.

Am Mittwoch nach meiner Heimkehr, es war der letzte Märzentag, meldete ich mich beim Betriebsleiter der Firma Rosenbaum, der bereits von meinem Paten auf mein Kommen vorbereitet war. Dieser Betriebsleiter, Herr Lupp, war ein Koloß von einem Menschen. Mit zusammengekniffenen Schweinsäuglein starrte er mich an, als ich mich vorstellte. Mein Pate Pius hatte mir gesagt, der Anfangslohn werde 45 Rappen betragen. Ich mußte erst dreimal leer schlucken, als Herr Lupp mir 95 Rappen offerierte. Ich sagte natürlich sofort zu. Dann kam die Frage, wann ich anfangen könnte. Ich wollte eigentlich noch bis wenigstens zum kommenden Wochenende die wiedergewonnene Freiheit genießen. Aber Herr Lupp sagte, entweder fange ich am 1. April, also am nächsten Tag an, oder überhaupt nicht. Da war die Auswahl nicht mehr groß, und ich überlegte, was denn die Frage nach dem Eintrittsdatum eigentlich für einen Sinn gehabt hatte.

Ein Überkleid hatte ich natürlich noch nicht. So mußte ich halt mit einem von meinem Bruder Beat vorlieb nehmen. Es war mir allerdings ein wenig peinlich, mit diesem dutzendfach geflickten Zeug eine Stelle anzutreten.

Pünktlich stand ich am nächsten Tag wieder vor dem Büro des Betriebsleiters. Dieser aber kam erst mit einer halben Stunde Verspätung. Als er mich sah, runzelte er die Stirn. Ich sah ihm an, daß er mich glattweg vergessen hatte.

Lupp brachte mich nicht etwa persönlich an meinen Arbeitsplatz. Das schien unter seiner Würde zu liegen. Er telephonierte ins Büro. Von dort kam dann eine Lehrtochter, die mich zu meinem zukünftigen Chef, Herrn Stadler, brachte. Dieser wiederum ging mit mir in die Garderobe, wo er etwa zwanzig Spinde öffnen mußte, bis er einen freien, staubigen Platz fand, wo ich meinen Kittel an einen rostigen Haken hängen konnte.

Als wir wieder zurück zur Abteilung gingen, kam uns ein Bursche, etwa in meinem Alter, gemütlich entgegenspaziert. Als er den Chef sah, machte er ein unterwürfiges Gesicht und rannte heran. Vom ersten Augenblick an wußte ich, daß ich mich vor diesem Kollegen in acht nehmen mußte.

Herr Stadler übergab mich diesem Burschen. Er stellte ihn mir als Erhard Hützer vor. Hützer werde mich in meine Aufgaben als Laufbursche einarbeiten.

Ich hatte mir keinen günstigen Tag für meinen Anfang im Erwerbsleben ausgesucht. Da es der 1. April war, versuchten es einige Kollegen, mich in den April zu schicken. Der erste Auftrag war, im Werkzeugzimmer einen „Brautlochbohrer" zu holen. Der Mann im Werkzeugzimmer fragte mich lachend, ob ich denn schon eine Freundin hätte, bei der ich diesen Bohrer einsetzen könne. Ich wurde rot und merkte, daß ich mich hatte hereinlegen lassen. Als der Befehl kam, ich solle ein Bläschen für die Wasserwaage holen, war ich auf der Hut und lachte nur. In der Folge ließ ich mich nicht mehr so leicht aufs Kreuz legen.

Als ich bei Rosenbaum meine Stelle antrat, malte ich mir aus, wie ich mich mit Fleiß und Ausdauer bis zum Meister emporarbeiten würde. Schließlich hatte ich genügend Geschichten aus Amerika gelesen, wo sich so mancher arme Bursche vom Tellerwäscher zum Millionär entwickelt hatte. Aber schon nach ein paar Tagen wurde mir klar, daß es mir hier nie gelingen würde, meinen Traum zu erfüllen.

Hützer, mein Vorgänger als Laufbursche, hatte die Aufgabe, mich in die täglich anfallenden Arbeiten einzuführen. Dies tat er denn auch mit Genuß. Immer wenn der Meister in Sicht war, tat mein Kollege so, als ob er die ganze Arbeit selber machen müßte. War der Chef aber weg, verschwand Hützer stundenlang im WC und ließ mich allein. Als ich ihn darauf ansprach, flunkerte er mir vor, er sei bereits für einen besseren Posten vorgesehen und müsse nur noch mich einarbeiten.

Ich war so in meine Aufgaben vertieft, daß ich in der ersten Woche nicht einmal bemerkte, daß in unserer Abteilung mein ehemaliger Sonntagsschullehrer Lenzinger arbeitete. Auch der Vater von einem meiner Schulkollegen, Bürli, war hier. Ich wußte von meinem Kollegen, daß sein Vater ein übler Säufer war. Wie sehr dies zutraf, konnte ich nun selber feststellen, denn Bürlis Vater hatte überall in seiner Umgebung Alkohol versteckt, welchen er im Laufe des Tages vertilgte. Dies konnte mir zwar noch egal sein. Mehr störte mich, daß Bürli immer auf den Fußboden spuckte, und den hatte ich jede Woche zu säubern! Dabei stand hinter jeder Türe ein Spucknapf. Diese auszuwaschen, war ebenfalls eine meiner täglichen Pflichten.

Zu meinen Arbeiten gehörte auch das Waschen von Armaturen, welche mit feinstem Sand eingeschliffen wurden, und das Abwaschen von Politur mit Benzin. Das Benzin war in einem offenen Trog. Die Dämpfe benebelten mich manchmal so, daß ich wie betrunken herumlief. Gummihandschuhe kannte man hier nicht, so daß das Benzin meine Hände total auslaugte. In die entstandenen Hautrisse setzte sich dann der feine Einschleifstaub. Den konnte man mit nichts in der Welt mehr herauswaschen. Weiter mußte ich mit bloßen Händen grobe Asbestschnüre mit Graphitfett einmassieren, damit man sie zum Abdichten verwenden konnte. Die feinen Asbestfasern drangen tief in die Haut ein. Daß Asbestfasern höchst gefährlich waren, wußte entweder niemand in der Firma, oder man sagte es uns nicht. Erst als ein Fabrikinspektor die Betriebsleitung darauf aufmerksam machte, kaufte man die schon lange erhältlichen, maschinell gefertigten Asbestschnüre fixfertig ein.

In der Zeit nach dem Weltkrieg begann überall Hochkonjunktur. Die Aufträge häuften sich und jede Woche wurden neue Leute eingestellt. Innert weniger Monate verdoppelte sich der Bestand der Arbeiter in unserer Abteilung. Für all diese Leute hatte ich die Botengänge und Handlangerarbeiten zu besorgen. Der Pflichten wurden täglich mehr, der Lohn aber blieb derselbe.

Lenzinger meinte zu mir, ich solle mir nicht alles gefallen lassen, denn vor mir seien zwei Laufburschen zur gleichen Zeit in der Abteilung gewesen und die hätten zusammen weniger leisten müssen als ich allein. Kein Wunder konnte ich an den Abenden nur noch todmüde ins Bett fallen. Weil ich dann keinen Appetit mehr hatte, magerte ich zusehends ab. Von den stolzen achtzig Kilo aus dem Welschland blieben innert einem halben Jahr nur noch fünfundsechzig.

Ging ich an den Wochenenden mal mit Kollegen aus, witzelten sie immer über meine ewigschwarzen Hände. Dies brachte mir mit der Zeit einen solchen Komplex ein, daß ich die Hände möglichst gar nicht aus den Hosensäcken nahm. Leute mit Handschlag zu begrüßen vermied ich, wann immer es sich machen ließ.

Ein Jahr ging vorbei und ich hatte immer noch denselben Job. Daß Stadler, mein Meister, mit meinen Leistungen zufrieden war, das merkte ich hin und wieder an seinen knappen Andeutungen und daran, daß er mich nie kritisierte. Dies tat mir zwar gut, aber ich mußte von Lenzinger vernehmen, daß neu eingestellte Arbeiter, die noch jünger waren als ich, bereits mit einem größeren Lohn anfingen, als ich ihn hatte. Lenzinger riet mir, mit dem Meister zu reden, was ich denn auch mit klopfendem Herzen tat. Stadler vertröstete mich auf die nächste allgemeine Lohnerhöhung. So lange wollte ich aber nicht mehr warten. Als einmal einer der Direktoren Rosenbaum die Abteilungsrunde machte, sprach ich ihn an. Als der Direktor hörte, daß ich noch immer für meinen Anfangslohn arbeitete, versprach er mir fünf Rappen Lohnaufbesserung. Bekommen habe ich sie aber nie.

Mein Bruder Beat hätte ganz gerne seine Fußballeidenschaft zum Beruf gemacht. Leider war der Wunsch größer als das Talent. Als er das merkte, gab er dieses Hobby auf und trat in die Dorfmusik ein. Ich hatte in der Schule immer gerne geturnt. Somit wäre es eigentlich naheliegend gewesen, in einen Turnverein einzutreten. Aber bei einem Versuch in dieser Richtung bekam ich einen Ball mitten auf die Nase. Diese hatte zwar nach einigen Wochen wieder ihre normale Form, aber die bei dieser Gelegenheit ebenfalls zerbrochene Brille wuchs nicht mehr zusammen. Die Rechnung des Optikers ließ mich ahnen, daß ich mir besser ein sanfteres Hobby zulegen sollte. So zögerte ich nicht lange, als mich die Musikanten zum Mitmachen einluden.

Einige meiner Musikkameraden waren auch noch im Veloklub und schwärmten immer von ihren rassigen Touren, die sie an den Abenden und an den Wochenenden machten. Ich hätte auch ganz gerne mitgemacht, aber das dazugehörende Stahlroß fehlte. Von Mutter konnte ich nicht erwarten, daß sie mir eines kaufen würde, und von meinem Lohn bekam ich gerade fünf Prozent, also pro Monat etwa zehn Franken. Deshalb sagte ich sofort zu, als mich Meister Stadler fragte, ob ich am Samstag auch nachmittags arbeiten würde. Von dem zusätzlich verdienten Geld gab mir Mutter die Hälfte - aber erst, als ich drohte, ich würde sonst keine Überzeit mehr machen. Nun konnte ich mir ein Occasionsfahrrad auf Abzahlung kaufen und in den Veloclub eintreten. Wir machten als einziger Verein in der Schweiz hoch zu Rad Blasmusik. Zu Radveranstaltungen wurden wir gerne als besondere Attraktion eingeladen.

Mein Kollege Hützer war an den Prüfstand versetzt worden. Er bestürmte Meister Stadler, er solle auch mich hier einsetzen, weil ich zuverlässig sei. Der wahre Grund war aber, daß hier mitunter über fünfzig Kilo schwere Ventile von Hand gehoben werden mußten, und diese Arbeit schanzte Hützer natürlich mir zu. Ich tat ihm den Gefallen gerne, denn ich hatte eine ganze Menge überschüssiger Kraft und Energie im Leibe. Weniger gern hatte ich, daß Hützer nur die interessanten Serien bearbeitete und stupide Großserien mir zuteilte.

Eines Tages schwärmte Hützer von einem militärischen Funkerkurs, den er mitmachen wollte. Da er aber niemanden dort kannte, animierte er mich, ebenfalls dabeizusein. So besuchten Hützer und ich also den Funkerkurs zusammen. Natürlich wetteiferten wir, wer von uns beiden der Bessere sei. Dank meinem guten Musikgehör hatte ich überhaupt keine Mühe. Bald konnte ich als Einziger fehlerlos die

Pieptöne in Buchstaben und andere Zeichen umsetzen. Es kam so weit, daß ich mich zu langweilen begann, weil ich am Radio bereits Funksprüche in viel schnellerem Tempo entziffern konnte.

Nach einem Gespräch mit dem Kursleiter durfte ich eine Klasse überspringen, und auch dort überflügelte ich alle. Nach Ende des zweiten Kurses kam ich direkt in den vierten, und machte sogar bei außerdienstlichen Feldübungen der Soldaten mit. Das alles stieß bei meinem Arbeitskollegen Hützer sauer auf. Er konnte es nicht verwinden, wenn ich bei der Arbeit lässig von meinen Erfolgen erzählte. Mir aber tat es zuinnerst in der Seele wohl, daß ich für einmal nicht der Unterste und Dümmste sein mußte.

Dafür begann nun Hützer, mich bei jeder Gelegenheit zu schikanieren. Beim Meister hatte er sich sehr beliebt gemacht, weil er ihm immer nach den Lippen redete und sogar extra in dieselbe politische Partei eingetreten war. Sie unterhielten sich stundenlang im Büro Stadlers über Politik, während ich unterdessen neben der meinigen auch noch die Arbeit Hützers zu bewältigen hatte.

Eines Tages meldete sich Hützer für längere Zeit krank. Es gehörte zu seinen Aufgaben am Prüfstand, den Ausschuß in ein Buch zu schreiben. Während seiner Krankheit unterblieb dies, und das Buch lag in Hützers Schublade eingeschlossen.

Der Zufall wollte es, daß Betriebsleiter Lupp die Ausschußzahlen einer bestimmten Serie brauchte. Da kein Schlüssel zur besagten Schublade gefunden wurde, brach Meister Stadler sie im Beisein des Betriebsleiters auf. Ich sah, wie die beiden Männer im Gesicht rot anliefen. Nebst dem Ausschußbuch fischten sie ein Kilo Pornohefte heraus. Das hätte ich ihnen vorher sagen können, denn ich wußte, was Hützer stundenlang im WC trieb. Die beiden Chefs verschwanden mit den Heften in Stadlers Büro. Die Türe wurde geschlossen. Aber man hörte trotz des Lärms in der Abteilung, wie Lupp dem Meister die Leviten verlas, weil dieser dem Hützer immer die besten Qualifikationen ausstellte und ihm mehr Lohn gab, als anderen Mitarbeitern.

Das Resultat dieser Konferenz war, daß Hützer fristlos gekündigt wurde. Einige Zeit lief Stadler mit großen Kummerfalten in der Abteilung herum. Eines Tages rief er mich in sein Büro. Er sagte mir ein paar Sachen, die Hützer über mich gemeldet hatte, als er noch Stadlers Liebkind war. Stadler fragte mich geradeheraus, ob diese Anschuldigungen stimmten. Ich war schockiert. Nicht eigentlich wegen den grundlosen Unterstellungen Hützers, sondern weil Stadler mich nicht früher darauf angesprochen hatte. Dies sagte ich ihm auch. Ich sah, daß Stadler sich schämte. Dann erzählte er mir, man habe mit der Firma Kontakt aufgenommen, in der Hützer vorher gearbeitet hatte. Dabei sei folgender Sachverhalt ausgekommen: Hützer sei dort als Postjunge angestellt gewesen und habe unter anderem die Pflicht gehabt, Musterschuhe, die nach Amerika gehen sollten, zur Post zu bringen. Nun seien aus Amerika laufend Reklamationen eingetroffen, weil die Schuhe zum Teil nicht angekommen seien. Nachforschungen hätten dann ergeben, daß Hützer sie seiner Freundin geschenkt hatte.

Einige der Burschen, die gleichzeitig in der Dorfmusik und dem Veloklub waren, trafen sich auch regelmäßig sonst an den Abenden und Wochenenden. Natürlich bewegten wir uns fast nur noch auf den Fahrrädern. So waren wir viel flexibler, wenn etwa einer auf die Idee kam, noch rasch ein Nachbardorf unsicher zu machen, oder ein kleines Privatrennen auf einen der umliegenden Berge zu veranstalten. Auch fuhren wir meist in Gruppen in den Hauptort, wenn in einem der Kinos ein guter Wildwestern lief.

In unserer losen Gruppe war Rudi, ein Schulkamerad von mir, der Anführer, während ich meist derjenige war, der sich widerspruchslos den Ideen der Mehrheit anschloß. Wenn aber die Streiche und Unternehmungen etwa ins Gefährliche oder Kriminelle abzurutschen drohten, war andererseits ich es, der erfolgreich vor Auswüchsen warnte.

Da die meisten unserer Gruppe eine Berufslehre absolvierten, konnten sie nicht unbeschränkt ihre Freizeit genießen. Rudi hatte seine Maurerlehre schon mit fünfzehn Jahren begonnen und inzwischen abgeschlossen. So ergab es sich, daß wir zwei häufig unsere Freizeit zusammen verbrachten. Meist saßen wir auf unseren Stahlrössern und klapperten die nähere und weitere Umgebung nach Mädchen ab. Rudi war ein Meister im „Aufreißen“. Es war, als ob er die Mädchen auf weite Distanz riechen würde. Oft ließ er mich mit dem Velo vorne führen und hängte sich an mein Hinterrad. Wenn ich mich dann gelegentlich nach ihm umsah, konnte es sein, daß er plötzlich verschwunden war. Kehrte ich um, um ihn zu suchen, sah ich ihn dann meist bei einem Mädchen stehen. Und er fackelte nicht lange. Nach ein paar Minuten war sie bereits weichgeklopft zum Vernaschen. Ich aber hatte das Nachsehen.

Einmal hatte ich alleine in einem Nachbardorf mit einem Mädchen ein Treffen für den Samstagabend bei der Kirche abgemacht und dies voller Freude Rudi erzählt. Als ich zur verabredeten Zeit zum Treffpunkt kam, wartete ich vergebens. Es war schon dunkel, und ich war nach einer halben Stunde des Wartens müde und wollte gerade enttäuscht heimfahren. Da kam zufälligerweise ein Auto vorbei und leuchtete mit den Scheinwerfern an die Friedhofmauer. Ich erkannte Rudi und mein Mädchen in eindeutiger Pose. Zorn und Enttäuschung brachen in mir aus. Zuerst wollte ich die beiden zur Rede stellen. Dann aber kam mir die Einsicht, daß ich ja erstens keinerlei Rechte auf dieses Mädchen hatte und zweitens es sich gar nicht lohnte, eine Schau abzuziehen für eine Freundin, die sich so leicht rumkriegen ließ.

Am nächsten Tag aber sagte ich etwas zu Rudi deswegen. Er gab unumwunden zu, er habe dem Mädchen aufgelauert und ihm erzählt, ich sei verhindert und habe ihn an meiner Stelle geschickt. Das Mädchen sei sehr zornig geworden, weil ich es versetzt hätte und habe dann aus Wut über mich alles mit sich machen lassen. So war mein Freund Rudi.

Er trieb es noch schlimmer. Eines Tages erzählte mir meine Schwester Sara, sie habe eine Freundin nach Hause begleitet. Diese Freundin wohnte hinter einem Waldstreifen, ziemlich abgelegen vom Dorf. Als Sara alleine zurückging, habe ihr Rudi aufgelauert und sie vergewaltigt.

Als ich das nächste mal mit Rudi zusammentraf, packte ich ihn am Kragen und schüttelte ihn. Ich fragte ihn, was er glaube, daß mit solchen Burschen geschehe, die minderjährige Mädchen vergewaltigten. Da fing der große Casanova plötzlich an zu zittern und zu weinen. Meine Schwester sei auch nicht das Unschuldslamm, als das sie sich bei mir ausgebe. Sie habe ihn immer so aufreizend angesehen, da sei es halt über ihn gekommen. Ich solle doch um Himmels Willen keine Anzeige gegen ihn anstrengen, er könne sich keine Gerichtssachen erlauben. Außerdem hätte er nicht den Eindruck gehabt, daß es eine Vergewaltigung gewesen wäre. Sara hätte sich zwar am Anfang gesträubt, aber das täten ja alle Weiber anstandshalber, und nachher hätte er immer Mühe, sie wieder loszuwerden.

Ich ließ Rudi laufen, denn er hatte gar nicht so unrecht. Schon oft hatte ich das kokette Benehmen meiner ältesten Schwester bemängelt. Und hatte ich nicht vielleicht auch schon mit dem Gedanken gespielt, eine der kleinen Freundinnen von Sara zu vernaschen? Rudi versprach in die Hand, Sara künftig in Ruhe zu lassen. Dann lud er mich auf ein Bier ins „Kreuz“. Es war mir keineswegs wohl bei dieser oberflächlichen „Erledigung“ der Angelegenheit. Rudi war in meinen Augen ein Tier, das ungehemmt seine Triebe befriedigte. Aber einen Anteil dieses Tieres - das fühlte ich mit Bestürzung - fand ich auch in mir. Ich bekam Angst, eines Tages könnte dieses Tier auch bei mir durchbrechen und mich und andere Menschen unglücklich machen.

An einem Samstag waren wir eine Gruppe von sieben Burschen zusammen. Rudi erzählte uns, im Schachen sei ein Mädchen, das nie genug bekommen könne. Einer Abtreibung wegen könne es nie mehr Kinder bekommen. Das sei doch das ideale Übungsobjekt für uns Anfänger!

Also machten wir uns mit unseren Velos auf in den Schachen. Das Mädchen trieb sich tatsächlich dort herum, so wie Rudi es uns prophezeit hatte. Bianca, so hieß das Mädchen, bekam leuchtende Augen, als Rudi ihm erklärte, wir seien alle hier, um seine Liebeskünste zu testen. Sie ließ sich ohne Widerstand von Rudi unter die Aarebrücke ziehen. Ohne lange Vorrede fielen die Hüllen, und Rudi machte als erster den Test. Wir anderen machten eine Reihenfolge unter uns aus. Als aber die Reihe an mir war, grauste es mir. Ich verzichtete mit einer unbeholfenen Ausrede. Bianca verabschiedete sich artig von uns, von jedem einzelnen per Handschlag.

Nach getaner Arbeit hatten meine Kameraden Lust auf ein Bier. Wir zogen in die nächste Wirtschaft. Ich fühlte mich schweinisch, weil ich nicht versucht hatte, das Treiben unter der Brücke zu verhindern. Andererseits war mir klar, daß ein solcher Versuch nichts genützt hätte.

Bianca war, wie ich aus Erzählungen meiner Kumpels wußte, als Minderjährige von ihrem Hausmeister verführt und geschwängert worden. Das Kind hatte sie auf Geheiß und unter Mitwirkung ihrer Tante, von der sie aufgezogen wurde, abgetrieben. Ich fragte mich, wieviel seelische Not und wie viele für Bianca nicht allein zu bewältigende Probleme sie zu diesen unwürdigen Auftritten veranlaßten, nur eines Augenblickes menschlicher Zuwendung wegen.

Ich wollte nicht unvorbereitet in die Rekrutenschule einrücken, deshalb besuchte ich nebst dem Funkerkurs auch den vormilitärischen Turnunterricht. Eines Abends sagte der Leiter so nebenbei, er habe Formulare für einen Wettbewerb erhalten. Dabei habe man schätzen müssen, wie viele Burschen im betreffenden Jahr den Vorunterricht besuchen würden. Um die Sache zu vereinfachen, habe er gleich alle Formulare selber ausgefüllt. Nun könne er zu seiner Freude mitteilen, daß der Grogg bei diesem Wettbewerb einen Wochenkurs im Hochgebirge gewonnen habe.

Ich wußte nicht, ob ich mich freuen sollte oder nicht. Natürlich reizte es mich, einmal vom alltäglichen Gezänk daheim wegzukommen. Aber für diesen Kurs hatte ich ja nicht mal die nötigen Bergschuhe.

Als ich mit Mutter darüber sprach, meinte sie zu meiner Überraschung, ich hätte ja schließlich immer den ganzen Lohn heimgebracht, nun dürfe ich mir auch einmal etwas leisten. Nur Vater, der konsequent gegen alles war, was irgendwie mit Sport zu tun hatte, meckerte. Aber seit er es hatte aufgeben müssen, mich zu einem frommen Gemeindemitglied seiner Sekte zu erziehen, war ihm so ziemlich alles gleich, was ich trieb. Es durfte nur nichts kosten. Aber wir brauchten ihm ja nicht auf die Nase zu binden, daß es noch einiger Anschaffungen bedurfte, bevor ich nach Grindelwald fahren konnte.

So fuhr ich also, ausgerüstet mit einem alten Rucksack, enthaltend ein Reservehemd und einige Paar Socken, sowie einem Paar nagelneuer Bergschuhe, gen „Grindelwald, dem Gletscher by“. Unterwegs stiegen auf verschiedenen Bahnhöfen die anderen Kursteilnehmer zu. In Grindelwald wurden wir in Militärbaracken untergebracht.

Bereits am Nachmittag marschierten wir zum Fuße einer niedrigen Felswand, wo wir einem Eignungstest unterzogen wurden. Es galt, die Burschenschar in vier Eignungsklassen einzuteilen. Jeder hatte sich ohne Sicherung auf ein Felsband zu begeben, welches sich etwa in Kopfhöhe befand.

Ich stand in der Nähe der Klassenleiter, welche die Einteilung vornahmen. So konnte ich unauffällig mithören, auf was es ankam. Bei den meisten wurde bemängelt, daß sie sich ängstlich an die Felswand drückten. Aber auch allzu unbekümmertes Draufgängertum wurde kritisiert.

Als ich drankam, versuchte ich, alle Kritikpunkte zu vermeiden, mit dem Resultat, daß ich auf Anhieb in die Stärkeklasse eins eingeteilt wurde. Als ich von den anderen dieser Klasse hörte, daß sie alle schon mehrere solcher Hochgebirgskurse hinter sich hatten, bekam ich es mit der Angst zu tun. Ich gestand dem Kursleiter, daß ich ein absoluter Neuling sei und es mir lieber wäre, man würde mich in eine niedrigere Klasse einteilen. Ich hatte von ihm ein Donnerwetter erwartet und war erstaunt, daß er mich statt dessen rühmte. Es sei ihm lieber, wenn einer offen zugebe, daß er Angst habe. Die meisten Unfälle im Gebirge hätten nämlich jene Draufgänger, die nicht zugeben könnten, daß sie gar nicht so gut seien, wie sie es gerne wären.

Die Tage in den Bergen mit Klettern, Abseilen und Wandern auf dem Gletscher waren für mich ein unglaublich eindrückliches Ereignis. Das Gefühl jemand zu sein und in einem Team gebraucht zu werden war eine absolut neue Entdeckung für mich.

Der letzte Kurstag sah eine Wanderung über den Gletscher zum Fuße des Rosenhorns vor. Am Morgen war in der Gruppe eins ein Bursche ausgefallen. Nun fehlte ein Mann zu einer Dreierseilschaft. Der Kursleiter zeigte auf mich und sagte, er habe mich die Woche über beobachtet, und was er gesehen habe, habe ihm gefallen. Wenn ich wolle, so könne ich nun doch noch für einen Tag in der ersten Klasse mitmachen. Innerlich wuchs ich um einige Zentimeter. Ohne Worte seilte ich mich bei der Zweiergruppe an.

Als wir am Fuße des Rosenhorns angelangt waren, meinte der Kursleiter, wer sich von der ersten Klasse noch fit genug fühle, der könne das Horn in Angriff nehmen. Er wolle jedoch niemand dazu zwingen, denn diese Wand habe ihre Tücken.

Nun gab es ein Neueinteilen der Kletterwilligen. Ich selber hatte mich bereits zu denen gesellt, die nicht nach oben wollten, denn ich traute meinen Kletterkünsten noch nicht so recht. Dummerweise fehlte wiederum ein Mann zu einer Dreiergruppe. Die ersten Kletterer stiegen bereits in die Wand. Da meinte der Kursleiter zu mir, ob ich es nicht doch noch riskieren wolle. So viel Vertrauensbeweis wollte ich nicht enttäuschen. Ich seilte mich als letzter an.

Als wir zur Wand kamen, hatten die anderen bereits einige hundert Meter Vorsprung. Der Anführer meiner Gruppe schlug vor, nicht den leichteren Weg der anderen Gruppen zu nehmen, sondern direkt ins Kamin zu steigen. Das taten wir auch und kamen zügig vorwärts. Als wir etwa fünfzig Meter überwunden hatten, hörten wir die erste Gruppe über uns das Kamin überqueren. Und wir hörten noch etwas anderes: Steinschlag!

In Panik hastete unser Anführer auf die eine Seite des Kamins in Deckung. Ich befand mich auf der anderen Seite und drückte mich ebenfalls an die Wand. Der Mann in der Mitte konnte weder nach links noch rechts, denn er wurde von uns dort festgehalten. Geistesgegenwärtig riß er seinen Rucksack nach oben, um wenigstens den Kopf zu decken. Und schon prasselten die Steine herab!

Als der Steinschlag vorbei war, glaubte ich erst, unser Kamerad sei tot, denn er bewegte sich nicht und gab auf unser Schreien keine Antwort. Langsam löste sich seine Starre und er begann zu zittern. Mühsam brachten wir ihn nach unten aufs Eisfels, wo er sich fürs erste hinlegte. Er blutete aus einer tiefen Wunde auf dem Kopf und einigen Schrammen an den Händen.

Die Seilschaften, die nicht auf das Rosenhorn gewollt hatten, waren bereits über den Gletscher verschwunden. Es war kurz vor Mittag. Wir berieten, was zu machen sei. Der Verletzte wollte um jeden Preis nach unten. Wir beiden anderen aber wollten lieber warten, bis die Seilschaften vom Berg zurückkämen. Schließlich beugten wir uns aber dem Willen unseres verletzten Kamerades, der sagte, das Warten würde ihn mehr kaputtmachen, als die zu erwartenden Strapazen über den Gletscher. So zogen wir also los.

Als wir nach etwa zwei Stunden unsere vorausgegangenen Kameraden erblickten, begannen wir zu schreien. Man hörte uns und hielt an. Die Klassenleiter kamen uns entgegen. Was uns denn eingefallen sei, fragten sie ganz entsetzt. Über Mittag sei die gefährlichste Zeit auf dem Gletscher, weil sich von der Sonnenhitze die Spalten öffneten und das Eis locker und weich würde.

Was wir hier geboten hatten, war wirklich ein Spiel mit dem Tod gewesen. Nun, wir waren heil zurückgekommen. Der Verletzte wurde zu einem Arzt gebracht.

Am Abend bauten wir noch ein Riesenfest und am nächsten Tag brachten uns die Züge wieder in den Alltagstrott.

Meister Stadler hatte einen neuen Favoriten gefunden: Portinger war sein Name. Zu jener Zeit arbeiteten wir alle im Akkordlohn. Wer arbeitete wie ein Tier, der verdiente mehr - aber nicht immer. Es gab Arbeiten, bei denen man schuften und schuften konnte, und doch gab es nur eine magere Lohntüte. Andererseits gab es Serien, da brauchte man sich gar nicht heftig anzustrengen, und trotzdem wurde die Lohntüte doppelt so prall. Diese Arbeiten wollte natürlich jeder, und damit der Meister sie einem zuschanzte, brachten die Arbeiter ihm am Jahresende und auch zwischendurch Salamiwürste und Wein. Natürlich hätte Stadler niemals zugegeben, daß er käuflich sei.

Nun war also Portinger in unsere Abteilung eingestellt worden. Vom ersten Tag an ging er in unterwürfiger Haltung im Meisterbüro ein und aus. Und schon nach wenigen Wochen hatte er es geschafft, daß er die größten und am besten bezahlten Serien erhielt. Wir mußten die abgelieferten Stückzahlen in ein Akkordheft einschreiben und dieses dann am Wochenende dem Meister im Büro angeben. Oft konnten wir durch die Glasscheiben beobachten, wie Stadler seinem besten Akkordanten auf die Schulter klopfte. Er merkte nicht, daß Portinger manchmal dieselben Serien zweimal angab.

Ich arbeitete noch immer am Prüfstand. Alle montierten Teile kamen hierher, um getestet zu werden. Hatte Portinger am Anfang noch gute Arbeit gebracht, wurde die Qualität mit der Zeit immer schlechter. Es kam so weit, daß er gar nicht mehr alle Innenteile montierte, um mehr abliefern zu können. Diese Garnituren wanderten dann in den Ausschuß. Natürlich merkte ich dies mit der Zeit. Ich reklamierte bei Portinger, was nichts nützte. So brachte ich einigen Ausschuß dem Meister. Dieser rief Portinger ins Büro und zeigte ihm die unvollständigen Teile. Sie einigten sich dahin, daß wohl ich selber es gewesen sein müsse, der die fehlenden Teile entfernt habe, um Portinger einen Streich zu spielen. Das tat weh! Ich beriet mich mit einigen Kameraden. Jeder hatte zwar Gründe, auf Portinger böse zu sein, aber keiner wollte es mit ihm und dem Chef verderben. Zudem galt Portinger als jähzornig.

Portinger hatte ein Hobby: Pilze sammeln. An jedem Montag kam er in die Fabrik und prahlte von den Kilos, die er wieder aus dem Wald geholt habe. Dies wollte ich nutzen, um ihm eins auszuwischen. Ich schrieb ihm im Namen eines nicht existierenden Pilzvereins, daß „unser Verein“ von seinen Erfolgen gehört habe. Nun sei es dem Verein ein Bedürfnis, ihn für seine Verdienste um die edle Kunst des Pilzesammelns zum Ehrenmitglied zu ernennen. Er solle sich am nächsten Sonntag im Parkhotel einfinden, wo die alljährliche Generalversammlung abgehalten werde. Er sei selbstverständlich zum Mittagessen eingeladen.

Einen Kollegen, der ein Auto hatte, weihte ich in die Sache ein und brachte ihn dazu, daß er am Sonntag zur angegebenen Zeit vor dem Parkhotel auf der Lauer lag. Als der Kollege am Montag zur Arbeit kam, machte er mit zwei Fingern das Siegeszeichen. Portinger war tatsächlich zu dieser imaginären Generalversammlung gegangen, und habe auch noch Frau und Kind mitgenommen gehabt.

Flugs hängte ich ein riesiges, für den Fall des Erfolges vorbereitetes „Diplom“ am Arbeitsplatz Portingers auf, und zwar so, daß er es nicht sofort entdeckte. Portinger wunderte sich, daß alle paar Minuten Kollegen zu ihm kamen, um sich zu erkundigen, ob er am Wochenende wieder in die Pilze gegangen sei. In Wirklichkeit wollten sie natürlich nur das Diplom aus der Nähe betrachten.

Schließlich fiel es auch Meister Stadler auf, daß Portinger heute so viele Besuche hatte, und er begab sich zu ihm. Sofort sah er das Diplom. Zuerst stand er da wie versteinert. Dann fragte er Portinger, was das zu bedeuten hätte. Portinger erstarrte. Als er sich wieder gefaßt hatte, riß er das Papier herunter und zerfetzte es in tausend Stücke. Stadler aber verschwand schmunzelnd in seinem Büro.

Als ich bei Rosenbaum angefangen hatte, waren wir eine reine Männergesellschaft gewesen, aber mittlerweile arbeiteten auch Frauen in unserer Abteilung. Eine dieser Frauen war in der Endkontrolle. Es kam häufig vor, daß sie Portinger schlechte Ware zurückbringen mußte zum Nachbearbeiten. Einmal wurde er darüber so wild, daß er der Kontrolleurin eine Ohrfeige gab. Die Frau lief weinend zu Stadler, welcher sie jedoch nur beruhigte und sagte, sie solle halt in Zukunft einen ihrer männlichen Kollegen zu Portinger schicken, wenn es etwas zu beanstanden gäbe.

Als es Mittag läutete, richteten wir Kollegen es so ein, daß wir Portinger beim Hinausgehen in der Mitte hatten. Plötzlich stellte einer ihm ein Bein. Er fiel in eine Ecke und wir prügelten auf ihn ein. Er begann zu heulen und um Hilfe zu schreien. Meister Stadler kam herbeigerannt, die Hände noch voller Seife. Wir sollten ihm nicht seinen besten Arbeiter kaputtmachen, schrie er.

Wir aber wollten Portinger nicht ungestraft davonkommen lassen. Einige aus der Betriebskommission begaben sich zu Stadler und verlangten eine Bestrafung Portingers. Stadler wehrte sich aber mit Händen und Füßen dagegen. Er wolle doch nicht einen guten Arbeiter verlieren, nur weil sich so ein Huhn von Kontrolleurin ungeschickt benommen habe.

Das ließen wir uns nicht bieten. Wir beschlossen, die Sache selber zu regeln. Von nun an wurde Portinger auf Schritt und Tritt beobachtet. Einigen fiel auf, daß er am Feierabend des öfteren Produkte aus seinen Serien mitlaufen ließ. Hier wollten wir einhaken. Wir hatten inzwischen anstelle des verstorbenen Werkmeisters Lupp einen Nachfolger namens Hochschuh bekommen. Diesem meldeten wir unsere Beobachtungen. Er wollte zu Meister Stadler, um die Sache zu klären. Als wir ihm aber das freundschaftliche Verhältnis zwischen dem Meister und Portinger schilderten, runzelte Hochschuh die Stirne und meinte, dann sei es wohl besser, wenn wir ihm direkt meldeten, wenn der Dieb wieder aktiv werde. Und er wurde: Eines Tages, kurz vor Mittag, kam ein Kollege zu mir und sagte, er habe eben gesehen, wie Portinger ein Stück Metall von mehreren Kilo Gewicht in seine Bluse gewickelt habe. Flugs lief ein anderer Kollege zu Hochschuh und informierte ihn. Als Portinger zu seinem Fahrrad ging, wartete dort schon der Betriebsleiter auf ihn und bat ihn unter Zeugen, seine Bluse auszupacken. Das Ende kam dann rasch: Portinger wurde fristlos entlassen. Er ließ diese Schmach aber nicht auf sich sitzen und ging zum Gericht. Dort kam aber aus, daß er schon seit Jahren professionell geklaut und sich so einen guten Nebenverdienst geschaffen hatte.

Nach dem Tiefschlag, den Meister Stadler vorher schon mit seinem pornosüchtigen Schützling Hützer erlebt hatte, war der Abgang von Portinger das Pünktlein auf dem I. Von nun an hütete er sich, einen neuen Favoriten aufzubauen.

Hin und wieder machte Vater einen verzweifelten Versuch, mich wieder „in den Schoß unserer heiligen Kirche" zurückzuführen, wie er sich ausdrückte. Drastisch malte er mir und meinen Geschwistern aus, wie es jenen in der Hölle ergehen würde, die sich nicht bekehren ließen vom einzig wahren Christentum auf Erden. Wenn ich ihn dann fragte, was denn mit den Abermillionen von armen Heiden passiere, die gar nie Gelegenheit gehabt hätten, sein einzig wahres Christentum kennenzulernen, schaute er mich immer nur verständnislos an und sagte, der Herr werde wohl wissen, was er tue.

Vater hatte sich inzwischen sein eigenes Himmelreich aufgebaut, und er ließ sich nicht einmal von seinen eigenen Glaubensbrüdern darüber belehren. Die hatten nämlich inzwischen vernehmen müssen, der Boris Grogg erzähle den Leuten bei seinen Bekehrungsversuchen ganz eigenartige Dinge.

An diesen Vorstellungen waren seine Glaubensbrüder allerdings nicht ganz unschuldig. Sie hatten sich nämlich fest in der Überzeugung verbissen, daß der Welt Ende ganz nahe bevorstünde. Hatte es nicht in der Bibel geheißen, es würde

Feuer und Schwefel vom Himmel regnen, und die Juden würden ihr Land verlieren? Die Zeit, daß die Prophezeiung sich erfüllte, schien gekommen. Feuer und Schwefel regnete es tatsächlich im zweiten Weltkrieg in jeder Menge vom Himmel, aber die Juden verloren nicht ihr Land, sondern gründeten den Staat Israel.

Der Oberhirte der Sekte hatte behauptet, ein Engel sei ihm erschienen und habe ihm geweissagt, er, der Oberhirte, werde die Erfüllung der Prophezeiung noch erleben und dannzumal mit seinen Getreuen lebendigen Leibes in den Himmel entrückt.

So viel Anmaßung wollten sich nicht einmal mehr alle Anhänger bieten lassen. Einige gaben ihrer Vermutung Ausdruck, der alte Mann habe eine Arterienverkalkung und seine Erscheinungen hätten ihren Ursprung darin. Da aber die meisten dem Oberhirten glaubten, kam es zu einer Abspaltung in der Sekte. Einer der Hirten gründete mit einigen tausend Abtrünnigen eine eigene Sekte.

Auf dem Höhepunkt der Auseinandersetzungen starb plötzlich der Anführer der Abtrünnigen. Seine Gegner frohlockten, aber nicht lange. Wenige Tage später segnete nämlich auch der Oberhirte der „Geschwister" das Zeitliche. Nun gab es großen Aufruhr. Alle schauten nach den Lücken, die eigentlich nach den Weissagungen des Oberhirten hätten entstehen müssen, weil er ja seinen Getreuen versprochen hatte, sie in den Himmel mitzunehmen. Aber siehe: Es waren keine Lücken festzustellen, weder auf der Seite des einen noch des anderen Lagers.

Nun mußten sich die braven Hirten aber schleunigst etwas einfallen lassen. Und es fiel ihnen auch etwas ein: Den erschreckten Schäflein wurde erzählt, der böse Abtrünnige sei dem Oberhirten aus dem Jenseits erschienen und sie hätten zusammen gekämpft. War es da verwunderlich, daß der alte, schwache Oberhirte gegen den immerhin fast zehn Jahre Jüngeren verlor? Der Friede war gerettet, die „Geschwister“ hatten ihre Ruhe wieder.

Für Vater war eine Welt zusammengebrochen, hatte er doch fest angenommen, daß ihn der Oberhirte dereinst direkt zwischen sich und Gottvater setzen würde. Stattdessen mußte er weiterhin auf der Erde wandeln und leiden. Und weil diese Affäre natürlich nicht unbemerkt geblieben war und die ganze Weltpresse sich genüßlich darauf stürzte, gab es für die armen Gläubigen ein Spießrutenlaufen.

Vater dauerte mich. Ich sah, wie er litt. Wochenlang sprach er kein einziges Wort. Kaum mehr essen konnte er. Aber wie froh war er, als den guten Mitbrüdern die Idee mit dem Kampfe der beiden Kontrahenten einfiel! Nun konnte er auf den nächsten Weltuntergang hoffen. Er erholte sich zusehends und glaubte und missionierte eifrig weiter.

Junge Menschen träumen von Liebe. Auch ich träumte. Tag und Nacht. Die Natur verlangte ihre Rechte. Und an Gelegenheiten fehlte es mir nicht. Das Problem war nur, daß ich sie, aus Scheu, nicht zu nutzen wußte. Und wenn ich mal ein Mädchen im Arm hielt, dann wollte ich es immer gleich machen wie mein Freund Rudi, der auch nicht lange fackelte. Nur funktionierte dieses System halt bei mir nicht. So hatte ich im Laufe der Zeit zwar jede Menge Erfahrungen sammeln können, nur die eine nicht, die schlußendlich den Jüngling zum Manne werden läßt.

Es gab Zeiten, da konnte ich mich überhaupt nicht mehr auf meine Arbeit konzentrieren, weil ich einerseits eine Niederlage vom vergangenen Wochenende verkraften und andererseits schon wieder die nächste planen mußte.

Das Schlimmste war, wenn mir Rudi wieder einmal in allen Einzelheiten erzählte, wie viele Male er es mit welchen

Frauen übers Wochenende getrieben habe. Und ich wußte genau, daß Rudi nicht schwindelte, sondern höchstens ein wenig übertrieb. Ich hatte ihn ja schon mehrmals in voller Aktion gesehen.

Immer wieder nahm ich mir vor, daß ich meine nächste Freundin nicht gleich überrumpeln würde, sondern mit ihr zusammen eine Freundschaft aufbauen würde, aus der dann gleichsam wie von selber das Höchste entstünde. Aber jedesmal, wenn ich dann ein Mädchen im Arm hatte, glaubte ich zu spüren, daß sie nur noch auf das Letzte wartete. Und das konnte ich einfach nicht geben auf Kommando.

So vergingen die Jahre und langsam verfluchte ich meine „Jungfräulichkeit".

Als ich eines Abends nach Hause kam, stand vor dem Haus ein schlankes, großgewachsenes Mädchen, mit langen, kupferroten Haaren. Ich grüßte und ging nach oben, wo ich mich bei Sara erkundigte, wer das Mädchen unten im Hof sei. Sie antwortete etwas ungehalten. Es sei eine Arbeitskollegin, die sie unbedingt habe heimbegleiten wollen. Nun sitze sie unten auf der Treppe und wolle einfach nicht verschwinden.

Mich dünkte diese Erklärung ein bißchen merkwürdig, weshalb ich beschloß, der Sache auf den Grund zu gehen. Ich ging also wieder nach unten und begann mit dem Mädchen ein Gespräch. Zuerst gab es nur widerwillig Antwort, taute aber mit der Zeit ein wenig auf. Es warte auf Sara, meine Schwester. Sie hätten abgemacht, nach Feierabend noch ein wenig auszugehen. Und nun lasse sich Sara einfach nicht mehr blicken.

Da muß einer lügen, dachte ich. Und weil ich die rege Fantasie meiner Schwester kannte, glaubte ich eher der Geschichte des Mädchens. Ich erklärte ihm, daß da wohl ein Mißverständnis vorliege, denn meine Schwester treffe überhaupt keine Anstalten, sich für den Ausgang bereit zu machen.

Ella - mit diesem Namen hatte sich das Mädchen vorgestellt - sank in sich zusammen und begann zu weinen. Vorsichtig streichelte ich ihr eine Hand. Sie wehrte sich nicht. Da wurde ich kühner und umarmte sie. Auch dies ließ sie sich ohne Gegenwehr gefallen. Plötzlich aber sagte sie, sie wolle heim. Ich fragte, ob ich es begleiten dürfe. Ich durfte. So stiegen wir also beide auf unsere Fahrräder und fuhren los.

Das Mädchen wohnte in der Nachbargemeinde. Auf dem Weg dorthin mußten wir an einem Wald vorbei. Hier verlangsamte ich, denn ich wollte das Mädchen nicht einfach so ohne Zwischenhalt heimbringen. Als ich aber zudringlicher wurde, wehrte es sachte ab und sagte, es sei besser, wenn es mir gleich klaren Wein einschenke. Es könne nämlich nichts anfangen mit einem Mann. Dies sei auch der Grund seines Besuches gewesen bei meiner Schwester.

Es war eine ganz neue Erfahrung für mich. Ich wußte nicht, wie ich mich verhalten sollte. Wir stiegen schweigend wieder auf unsere Fahrräder und ich begleitete Ella noch bis zu ihrem Heim. Hier stellte sich das Mädchen auf die Zehenspitzen und küßte mich auf die Stirne, wie man einen großen Bruder küßt. Dann lächelte es und sagte: „Bist ein lieber Junge, Greg."

Gleich neben unserer Wohnung, auf dem Schulhausplatz, wurde immer am ersten Wochenende des Monats August die Chilbi abgehalten. Da standen die Schausteller Wagen neben Wagen und es herrschte ein emsiges Treiben. Das Wasser zum Kochen holten die Frauen in unserer Waschküche.

Einer der Schausteller hatte ein junges Italienermädchen als Haushalthilfe angestellt. Theresa war ein fröhliches, leutseliges Geschöpf. Wann immer ich sie sah, trällerte sie ein Liedchen oder lachte mich an. Trotzdem sie erst gerade sechzehn Jahre alt geworden war, war alles an ihr, was das

Auge erfreuen konnte. Die Frau des Schaustellers hatte die Gewohnheit, ihr Gemüse vor dem Wohnwagen zu rüsten, aber meist war Theresa allein bei dieser Arbeit. Es war ein heißer Sommer, und Theresa war nur mit dem Allernötigsten bekleidet. Wenn sie sich bückte, sah ich ihre wohlgeformten Brüste. Ich hatte es eingerichtet, daß ich immer in der Nähe des Wagens zu tun hatte, und wenn ich nichts zu tun hatte, stand ich einfach nur da und verschlang Theresa mit meinen Blicken. Ich hatte sogar ein wenig das Gefühl, daß sie manchmal absichtlich etwas fallen ließ, und mich dabei beobachtete, wie ich sie beobachtete. Mit der Zeit getraute ich mich näher an ihren Wagen heran, und es schien ihr zu gefallen. Ich sah tief in ihre Augen, und sie lächelte solch ein erfrischendes Lächeln, es wurde mir heiß ums Herz! Kurz und gut - ich verliebte mich in sie bis über beide Ohren. Aber wie sollte ich ihr dies zur Kenntnis bringen? Leider sprach Theresa nur ein paar Brocken deutsch und ich überhaupt kein italienisch.

Not macht erfinderisch. Der Sohn des Schaustellers war in meinem Alter. Was lag da näher, als daß ich mich um die Eingeweide des Karussells interessierte, als ich ihn einmal beim Reparieren der Orgel sah? Einige Tage ging ich ihm zur Hand. Dann faßte ich mir Mut und fragte ihn direkt, ob Theresa, das Dienstmädchen, noch zu haben sei. Er bejahte und grinste verschmitzt.

Nun war der Weg zu einem Rendezvous geebnet. Ich verabredete mich mit Theresa für einen freien Abend. Es war der letzte Abend der Chilbi. Leider kam sie nicht allein, sondern in Begleitung des Sohnes des Schaustellers und eines Kollegen von ihm. Die beiden hatten offensichtlich die Aufgabe, über die Unschuld des Mädchens zu wachen. Als sie aber einerseits merkten, daß ich die Harmlosigkeit in Person war und sie anderseits der Durst zu plagen anfing, ließen sie Theresa und mich allein.

Ich war noch nie so aufgeregt gewesen in der Nähe eines Mädchens wie in jenem Augenblick. Theresa war ein ganz besonders anmutiges Geschöpf, von einem Wesen und mit einem Körper, die mir den Atem raubten. Leider schlief sie nach ein paar scheuen Küssen an meiner Brust ein, und ich wagte es nicht, mich zu rühren. Als sie erwachte und sah, daß sie über eine Stunde geschlafen hatte, erschrak sie und wollte sofort nach Hause. Wir radebrechten vor dem Wohnwagen, daß sie mir schreiben würde, sobald die Schaustellerfamilie in ihr Winterquartier ziehe. Aber der Winter verging und ich hörte von Theresa nichts.

Im Herbst war Chilbi in der Nachbargemeinde. In der Hoffnung, Theresa zu finden, marschierte ich den ganzen Wagenpark ab. Aber der Wagen des bestimmten Schaustellers stand nicht auf dem Platz. So wanderte ich mißmutig und enttäuscht zwischen den Buden umher. Da fiel mir ein blondes Mädchen auf, das wie ich allein zu sein schien. Ich biederte mich mit ihr an und fragte sie, ob ich sie zu einer Fahrt auf einer der Attraktionen einladen dürfe. Sie schüttelte den Kopf und sagte, ihr würde nur schlecht davon. Wenn ich aber wolle, dann möchte ich ihr bitte eine Rose schießen. Zu meinem eigenen Erstaunen gelang mir dies auf Anhieb. Wir wanderten bald Hand in Hand über den Rummelplatz. Leider mußte sie bald nach Hause. Aber ich konnte sie noch für einen Treff für den nächsten Samstagabend überreden.

Ich wanderte weiter über den Platz. Bald hatte ich ein anderes alleinstehendes Blondchen entdeckt. Da ich der Sache für den Samstag nicht traute, verabredete ich mich auch mit ihr. Allerdings mit einer halben Stunde Verschiebung, und der Treffpunkt lag einen Kilometer vom ersten entfernt.

Am Samstag war ich pünktlich zur Stelle. Aber weder Mädchen Nummer eins noch Mädchen Nummer zwei erschien. In der Hoffnung, wenigstens eines der beiden zu treffen, fuhr ich ins Nachbardorf. Dort traf ich sie. Allebeide. Zusammen. Sie waren Freundinnen und hatten einander von ihren Verabredungen erzählt. Natürlich fanden sie schnell heraus, daß es sich bei den beiden flotten Burschen um ein- und denselben handelte. Diese Schmach und die Bemerkungen, die ich von den beiden Mädchen einstecken mußte, verdaute ich nicht so bald. Und eine Lehre zog ich aus der Geschichte: Doppelt genäht hält nicht immer besser!

Eine Velotour über den Klausenpaß war angesagt. An einer Steigung, die wir zu Fuß machen mußten, überholten wir ein Mädchen. Eine Weile gingen Rudi und ich neben ihr her. Rudi versuchte alles, das Mädchen in Fahrt zu bringen mit seinen anzüglichen Sprüchen. Aber Susi, so hieß die junge Dame, behagten diese Sprüche offensichtlich nicht. Sie ließ Rudi immer wieder abblitzen und wandte sich demonstrativ von ihm ab. Rudi, solche Abfuhren nicht gewohnt, schwang sich, so bald es die Steigung erlaubte, auf das Rad und fuhr grollend davon.

So waren Susi und ich also plötzlich allein. Das Mädchen gefiel mir. Es hatte so etwas Natürliches, Eigenständiges an sich. Gerne hätte ich noch lange mit ihm geplaudert, aber ich wußte, daß es mich hart ankommen würde, meinem Klub zu folgen, denn die Kollegen hatten gewiß schon einige Kilometer Vorsprung. So versuchte ich, so rasch als möglich die Adresse des Mädchens zu erhalten. Sie gab sie mir lachend, mit der Bemerkung, ich würde ja doch nichts mehr von mir hören lassen.

Kurz vor dem Klausenpaß holte ich meine Gruppe ein. Ich mußte mir einige saftige Hänseleien anhören. Daß ich die

Adresse des Mädchens in der Tasche hatte, davon sagte ich lieber nichts.

Auf dem Klausenpaß machten wir Rast und nahmen im Restaurant einen Imbiß zu uns. In Gedanken war ich immer noch bei meiner neuen Bekanntschaft Susi. Dies mag wohl auch der Grund gewesen sein, daß ich beim Verlassen des Restaurants meinen Regenschutz vergaß. Die Strafe folgte auf dem Fuß. Kurz vor Flüelen überraschte uns ein heftiges Gewitter mit Hagel. Alle anderen blieben einigermaßen trocken. Ich dagegen konnte meine Kleider auswinden.

Kaum zu Hause, schrieb ich einen Brief an Susi. Natürlich glaubte ich nicht so recht, daß ich Antwort erhalten würde. Aber ich täuschte mich. In der Folge entwickelte sich ein reger Briefwechsel zwischen uns. Wir erzählten uns alles, was wir erlebten oder erlebt hatten. Bald kannte eines das andere, als ob wir uns von Kindesbeinen an gekannt hätten. Der Briefwechsel mit Susi war für mich wie ein roter Leitfaden in meinem Leben. Ich wurde innerlich ruhiger. Aber natürlich hatte ich immer noch meine flüchtigen Bekanntschaften in näherer und weiterer Umgebung.

Die militärische Aushebung gehört zum Schweizer wie etwa die Fasnacht zum Basler, oder das Sechseläuten zum Zürcher. Aber im Gegensatz zu diesen urchigen Volksbräuchen, die am selben Tag oder wenigstens in der selben Woche wieder ein Ende finden, ist die Aushebung nur der Anfang einer siebzehnwöchigen Theateraufführung.

So zog halt auch ich mit meinen Jahrgängern eines Tages in die Kreishauptstadt, um uns in nackter Herrlichkeit vor den Obersten der Schweizerarmee zu zeigen. Dank meiner vormilitärischen Turnerei schaffte ich die Prüfungen mit Bestnoten und konnte mir die begehrte Auszeichnungskarte an die stolze Brust heften. Und auch punkto Einteilung zu den Funkern hatte ich keine Probleme, denn ich konnte den silbernen Blitz vorweisen, den ich in den Morsekursen erhalten hatte. Aber das dicke Ende kam erst noch, wie der Elefant zur Schlange sagte, als sie seinen Rüssel gepackt hatte. Die siebzehn Wochen Rekrutenschule in Bülach, die der Aushebung folgten, waren kein Honiglecken.

Trotzdem gefiel das straffe Leben mir besser, als das abendliche Herumlungern zu Hause und die ewigen Sorgen um die Kleider und Schuhe. Ich wurde ein richtiger Mustersoldat. Und weil ich der Größte war in unserer Kompanie, war ich während der ganzen Ausbildungsdauer Flügelmann rechts.

Als einziger Nichtberufsfunker kam ich in die Klasse Eins. Nach den ersten Prüfungen ließ man uns aus dieser Klasse die Wahl, statt der wöchentlichen Funkerprüfungen in der Küche zu helfen. Ich meldete mich mit Begeisterung, konnte ich mich doch hier immer in aller Ruhe so richtig vollschlagen, während meine Kameraden schwitzten.

Daß dies aber auch Nachteile hatte, merkte ich erst, als es um den „goldenen Blitz“ ging. Nun fehlte mir die Routine der allwöchentlichen Prüfungen und der goldene Blitz fuhr haarscharf an mir vorbei.

An einem Sonntag ging ich mit einem Zugkameraden in der Umgebung der Kaserne spazieren. Ich wollte nicht, wie die meisten Rekruten, meine freie Zeit in Wirtschaften verbringen. Vor uns gingen zwei Mädchen aus dem Dorf. Wir überholten sie und begannen ein Gespräch. Nach einer Weile richtete ich es so ein, daß ich mit der hübscheren der beiden etwas Abstand bekam zu meinem Kameraden und dessen Begleiterin. Ich legte sachte einen Arm um die meinige. Sie ließ es mit einem Lächeln geschehen, hielt mich aber sonst auf Distanz, denn sie sagte, sie wolle nicht Lückenbüßerin spielen für eine sicher zu Hause wartende Freundin. Ich versicherte ihr, daß da keine wartende Freundin im Hintergrund sei. Kurz und gut: Wir verabredeten uns für die nächste Zeit, so oft es mein Dienst erlaubte. Mary, so hieß meine neue Freundin, war einige Jahre älter als ich, sah aber nicht so aus. Sie war ein schlankes, anmutiges Mädchen, mit einem einfachen, sanften Charakter.

Natürlich hielt ich nun die Zeit für gekommen, endlich meine „Jungfräulichkeit“ zu verlieren. Am Sonntag gingen wir immer zu Fuß in die Umgebung und suchten uns ein lauschiges Plätzchen, wo wir ungestört schmusen konnten. Und jedesmal, bevor ich mit Mary loszog, nahm ich mir vor, heute endlich die Übung zu vollziehen, die den Jüngling erst richtig zum Manne macht. Aber jedesmal ging ich unverrichteter Dinge wieder ins Kantonnement zurück. Eines Tages sprach ich Mary darauf an und fragte sie, ob ihr das nicht verleide. Sie aber sagte, Burschen, die immer nur das Eine wollten und sie nachher fallen ließen, hätte sie genug. Dann küßte sie mich innig und umarmte mich. Auf die Dauer war aber dieses Nichtkönnen für mich selber so unbefriedigend, daß ich unter fadenscheinigen Ausreden keine Stelldicheins mit Mary mehr einging. Außerdem, mit der Zeit begann ich ein schlechtes Gewissen zu bekommen, weil ich genau wußte, daß es mit unserem Altersunterschied nie zu einer festen Bindung kommen würde. Und nur mit dem Mädchen spielen für die Zeit der Rekrutenschule, dünkte mich denn doch zu gemein. Deshalb machte ich mit Mary in allem Anstand Schluß, wie es sich gehörte. Sie weinte zwar, begriff aber meine Gründe und war mir sogar dankbar, daß ich so ehrlich war. Trotzdem schämte ich mich.

Einige Wochen vor dem Ende der Rekrutenschule mußten wir einer nach dem anderen zum Schulkommandanten. Es wurde mir mitgeteilt, ich sei für die Unteroffizierschule vorgemerkt, ob ich Einwände hätte. Ich hatte irgendwie gehofft, es werde so kommen, denn wenn ich schon keine Berufslehre hatte machen können, wollte ich wenigstens diese Chance nutzen. Die nächste Unteroffizierschule hätte schon ein paar Wochen nach Beendigung der Rekrutenschule begonnen. Es wäre mir recht gewesen, diese zu besuchen, denn ich hatte Bedenken, das meiste Wissen wieder zu verlieren, wenn ich zwischen den beiden Schulen eine zu lange Pause machen müßte. Aber dieser Kurs war leider schon ausgebucht. Ich wurde für den nächsten Winter aufgeboten.

Das halbe Jahr verflog im Nu. Ich gewöhnte mich schnell wieder an das zivile Lotterleben. So stank es mir ziemlich, als ich im Januar wieder die feldgraue Montur anziehen mußte. Der Einrückungsort war wiederum Bülach. Leider hatte ich recht mit meinen Befürchtungen betreffs Vergessen des Gelernten. Am Anfang konnte ich zwar noch ganz gut mitmachen und die erste Qualifikation bestand aus lauter Einsern. Aber es zeigte sich, daß ich der einzige Unteroffizier in der Kompanie war, der keine Berufslehre absolviert hatte. Da nützten mir auch meine Bestnoten im Morsen nicht mehr viel, denn das Morsen brauchte ich nur noch am Rande. Hingegen wären mir Grundlagen, wie sie etwa ein gelernter Mechaniker oder auch andere Berufsleute hatten, viel besser zustatten gekommen.

Wir hatten in dieser Rekrutenschule einen Adjutanten, der früher Hauptmann gewesen war. Wegen einer Liebesaffäre hatte es ihm aber ausgehängt und er war zur Fremdenlegion desertiert. Als er zurückkam, wurde er degradiert. Dieser Adjutant nahm jede Gelegenheit wahr, mir unter die Nase zu reiben, daß Handlanger bei ihm nichts zu suchen hätten.

Meine Funkstation war eine sehr große. Man konnte damit Verbindung bis nach Übersee aufnehmen. Einige Offiziere, die im Zivil Amateurfunker waren, machten sich diesen Umstand zunutze. Am Abend trafen sie sich jeweils in meiner Station, um ihrem Hobby zu frönen. Der Zustand, in dem ich die Station danach manchmal antraf, ließ mich vermuten, daß es nicht nur beim Funken geblieben war, sondern daß sich die Herren Offiziere richtige Orgien mit Alkohol und Weibern leisteten.

Als eines Tages der Kompaniekommandant unverhofft eine Inspektion vornahm, lagen noch Flaschen herum und einige Knöpfe waren an den Geräten abgerissen. Ich bekam vor versammelter Kompanie einen Verweis. Am liebsten wäre ich vorgetreten, um die Sache klarzustellen. Aber mein Leutnant schaute mich mit einem Blick an, der nichts Gutes prophezeite, wenn ich ihn und seine Saufkumpane verraten würde. Wir standen vor dem Abtreten in den Wochenendurlaub. Ich bekam einen Verweis und den Auftrag, die Station eigenhändig in Ordnung zu bringen, bevor ich in den Urlaub durfte. Mein Leutnant mußte die entsprechende Inspektion vornehmen. Das paßte ihm natürlich ganz und gar nicht, denn seine Braut holte ihn immer an der Kaserne ab. Ich aber dachte, daß dies wohl die geringste Strafe sei für die Sauerei, die er mir mit seinen Kollegen eingebrockt hatte.

Als das Hauptverlesen vorbei war und die Soldaten Richtung Bahnhof rannten, blieben meine Unteroffizierkameraden bei mir. Sie wußten, wer mir die Suppe eingebrockt hatte. Sie harrten rings um meine Funkstation aus, bis ich mit dem Aufräumen und Saubermachen fertig war und machten bissige Bemerkungen in Richtung des unruhig auf und abwandernden Leutnants. Danach marschierten wir Arm in Arm, die ganze Straßenbreite füllend und Lumpenlieder singend, dem Bahnhof zu. Als der Leutnant uns überholen wollte, ließen wir ihn wohl ein dutzendmal hupen, bis wir ihm den Weg frei machten.

Der Leutnant getraute sich nicht, uns nach dem Einrücken zu bestrafen. Aber er konnte mich später mit Hilfe eines Kollegen, der auch mit von der Saufpartie gewesen war in meiner Funkstation, fertigmachen. Als wir in die Verlegung zogen, wurde ich mit meiner Station als Außenverbindung eingesetzt. Spät in der Nacht wies mich besagter Leutnant an, meine Station in die Einfahrt eines Bauernhauses zu verlegen. Obwohl ich erklärte, daß wir in dort im totalen Funkschatten lägen, beharrte er darauf. Als ich am nächsten Morgen die Situation rekognoszierte, blieb mir fast das Herz stehen. Wir hatten in der Nacht die zehn Meter hohe Antenne haarscharf neben eine Stromleitung aufgestellt.

Sofort machte ich dem Leutnant Meldung und bat ihn, unseren Standort wechseln zu dürfen. Er wurde fuchsteufelswild und befahl mir zu bleiben, wo wir seien.

Es war so, wie ich es mir vorgestellt hatte: Drei Tage standen wir ohne Funkkontakt zu unserer Kompanie in dieser Einfahrt. Nach dem Einrücken wollte ich unverzüglich einen Rapport beim Kompaniekommandanten anbringen. Der Leutnant war mir aber schon zuvorgekommen und hatte gemeldet, ich hätte mich geweigert, seinen Anordnungen, die Funkstation zu verlegen, Folge zu leisten. Ich mußte froh sein, nicht im Knast zu enden. Ich beriet mich mit meinen Kameraden, ob ich einen Rapport Höhernortes einreichen sollte. Wir wurden uns aber einig, daß mein Peiniger am längeren Hebel säße, und ich dann am Ende die Suppe auslöffeln müsse.

Als ich an einem Sonntag auf Urlaub zu Hause war, sagte mir Mutter, ich müsse zum Ammann, er habe mich etwas Dringendes zu fragen. Der Ammann hatte mich einmal gefragt, ob ich in die Sozialdemokratische Partei eintreten wolle. Ich dachte, es handle sich wieder um diese Angelegenheit. Deshalb wollte ich zuerst gar nicht hingehen. Als Mutter jedoch ganz geheimnisvoll tat, ging ich schließlich doch.

Der Ammann erklärte mir, daß das Juckihaus nun ganz definitiv vor dem Abbruch stehe, und daß wir ausziehen müßten. Er habe sich aber für meine Familie eingesetzt und sich nach einem Haus umgesehen, das durch seine Intervention billig zu haben wäre. Da aber meine Eltern das nötige Geld nicht aufbrächten, um eine Anzahlung zu leisten, wäre die Gemeinde einverstanden, uns einen Betrag vorzustrecken - falls Beat und ich uns zu Rückzahlungen verpflichten würden!

Ich überlegte nicht lange. Ein eigenes Haus! Das war schon immer mein Traum gewesen. Aber - ob Beat mitmachen würde? Der Ammann beruhigte mich. Mit Beat habe er bereits geredet. Der sei zwar nicht gerade begeistert, aber er mache mit, wenn ich auch mithelfe.

Also sagte ich zu. Dann rückte ich wieder in den Militärdienst ein und dachte nicht mehr heftig an diese Sache, weil sich in den nächsten Wochen überhaupt nichts mehr tat daheim in Richtung Hauskauf. Ich dachte schon, das ganze Prozedere sei abgeblasen worden.

Als ich das nächste Mal, wieder auf Urlaub, in Kurligen ankam, ging ich wie gewohnt in Richtung Juckihaus. Plötzlich sprach mich ein wildfremder Mann an. Wo ich denn hin wolle, fragte er. Eigentlich, dachte ich, geht das einen Fremden nichts an. Aber ich antwortete trotzdem höflich, daß ich mich auf dem Weg nach Hause befände. Der Mann lachte amüsiert. Ob ich denn nicht wisse, daß ich gar nicht mehr hier oben wohne, sondern im „Winkel"! Da kam ich mir recht dumm vor. Aber ich fragte den Mann noch, ob er mir den Weg zu meinem neuen Heim erklären könne. Vor Lachen prustend zeigte er mir die Richtung, die ich einzuschlagen hätte. Ich dankte. Der Mann ging immer noch lachend und den Kopf schüttelnd seines Weges.

Wenn ich nun schon in der Nähe meines alten Heimes wäre, sagte ich mir, sollte ich doch noch einmal einen Blick auf das werfen, was mir so viele Jahre Obdach gewesen war. Ich traf nur noch ein Trümmerfeld an. Das Haus meiner Jugend gab es nicht mehr. Ich stand da wie erschlagen. Hoch aufgerichtet lagen die massiven Quader übereinander. Dazwischen stand der Ofen, kerzengerade, als ob ihn das alles nichts anginge.

Ich stieg über die Trümmer. Vor dem Ofen blieb ich stehen. Tränen stiegen in mir hoch. Ich mußte mich zusammennehmen, damit ich nicht laut losheulte. Ich besah mir den Ofen genauer. Klebte da nicht noch Blut von damals, als mir der Vater mit dem Riemen die Strafe für die versäumte Sonntagsschule verabreichte? Mich schauerte plötzlich.

Als ich meine Eltern fragte, wo denn all meine Sachen geblieben seien, sagte Vater einsilbig, einiges habe man fortgeworfen. Der Rest sei oben im Dachboden. Ich ging nach oben. Wirklich, da lag ein ungeordneter Haufen von Büchern, Kleidern und anderen Sachen von mir. Das Zimmer, das ich nach dem Militär würde mit Beat teilen müssen, war vollgestopft mit seinen Utensilien. Bevor ich mich schlafen legen konnte, mußte ich zuerst ausmisten.

Vier Wochen vor Schluß der Unteroffizierschule wurde eine Routineuntersuchung mit Schirmbild gemacht. Etwa ein Dutzend von uns hatten Schatten auf der Lunge. Bei der Nachuntersuchung waren wir noch vier. Wir wurden ins Spital Bülach zur Kontrolle eingewiesen. Einer meiner Kameraden hatte offene Tuberkulose. Er wurde sofort isoliert. Ein anderer konnte nach einigen Tagen wieder heim. So blieben noch Jürg und ich übrig. Wir wurden für einige Monate in das Militärsanatorium Novaggio im Tessin verlegt.

Aber ehe wir diesen Bescheid erhielten, unternahmen wir in der Umgebung des Spitals ausgedehnte Spaziergänge. Bei einer dieser Wanderungen trafen wir Lisi auf einer Waldbank strickend an. Sie war in Begleitung ihrer zwei kleineren Brüder, die sie zu hüten hatte. Lisi erzählte uns, daß sie in Interlaken ein Haushaltsjahr absolviere. Nun sei sie für eine Woche daheim in den Ferien.

Lisi gefiel mir. Sie war gerade siebzehn Jahre alt und von scheuem, geradlinigen Wesen. In ihrer Nähe fühlte ich mich

Lisi gefiel mir. Sie war gerade siebzehn Jahre alt und von scheuem, geradlinigen Wesen. In ihrer Nähe fühlte ich mich wohl. Wir verabredeten uns so oft wir in dieser kurzen Zeit vor der Fahrt nach Novaggio nur konnten. Als es dann galt, Abschied zu nehmen, versprachen wir uns, einander zu schreiben. Nun hatte ich also bereits zwei Brieffreundinnen - aber noch keine richtige Freundin, mit der man alles machen konnte, was man eben in diesem Alter so zu machen pflegt miteinander.

Im Militärsanatorium Novaggio wurden Jürg und ich im selben Zimmer einquartiert. Bald zeigte es sich, daß Jürgs Krankheit einfach eine lange verschleppte Lungenentzündung war, die innert wenigen Monaten verheilen würde. Bei mir taten es sich die Herren Doktoren schon etwas schwerer. Als nach Dutzenden von Blutsenkungen, Magensaftuntersuchungen, Bronchoskopie und anderen Untersuchungen noch kein eindeutiger Befund vorlag, einigten sie sich auf den Namen „Morbus boeck". Das Interessante an der Sache war, daß ich zwar auf Tuberkelkörper nicht ansprach, aber bei der Lungenspiegelung eindeutig abgestorbene Bakterien gefunden wurden. Dazu kam, daß die wöchentlichen Röntgenbilder überhaupt keine Besserung aufzeigten.

In Novaggio ließ ich mir einen Bart wachsen. Leider geriet er nicht gerade zu einem Prachtsding, denn er hatte drei Farben: Blond, schwarz und rot. Meine zwei Brieffreundinnen, denen ich je ein Foto schickte, waren auch nicht begeistert. Als ich Lisi fragte, ob ich sie einmal in Interlaken besuchen dürfe, teilte sie mir mit, ich sei jederzeit willkommen, jedoch ohne diesen grausigen Bart. So schnitt ich ihn eben bedauernd wieder ab.

Der Besuch in Interlaken zeigte mir, daß Lisi mich liebte und es bereits als gegeben betrachtete, daß wir einmal heiraten würden. Das brachte mich in eine seelische Notlage, denn soweit hatte ich eigentlich noch gar nicht gedacht. Dies um so mehr, als ein Versuch, mit Lisis Hilfe meinen chronischen Keuschheitsstatus endlich loszuwerden, fehlschlug. Lisi schien über diesen Fehlschlag eher erleichtert zu sein, denn sie war ebenfalls noch Jungfrau und dieser Situation absolut noch nicht überdrüssig. Ich aber bekam Angst, daß es mit Lisi nie klappen würde. So fuhr ich nach drei Tagen ziemlich niedergeschlagen wieder nach Novaggio zurück. Susi, meine andere Brieffreundin, besuchte ich ebenfalls einmal. Wir verstanden uns ausgezeichnet. Aber sie strahlte eine solche nonnenhafte Reinheit aus, daß ich mich nicht mal getraute, sie zu küssen.

Der Alltag im Sanatorium sah folgendermaßen aus: Nach der Tagwacht und dem Morgenessen kamen die täglichen Untersuchungen, dann die Liegekuren und dann das Mittagessen. Am Nachmittag durfte ich in der Landwirtschaft helfen. Meine Arbeit bestand hauptsächlich aus dem Hüten der Kühe und Kälber. Auch ein riesiger Bulle gehörte zur Herde, welcher mir hin und wieder Respekt einflößte, wenn er mit gesenkten Hörnern vor mir stand und schnaubte.

Bei der Hüterei konnte ich so richtig meinen Gedanken nachhängen und philosophieren. Trotzdem entging mir nicht, daß auf der Nachbarweide ein Mädchen seinerseits eine kleine Herde hütete, dem anscheinend auch ich nicht entgangen war. Zuerst winkten wir uns nur zu. Aber mit der Zeit kamen wir uns räumlich und menschlich immer näher. Rosalin, so hieß die „Sennerin“, war achtzehn Jahre alt. Ihr Vater war früher einmal Militärpatient gewesen und nach der Kur in der Gegend geblieben. Ein ziemlich verlottertes, kleines Anwesen bot ihm und seiner Frau Unterkunft. Die Schweine und Hühner gingen in der Wohnung ein und aus. Rosalin stammte aus der ersten Ehe ihres Vaters und war die ersten Jahre bei ihrer Mutter aufgewachsen. Weil der Vater keine Alimente zahlte, wurde man sich einig, daß er wenigstens Rosalin zu sich nahm, während ihre beiden Geschwister bei der Mutter geblieben waren.

Die Stiefmutter tat dem Ruf einer solchen alle Ehre. Nicht nur, daß das Mädchen wie ein unbezahlter Knecht gehalten wurde. Sogar Rosalins Vornamen hatte sie eigenmächtig geändert, allerdings ohne Meldung an die Ämter. So vernahm Rosalin erst mit achtzehn Jahren, daß sie eben Rosalin heiße und nicht Erika, wie die Stiefmutter sie zu nennen pflegte.

Der Vater hatte überhaupt nichts zu melden bei seiner zweiten Frau. Wann immer ich ihn sah, hetzte er irgendwo herum und führte die Befehle aus, die seine Angetraute ihm aufgab. Ich redete Rosalin zu, dieses Milieu zu verlassen und irgendwo eine bezahlte Stelle zu suchen. Als sie sich nicht getraute, schaltete ich den Chefarzt und seine Gattin ein. Diese redeten mit Rosalin und ihren Eltern. Sie wurden aber genauso mit Schimpf und Schande vom Hof gejagt wie ich, als ich mit den Rabeneltern reden wollte.

Da meine Krankheit sich nicht besserte, wurde ich nach Davos geschickt. Wahrscheinlich gab aber mein Einsatz für Rosalin den Ausschlag zu diesen Beschluß, denn der Chefarzt sagte, wenn ich mich so aufrege, könne ich nie gesund werden.

Bevor ich aber nach Davos dislozierte, redete ich nochmals Rosalin ins Gewissen. Wenn sie nicht ihrer Lebtag eine unbezahlte Magd bleiben wolle, sagte ich, dann solle sie ihr Schicksal halt selber in die Hand nehmen. Dann packte ich meine Siebensachen und fuhr ins Graubündnerische. Im Juni war ich ins Spatal von Novaggio gekommen, nun war es Ende Oktober.

Ich war zwei Wochen in Davos, als mich ein Brief von Rosalin erreichte. Sie schrieb mir, sie habe meine Worte beherzigt und sich eine Stelle gesucht, und zwar ganz in der

Nähe meines Wohnortes Kurligen. Das paßte mir nun eigentlich nicht gerade, denn ich sah Komplikationen auf mich zukommen.

Ich wurde anfangs Dezember als geheilt entlassen. Zu Hause mußte ich mich allerdings noch bis Ende Jahr akklimatisieren, bevor ich die Arbeit bei Rosenbaum wieder aufnehmen konnte.

IV

Rosalin hatte also in der Nähe von Kurligen eine Stelle als Küchengehilfin angenommen. Wenn mir dies auch nicht gerade angenehm war, fühlte ich mich doch irgendwie verantwortlich für sie. Schließlich wäre sie ja ohne mein Eingreifen immer noch in Novaggio bei ihren Kühen, Schweinen und Hühnern gewesen. So wollte ich mich halt in Gottes Namen am Anfang ein wenig um sie bekümmern, wenigstens bis sie sich ein bißchen eingelebt hätte und auf eigenen Beinen stünde.

Ja, das hatte ich mir so ausgedacht!

Rosalin klammerte sich sofort so an mich, daß ich manchmal kaum mehr genug Atemluft fand. Wenn ich einmal meine alten Freunde treffen wollte, dann heulte sie so herzerweichend, daß ich mir wie ein Verräter vorkam. Es kam so weit, daß ich keinen Schritt mehr machen konnte, ohne daß sie mich fragte, wo ich gewesen sei und mit wem ich mich getroffen hätte. Ich war gerade noch froh, daß ich in meiner geliebten Dorfmusik mitmachen konnte.

Der Wirt, der Rosalin angestellt hatte, hielt sich nicht an die gesetzlichen Ruhestunden. Sie mußte jeden Tag einige Überstunden machen, die er ihr aber nicht bezahlte. Er sagte, sie arbeite so langsam, daß sie eben diese Stunden brauche, um mit der Arbeit fertig zu werden. Auch die vereinbarten Freitage gewährte er nicht. Ich fragte auf dem Arbeitsamt nach den Bedingungen im Gastgewerbe. Dabei merkte ich, daß der Wirt Rosalin ausbeutete. Man sagte mir auf dem Arbeitsamt aber auch, daß dies in der Gaststättenbranche so üblich wäre, und wo kein Kläger sei, da sei eben auch kein Richter.

Ich gab Rosalin den Rat, sich ein Zimmer und eine andere Arbeit zu suchen. Bevor es aber dazu kam, wurde sie krank. Der Wirt gab ihr zu verstehen, er habe kein Spital, und wenn sie krank spielen wolle, dann solle sie sich gefälligst einen anderen Ort dazu suchen. Ich fragte meine Schwestern Sara und Ria, die zusammen in einem Zimmer unseres Hauses schliefen, ob sie nicht vorübergehend in einem Bett zusammenrücken könnten, bis Rosalin wieder gesund sei. Beide redeten auf mich ein, ich solle mir Rosalin aus dem Kopf schlagen, denn sie sei erstens gar nicht krank und nütze mich zweitens ganz gehörig aus. Auch Mutter blies ins gleiche Horn. Als ich aber zu bedenken gab, daß man aus christlicher Nächstenliebe doch das Mädchen nicht im Stich lassen könne, gaben sie nach.

Das Zimmer, das ich mit meinem Bruder zu teilen hatte, war gerade groß genug für einen. Beat hatte, während ich beim Militär war, mein Bett mit seinem Krimskrams überhäuft. Ich mußte mir meinen Anteil am Zimmer regelrecht erkämpfen. Ein Teil von Beats Sachen wanderte in den Estrich, ein anderer Teil unter sein Bett. Der eingebaute Kleiderkasten hatte aber zu wenig Platz für uns beide. So bezog ich einen alten, schon mit ausgedienten Kleidern der übrigen Familienmitglieder gefüllten Kasten im Estrich. Für meine Bücher und meine sonstigen persönlichen Sachen zimmerte ich mir Regale unter den Dachsparren im Estrich. Irgendwie kam ich mir vor wie ein Asylant, der froh sein mußte, irgendwo einen Unterschlupf gefunden zu haben.

Ich hatte mit Mutter ausgemacht, daß ich von nun an nur noch ein Kostgeld abgeben würde, so wie meine übrigen verdienenden Geschwister. Sie hatte gehofft, ich würde mich weiterhin mit einem Sackgeld von zehn Prozent meines Lohnes zufrieden geben. Aber ich drohte auszuziehen, wenn ich nicht gleich behandelt würde wie Beat, Sara und Ria, die alle den gleichen Kampf hatten durchstehen müssen, bis ein vernünftiges Kostgeld ausgehandelt war.

Vater war nicht zufrieden. Er verlangte für die Zeit, in der ich fort gewesen war, einen Anteil an Zimmermiete. Da wurde ich aber böse und fragte ihn, was er denn mit einem halben Zimmer hätte anfangen wollen, falls nicht ich es belegt hätte. Er meinte kühn, dann würde er das halbe Zimmer halt an einen Zimmerherrn vermieten. Da konnte ich nur noch den Kopf schütteln. Aber ich blieb hart und ließ es darauf ankommen, daß er mich aus dem Hause werfen würde. Das wäre dann der Dank dafür gewesen, daß ich mir monatlich einen erklecklichen Teil meines Lohnes in der Fabrik direkt abziehen ließ, zugunsten der Gemeinde Kurligen als Anzahlung für das Haus. Einen Moment reute es mich fast, daß ich mich dem Ammann gegenüber zu diesem Geschäft bereit erklärt hatte. Beat hatte es schlauer gemacht. Er war zum Gemeindeverwalter gegangen und hatte diesem eine Bestätigung abgeluchst, daß er seinen Anteil vom Kostgeld abziehen dürfe. Ich aber war der Dumme. Als ich von dieser unsauberen Sache vernahm, hatte ich nicht die nötige Unverfrorenheit, gleiches zu verlangen. Ich wäre mir dabei wie ein Schelm vorgekommen.

Rosalin ließ es sich inzwischen im Zimmer meiner Schwestern wohlsein. Als diese aber immer mehr darauf sistierten, daß Rosalin sich nach einer anderen Bleibe umsehen solle, machte ich mich selber auf die Suche. Im Dorf fand ich nach langem Suchen eine Familie, die bereit war, das Mädchen aufzunehmen - falls ich ein Bett besorgen könne. Auf Abzahlung kaufte ich nun ein Bett mitsamt Matratze und Bezug. Ich schoß Rosalin das Geld vor und verschuldete mich damit auf Monate hinaus. Meine beiden Schwestern besorgten ihr in der Lederfabrik, in der sie seit ihrer Schulentlassung arbeiteten, eine Stelle. Es war ausgemacht, daß sie mir sobald als möglich den vorgeschossenen Betrag zurückstottern würde. Aber Rosalin fand andere Gelegenheiten, ihren Lohn zu brauchen. Kaum hatte sie ihr Geld in der Hand, setzte sie es in Schokolade und andere nicht unbedingt nötige Sachen um. Statt mein Geld zurückzuerhalten, lieh ich ihr noch mehr. Es war abzusehen, daß ich es mit diesem Finanzierungssystem nie auf einen grünen Zweig bringen würde.

Inzwischen war mir aber mit Rosalin das gelungen, was ich mit anderen Mädchen nicht erreicht hatte: Ich gehörte nicht mehr zum bedauernswerten Klub der keuschen Jünglinge! Irgendwie hatte es sich wie von selbst ergeben. Wahrscheinlich hatte ich mich gegenüber anderen Mädchen immer minderwertig gefühlt. Nun, da ich die Verantwortung für ein Mädchen „aus dem Schweinestall" hatte, wuchs mein Selbstwertgefühl. Und was anderen so ganz normal gelang, gelang auch mir plötzlich. Dieses „Erfolgserlebnis" war aber auch schuld, daß ich an Rosalin „hängen" blieb. In der Folge zog Rosalin die Schraube immer härter an. Als sie einmal in meinem Zimmer Fotos von meinen Brieffreundinnen sah, verlangte sie, daß ich mit Lisi Schluß machen solle. Susi würde ihr keinen Kummer machen, die sehe harmlos aus und wohne weiter weg!

Ich hatte es selber schon als unehrlich empfunden, Lisi in der Hoffnung schweben zu lassen, es könne aus uns beiden noch etwas werden. Also versprach ich Rosalin, bei Gelegenheit Lisi reinen Wein einzuschenken. Rosalin aber wich nicht mehr von meiner Seite, bis ich mit ihr zu einer öffentlichen Sprechzelle ging und Lisi anrief. Ich wußte nicht, wie ich es Lisi hätte begreiflich machen sollen. So erzählte ich ihr, ich hätte ein Mädchen geschwängert und müsse dieses nun heiraten. Lisi weinte, und ich fühlte mich als Schwein.

Kurze Zeit darauf schrieb Susi. Sie käme auf einer Durchreise hier vorbei und würde mich gerne treffen. Natürlich wollte Rosalin auch mit dabeisein. Einen ganzen Nachmittag spazierten wir zu dritt in der Gegend herum. In einem verborgenen Augenblick raunte mir Susi zu: „Greg, heirate dieses Mädchen nicht. Es wird dich sonst ins Unglück stürzen." Als sie wieder in den Zug stieg, verabschiedete sie sich mit einem Kuß von mir. „Wir werden uns nicht mehr wiedersehen“, sagte sie. „Ich danke dir für die schöne Zeit.“

Als ich nach der Kur wieder bei Rosenbaum anfing, bestellte mich Meister Stadler in sein Büro. Leicht ironisch meinte er zu mir, es sei vermutlich für einen Unteroffizier nicht mehr zumutbar, am Prüfstand zu arbeiten. Es wäre eben eine Stelle frei geworden, weil ein Mitarbeiter in Pension gegangen sei. Dieser Mitarbeiter hatte die Aufgabe gehabt, Druckapparate zu reparieren, die von den Kunden zu diesem Zweck angeliefert wurden. Stadler schilderte mir diese Tätigkeit als in höchstem Maße verantwortungsvoll und interessant. So erschien sie mir denn auch anfangs. Allerdings erinnerte mich die Farbe meiner Hände an die gute alte Zeit, als ich noch Asbestschnüre mit Graphitfett hatte einschmieren müssen. Manchmal kam ich mir vor wie ein Tierarzt, der seine Patienten auch nicht fragen kann, was ihnen fehlt, sondern sein Gespür einsetzen muß. Hin und wieder gab ich Meister Stadler auch Tips, wie man das betreffende Produkt verbessern könnte. Leider meldete er diese Anregungen selten an das Konstruktionsbüro weiter. Und wenn er es schon einmal tat, gab er meine Ideen als die seinigen aus.

Als der Mann aus dem Werkzeugzimmer kündigte, fragte mich Stadler, ob ich nicht Lust hätte, diesen Posten ebenfalls zu übernehmen, er sei es satt, alle paar Jahre neue Leute anzulehren, und da das Werkzeugzimmer nur zu etwa einem Viertel der Tageszeit besetzt sein müsse, könne ich meine bisherige Arbeit trotzdem weitermachen.

Nun war es nicht etwa so, daß ich zu wenig ausgelastet gewesen wäre. Aber ich griff trotzdem zu, denn so bekam ich ein wenig Abwechslung im Tagesablauf, und der Meister versprach mir eine gehörige Lohnaufbesserung. Diese reizte mich am meisten, denn dank Rosalin war in meiner Kasse stets Ebbe.

Ich merkte bald, daß in der Werkzeugausgabe eine unglaubliche Unordnung herrschte. Tausende von Werkzeugen und Vorrichtungen waren einfach ohne Kennzeichnung und System in Kisten und Kästen verstaut. Ich verbrachte bald mehr Stunden mit Suchen als mit Reparieren. Die Arbeiter, die auf das Werkzeug warten mußten, fluchten dann, weil sie wertvolle Zeit in ihren Akkorden verloren. Das konnte so nicht weitergehen. Kein Wunder, daß niemand es lange ausgehalten hatte bei diesem Job. Ich verlangte bei Meister Stadler eine Unterredung und erklärte ihm klipp und klar, daß ich nur weitermachen würde, wenn er mir erlaubte, das ganze Werkzeugzimmer zu renovieren. Zuerst brummte er zwar. Man sei doch mit diesem System jahrzehntelang ausgekommen. Schließlich aber gab er mir grünes Licht. Da aber so eine Arbeit nicht in der normalen Arbeitszeit getan werden konnte, arbeitete ich abends und am Samstagnachmittag Hunderte von Stunden, bis alles neu organisiert und beschriftet war. Nun konnte im Abwesenheitsfall des Werkzeugherausgebers jedermann sein benötigtes Werkzeug finden. Mit dem zusätzlichen Verdienst bezahlte ich Rosalins Bett ab.

Meister Stadler hatte ein neues Produkt erfunden. Leider war es zu teuer, weshalb die Leute in der Konstruktion die Aufgabe erhielten, es zu verbilligen. Das gelang ihnen auch - nur funktionierte es danach nicht mehr richtig. Von überallher kamen Reklamationen, und Stadler reiste in der ganzen Schweiz herum, um Nacharbeit zu leisten. Mit der Zeit hing ihm diese Sache zum Hals heraus. Er suchte einen geeigneten Mann, der diese Aufgabe übernehmen konnte. Seine Wahl fiel auf mich. So mußte ich also nebst meiner Arbeit als Reparateur und Werkzeugherausgeber noch in der Gegend herumreisen und mir bissige Bemerkungen von unzufriedenen Kunden anhören. Als Werkzeugbehälter diente mir ein uralter, ausgeleierter Holzkoffer, der bei jeder unpassenden Gelegenheit aus den Scharnieren fiel. Jedesmal wenn mir das wieder passiert war, intervenierte ich bei Stadler, daß er endlich einen anständigen Werkzeugkoffer besorge. Aber Stadler war der Meinung, der Koffer habe ihm jahrzehntelang gedient und er werde es auch noch für mich so lange tun.

Einmal traf es sich, daß ein Kunde, der zum weißnichtwievieltenmal wegen diesen Apparaten ausgerückt war, Stadler persönlich verlangte. Der Meister befahl mir, ihm die Ware in das Köfferchen zu packen und ihn dann zum Bahnhof zu begleiten. Ich lachte auf den Stockzähnen über diese Gelegenheit. Ich packte ihm wohl an die dreißig Kilo in das Köfferchen, trug es ihm bis in den Bahnwagen und verstaute es im Gepäckträger. Als Stadler zurückkam fluchte er fürchterlich. Erstens habe er jemand zu Hilfe rufen müssen, der ihm den Koffer herunterholte. Und zweitens sei er ihm dann mitten im Bahnhof Basel auseinander gefallen und alle Teile seien auf dem Perron herumgerollt. Als ich ihn mit unschuldigen Gesicht daran erinnerte, daß ich den Koffer ja schon lange bemängelt hatte, glaubte ich, nun werde es doch endlich einen neuen geben. Aber ich hatte mich getäuscht. Als ich das nächste Mal auf Montage ging, riet mir Stadler lediglich dringend, eine starke Schnur um den Koffer zu binden.

An der nächsten Betriebsversammlung traf es sich, daß ich neben Direktor Rosenbaum zu sitzen kam. Ich wollte ihn gerne auf mein dringendes Problem aufmerksam machen, aber ohne Meister Stadler anzuschwärzen. Also bat ich den Direktor, ihm eine kleine Scherzfrage in Gedichtform vortragen zu dürfen:

„Er steht an einem Perronrand,
hält ein Köfferchen in der Hand,
ringsum eine dicke Schnur verdreht,
damit das Köfferchen nicht auseinandergeht."

Direktor Rosenbaum meinte, das werde wohl so ein Italiener sein, der zum ersten Mal in die Schweiz komme, um Arbeit zu suchen. Ich aber lachte und sagte, das sei ein Monteur von der Firma Rosenbaum. Da wollte Rosenbaum natürlich die ganze Geschichte wissen.

Eine Woche später bestellte mich Stadler in sein Büro. Mit hochrotem Kopf übergab er mir eine geräumige Werzeugtasche. Dann sagte er mir, er habe es nun so weit gebracht, mir für das alte, ausgeleierte Ding etwas Stabileres zu besorgen. Ich bedankte mich freundlich, ohne ihm ein Wort über meine Unterhaltung mit dem Direktor zu verraten.

Statt daß Rosalin sich einen eigenen Bekanntenkreis aufgebaut hätte, klammerte sie sich immer mehr an mich. In der Lederfabrik hatte sie zwar Kolleginnen, mit denen sie auch ab und zu abends ausging. Aber diese Freundschaften dauerten stets nur kurz. Anschließend ließ Rosalin keinen guten Faden an ihren „Freundinnen". Mit der Zeit mußte ich aber annehmen, daß der Fehler nicht bei den Kolleginnen lag, sondern bei Rosalin, die sich einfach nicht in ein Team einordnen konnte. Hatte sie sich dann mit der ganzen Abteilung verkracht, feierte sie einfach ein paar Tage krank, lag im Bett und las Dreigroschenromane. War ich aber in der Nähe, machte die Krankheit eine Pause, und sie zog mich zu sich ins Bett. Mir warf sie vor, ich sei geldgierig, sonst würde ich nicht so viele Stunden mit Krampfen verbringen. Dabei vergaß sie, daß ein schöner Teil von meinem Lohn für ihre Schulden draufging.

Meine Musikantenkollegen begannen bereits zu witzeln, weil man mich nie mehr allein antraf, sondern im Schlepptau immer Rosalin aufkreuzte. Schon mehrmals hatte ich ihr nahegelegt, mich nicht zu vereinnahmen, ich könnte mich nicht so ausschließlich auf sie konzentrieren und alle meine Bekannten im Stiche lassen. Dann spielte sie tagelang die beleidigte Leberwurst und redete kein Wort mehr mit mir.

Auch wenn ich ihr Vorhaltungen machte, weil sie ihr Geld für unnötige Sachen verwendete, statt ihre Schulden zu bezahlen, konnte sie mich tagelang anschweigen. Ich war es gewohnt, jedes Problem sofort mit Worten oder Taten zu lösen. Diesem Schweigen war ich nicht gewachsen! Gewöhnlich gab ich irgendwann kleinlaut bei. In Gesellschaft allerdings wandte Rosalin die Schreimethode an, weil sie sich sicher war, daß ich eher nachgeben würde, als mitzuschreien. Meist handelte es sich bei unseren Differenzen um unbedeutende Kleinigkeiten, über die normale Menschen mit einem Lachen weggehen. Versuchte ich es aber mit dieser Methode, nämlich mit Humor, wurde Rosalin fuchsteufelswild und behauptete, ich nähme sie nicht ernst.

Als sie mir bei mir zu Hause wieder mal wegen einer Lappalie eine Szene machte, hatte ich genug. Ich bat sie, mit mir nach draußen zu kommen, da ich meiner Familie diese ewigen Streitereien nicht länger zumuten wolle. Vor der Tür stellte ich sie unmißverständlich vor das Ultimatum, entweder einsichtiger zu werden oder unser Verhältnis aufzulösen. Da überzog sie mich mit einer solchen Kanonade von Flüchen und Schimpfwörtern, daß ich nur noch eine Möglichkeit sah, unser Verhältnis zu lösen, nämlich indem ich ihr eine Ohrfeige gab. Sie verdrehte die Augen und sank zu Boden. Als ich nicht darauf hereinfiel, begann sie laut zu schreien. Die Nachbarn guckten schon aus ihren Fenstern. Ich versuchte es mit gutem Zureden. Aber sie schrie nur immer lauter. Ich nahm sie auf den Arm und trug sie ins Haus. Als ich sie drinnen auf ein Sofa legen wollte, umklammerte sie meinen Hals und ließ nicht mehr los, bis ich ihr versprochen hatte, sie nicht im Stich zu lassen. Ich wußte, daß ich mir damit mein lebenslängliches Urteil selber gesprochen hatte.

Von da an verfolgte Rosalin nur noch ein Ziel: unsere Heirat. Irgendwie hatte ich die Hoffnung, wenn Rosalin eine eigene Familie hätte, würden ihre hausfraulichen Instinkte geweckt werden. Ich werde sehen, sagte sie, wie sie kochen und haushalten könne, wenn es für etwas Eigenes sei. Ich schlug vor, gleich mit Sparen anzufangen und mit einer Möbelfirma einen Sparvertrag abzuschließen. Jeder von uns solle die Hälfte bezahlen. Rosalin war mit Begeisterung dabei. Auch mit einer Wäschefirma und mit einem Geschirrlieferanten schlossen wir solche Verträge ab. Als Rosalin aber ihre monatlichen Raten bezahlen sollte, war das Geld immer schon für anderes ausgegeben, und ich mußte beide Anteile übernehmen. So geriet mein Plan, noch etwas Geld auf die Bank zu bringen, arg ins Schleudern.

Per Zufall hörte ich einen Arbeitkameraden erzählen, daß er seiner Untermieterin kündigen müsse, weil sie immer laute Männerbesuche habe. Sofort ergriff ich die Gelegenheit und bot mich als Nachfolger an. Die Sache klappte. Nun ging es ans Kaufen der Wohnungseinrichtung. Natürlich war fast kein Erspartes vorhanden und wir mußten alles auf Abzahlung nehmen. So verschuldeten wir uns auf Jahre hinaus.

Am Freitag vor der kirchlichen Feier wurden wir zivil getraut. Am Abend spielten die Musikanten zu einem Ständchen auf. Ich hatte Fieber. Ohren, Nase und Hals waren vereitert. Für den Transport der Hochzeitsgesellschaft zur Kirche hatte ich einen Bus der PTT gemietet. Der Pfarrer sprach von jungem Glück und Gottes Segen. Ich hörte ihn kaum. Meine Ohren waren inzwischen so verstopft, daß ich ihm das Kommando zum Jawort von den Lippen lesen mußte.

An der Hochzeit war auch Rosalins richtige Mutter anwesend, die wir auf mein Betreiben hin nach langen Nachforschungen gefunden hatten. Sie entpuppte sich als eine aufdringliche, sich in alles mischende Neurotikerin. Rosalin war ihr wie aus dem Gesicht geschnitten, und mir grauste beim Gedanken, daß ich hier vorgeführt bekam, wie Rosalin in einigen Jahren aussehen und sich aufführen würde.

Nach dem Essen setzte sich das junge Paar in den Zug. Zweiter Klasse natürlich. Ich hatte in Sachseln für zwei Nächte Hotelzimmer bestellt. Ich sah kaum mehr aus den Augen. Meine Ohren schmerzten. Rosalin bestand auf einer Bootsfahrt mit dem Ruderboot. So riß ich mich zusammen und ruderte meine Eheliebste eine Stunde auf den See hinaus.

Nach zwei schlaflosen Nächten war ich froh, wieder daheim zu sein. Die erste Nacht im gemeinsamen Zuhause schlief ich stocktief. Am Morgen fuhr ich mit meinem Fahrrad wie gewohnt zur Arbeit. Rosalin schlief sich aus. Der Ehetrott konnte beginnen.

Manchmal flogen nicht nur die Fetzen, sondern auch noch härtere Gegenstände in unserer kleinen Wohnung herum. Nach solchen heftigen Auseinandersetzungen versöhnten wir uns meistens spätestens im Bett wieder. Schlimmer waren die lautlosen Differenzen.

Als ich in einem Schrank etwas suchte, fiel mir eine Schachtel herunter. Sie platzte auf, und heraus quollen hunderte von leeren Kaugummipackungen. Auf den Packungen waren Comicbildchen abgedruckt, die aus fortlaufenden Serien stammten. In der Folge wurden es immer mehr, hunderte von Umschlägen! Ganze Bilderromane konnte man daraus zusammenstellen. Ich wollte von Rosalin wissen, wo sie die Bildchen her hatte, aber sie sagte, das gehe mich einen Dreck an. Mehr Information darüber bekam ich von unserer

Hauswirtin. Als sie den Hauszins wieder mal nicht pünktlich bekam, bemerkte sie spitz, wenn man jeden Tag in der Bäckerei kiloweise Chrömli und Kaugummi kaufe, könne das Geld natürlich nicht auch noch für die Miete reichen. Ich machte Rosalin deswegen Vorhaltungen. Da stieß sie einen tierischen Schrei aus und rannte wie ein Widder mit gesenktem Kopf gegen meinen Bauch. Ich flog gegen die Wand. Dann drosch sie mit Fäusten auf mich ein und schrie, wenn ich ihr keine Süßigkeiten heimbrächte, müsse sie sich halt selber welche kaufen.

Auch in ihren Schweigephasen konnte es sein, daß Rosalin plötzlich aufschrie und so auf mich zurannte. Am Anfang war ich oft so überrascht, daß ich zu Boden ging. Mit der Zeit aber war ich auf der Hut und fing sie mit den Händen auf, bevor sie mir eine Rippe quetschen konnte. Dann schrie sie wie ein Tier und prügelte mit den Fäusten auf mich ein. Hatte sie sich auf diese Weise abreagiert, fing sie an zu zittern und zu heulen. Nachher konnte es sein, daß sie stundenlang unbeweglich irgendwo lag.

Gingen wir mit einer Meinungsdifferenz zu Bett und konnten diese vor dem Einschlafen nicht bereinigen, kam es vor, daß sie mich mitten in der Nacht aus dem Schlaf prügelte. Einmal drückte ich ihr ein Rüstmesser in die Hand und sagte, sie solle doch einmal gleich ganze Arbeit leisten, denn diese Attacken trieben mich mit der Zeit in den Wahnsinn. Sie warf das Messer in eine Ecke und fiel schluchzend auf meine Knie.

Von Beat, meinem Bruder, hatten wir uns ein paarmal sein kleines Spatzzelt ausgeliehen im Sommer. Es war aber bei Regenwetter sehr unbequem, weshalb wir beschlossen, uns ein eigenes, größeres zu nähen, um damit in den Sommerferien ins Tessin zu fahren. Wir besorgten uns von einem Versandgeschäft zugeschnittenen Stoff. Rosalin war auf diese Idee gekommen. Sie behauptete, es sei für sie ein leichtes, es selber zu nähen. Ich war zwar etwas skeptisch, denn wie sollte meine Frau ein ganzes Zelt nähen können, wenn sie manchmal Mühe hatte, innert nützlicher Frist unsere Kleider zu flicken? Aber der Stoff kam bereits Monate vor Ferienbeginn und ich hoffte, in der verbleibenden Zeit werde sich wohl eine Lösung finden lassen.

Zwei Wochen bevor es losgehen sollte, wagte sich Rosalin schließlich an die Arbeit, wobei ich ihr allerdings kräftig helfen mußte, denn die Stoffbahnen gingen nur mit Mühe über die kleine Nähmaschine. Als das Werk aber vollendet war, waren wir beide stolz. Ich hatte in der Zwischenzeit aus einer großen Seifenkiste einen Transportkasten gemacht, der dann auf dem Zeltplatz als Geschirrkasten und Tisch diente.

Das Zelt schickten wir mit der Bahn. Wir selber fuhren mit den Fahrrädern. Es hätte eine schöne Zeit werden können. Wir hatten Zuhause einen Plan gemacht, wie wir uns das wenige, was uns an Geld zur Verfügung stand, einteilen würden. Aber im Tessin sah Rosalin so viele zum Kaufe anregende Sachen, daß wir am Ende der zwei Wochen gerade noch sieben Franken hatten. Der Fahrpreis durch den Gotthardtunnel pro Person und Fahrrad kostete knapp über drei Franken. Es blieb uns also nicht mal mehr ein Franken übrig. Unterwegs in der Magadinoebene bekam Rosalin aber eine solche Lust auf ein Eis, daß sie lieber die Fahrräder über den Gotthard schieben wollte, als auf das Eis zu verzichten. Ich aber blieb hart, das Geld blieb in meiner Tasche. Das brachte sie in eine solche Wut, daß sie keinen Meter mehr weiterfahren wollte. Erst als ich ihr versprach, sie könne nach dem Tunnel in einer Wirtschaft etwas trinken, während ich draußen warten würde, konnte ich sie zum Weiterfahren bewegen.

Auf der Fahrt im Zug durch den Tunnel beruhigte sie sich aber, und ehe wir wieder auf die Räder stiegen, tranken wir an einem Brunnen Wasser.

Wir waren noch lange nicht aus den Schulden heraus, aber Rosalin war es satt, in die Fabrik zu gehen. Eines Tages kam sie mit dem Wunsch, sich ein Moped zu kaufen. Sie sagte, der Arbeitsweg falle ihr dann viel leichter und sie könne, um Geld zu sparen, in die Stadt fahren für die Einkäufe. Ich versprach ihr, sobald die Schulden für Möbel, Wäsche und Geschirr abbezahlt seien, könne sie eines haben. Aber sie wartete nicht so lange. Eines Tages erzählte sie mir, es sei etwas mit ihrem Fahrrad nicht in Ordnung, und sie habe es dem Velohändler gebracht zur Reparatur. Nun habe dieser aber gesagt, eine Reparatur lohne sich nicht mehr und es wäre gut, wenn ich mal vorbeikommen würde. Als ich beim Händler vorsprach, hatte er bereits einen Kaufvertrag für ein Occasionsmoped aufgesetzt. Ich wurde böse. Ich wollte mich nicht auf diese Weise überfahren lassen. Weil ich aber sah, daß Rosalin es doch fertigbringen würde, mich einfach vor vollendete Tatsachen zu stellen, sah ich mich nach einer günstigen Gelegenheit für ein neues Moped um, denn ich fürchtete, daß es ein altes nicht lange tun würde. Ein Arbeitskollege von mir hatte nebenbei eine Velowerkstatt und handelte auch mit Mopeds. Ihm unterbreitete ich mein Anliegen. Er erklärte sich bereit, mir ein neues Moped auf Abzahlung zu verkaufen und dabei als Kollege auf einen Aufpreis für Ratenzahlungen zu verzichten. Und wenn ich die Raten pünktlich abstottern würde, wäre er sogar bereit, auf die letzte Rate zu verzichten.

Es traf sich zu der Zeit, daß ein älterer Kollege in der Firma, der nach Feierabend jeweils die WC's und Garderoben reinigte, ausfiel und ich einspringen konnte. Später hörte ein anderer Kollege, der in einer anderen Abteilung diesen begehrten Nebenverdienst hatte, ganz auf, und „vererbte" mir seine Nebenjobs. Mein Tagwerk ging dann wöchentlich zweimal bis gegen neun Uhr abends. Dafür brachte ich einen erklecklich größeren Lohn nach Hause und konnte unsere Schulden schneller abzahlen.

So kam also Rosalin doch noch zu ihrem Moped. Leider gefiel ihr das Modell nicht, sie hatte sich ein anderes in den Kopf gesetzt. Sie redete auf mich ein, ich solle doch mit dem von mir gekauften fahren und ihr eines ihrer Wahl kaufen. Ich rechnete scharf nach und war der Meinung, wenn Rosalin noch ein paar Jahre mitverdienen würde, dann könnten wir es wagen. Sie versprach es voller Freuden, und so hatten wir also jedes sein eigenes Moped. Und ich war froh, wenn ich nach einem Zwölfstundentag nicht noch in die Pedale treten mußte.

Leider begann Rosalin mit Kolleginnen, welche ebenfalls so einen fahrbaren Untersatz hatten, in der Gegend herumzugondeln. Das unnütz vergeudete Benzin war nicht das Schlimmste. Man mußte natürlich noch jedesmal irgendwo in einer Wirtschaft oder einer Bäckerei einkehren und sich mit Süßigkeiten vollstopfen. Und wenn sie dann nach Hause kam, hatte sie ihren Bauch voll und meinte, ich solle doch den meinigen mit etwas Kaltem zufriedenstellen.

Was ich mittlerweile mehr verdiente, gab sie mit leichter Hand wieder aus, und von ihrem Lohn blieb fast nichts für die gemeinsame Kasse übrig. Zu neunzig Prozent waren die Ursachen unserer Meinungsverschiedenheiten im Geld zu suchen, oder besser: Im nicht vorhandenen Geld. Ganz brutal ausgedrückt: Ich konnte noch soviel Geld mit Überzeit heimbringen. Rosalin brachte es fertig, immer ein paar Prozent mehr auszugeben, als hereinkam. Nun war es nicht so, daß ich mir nicht gerne etwas geleistet hätte. Das Problem war, daß immer, wenn ich mir etwas leisten wollte, ich mir nichts mehr leisten konnte, weil Rosalin schon vorher damit fertig geworden war. Nun übernahm ich bei den Arbeitskollegen noch den Einzug für die Gewerkschaft. Leider fehlten mir bei der

Abrechnung immer wieder Beträge, und von Mal zu Mal wuchsen die Mankos. Als ich daraufhin die Mappe mit dem nicht mir gehörenden Geld wegschloß, bekam Rosalin einen Tobsuchtsanfall. Es blieb mir nichts anderes übrig, als auf diesen „Nebenerwerb", der zu einem „Nebenverlust" geworden war, zu verzichten und das Manko abzustottern.

Kolleginnen von Rosalin wurden schwanger und hörten mit ihrer Fabrikarbeiterinnentätigkeit auf. Rosalin bestürmte mich immer häufiger, wir sollten uns auch ein Kind zulegen. Die Art, wie sie das vorbrachte, bestärkte mich in der Meinung, daß ein Kind für sie nur eine Flucht aus dem täglichen Trott der Fabrikarbeit sei. Ich glaubte nicht, daß sie der Verantwortung gewachsen sei. Wer würde es denn ausbaden müssen, wenn Rosalin die Sache über den Kopf wüchse? Doch in erster Linie das Kind!

Ich merkte, daß Rosalin immer häufiger versuchte, mich am „Aussteigen" zu hindern. Und einmal gelang es ihr halt. Sie wurde schwanger. Aber sie hatte sich die Sache ganz anders vorgestellt. Jeden Tag hatte sie Probleme. Ich ging mit ihr zu einer Ärztin. Diese diagnostizierte, daß Rosalin ein Kind nicht ohne die tägliche Einnahme von Medikamenten austragen könne. Rosalin hielt sich leider nicht daran, und nach einiger Zeit war das Kind im Mutterleib abgestorben und es mußte eine Entnahme eingeleitet werden.

Nach einigen Monaten war Rosalin wieder schwanger. Diesmal schaute ich selber dafür, daß sie die Medikamente immer nahm. Als die Hebamme mir im Spital meinen kleinen Ronni auf die Arme legte, liefen mir vor Freude die Tränen über die Wangen. Ich gelobte, dem Kind ein besserer Vater zu sein, als ich einen gehabt hatte.

Ronni war ein gesundes, aufgewecktes Kind. Jeden Tag freute ich mich auf den Feierabend und darauf, ihn im Arm zu halten. Daß Rosalin den Kleinen stundenlang in den verschmutzten Windeln ließ, störte mich zwar, aber ich nahm ihr diese Arbeit gerne ab, gab es mir doch Gelegenheit, mich länger mit meinem Sohn beschäftigen zu dürfen.

Leider traf ein, was ich befürchtet hatte. Rosalin war der Belastung als Mutter und Hausfrau nicht gewachsen. Immer häufiger mußte ich am Abend die liegengebliebene Arbeit selber machen, während sie untätig am Tisch saß oder Romanhefte verschlang. Dabei wurde sie immer unzufriedener. Die Vermieterin, die ihre Wohnung gleich unter der unseren hatte, gab uns andauernd gute Ratschläge. Sie sprach mich einigemal auf der Treppe an und äußerte ihre Bedenken über Rosalins Eignung als Mutter. Sie habe doch, erklärte sie, vier Kinder großgezogen. Aber so ein Schreihals sei nicht dabei gewesen, das müsse an der falschen Erziehung liegen. Man dürfte halt nicht immer springen, kaum daß das Kind einen Laut von sich gebe. Wenn aber Ronnie tatsächlich einmal schrie, klopfte sie an die Decke und verlange, daß wir ihn zum Schweigen brächten. Zudem paßte es ihr nicht, daß Rosalin die Windeln immer in der Küche aufhängte, wo doch hinter dem Haus extra eine Wäscheleine hing. Die Leute könnten ja meinen, bei ihr wohne eine Schar Zigeuner.

Es kam zum offenen Krach zwischen den beiden Frauen. Wir Männer, die ja im selben Betrieb arbeiteten und dort miteinander auskommen mußten, bekamen ein gestörtes Verhältnis zueinander. Schließlich einigten wir uns, daß es besser wäre für alle, wenn ich für meine Familie eine neue Bleibe suchen würde. Ich machte mich auf Wohnungssuche. Unser Vermieter unterstützte mich tatkräftig dabei. Da er im Nebenamt einen öffentlichen Beruf ausübte und dabei mit dem ganzen Dorf in Berührung kam, war es für ihn ein Leichtes, bei einem Bauern eine Wohnung für uns ausfindig zu machen. Seltsam berührte es mich, daß diese Wohnung nur etwa zwanzig Meter entfernt vom abgerissenen Juckihaus stand, wo ich die schönsten Jugendjahre verbracht hatte. Wenn ich aus dem Stubenfenster schaute, konnte ich den

Dorfbrunnen sehen, aus dem ich immer das Wasser für unseren Garten geholt hatte.

Rosalin hatte keine Lust mehr, „immer daheim zu hocken", wie sie es ausdrückte. Insgeheim hatte sie sich in der Lederfabrik für Arbeit umgesehen. Meine Schwester Ria, die im Nachbardorf Güllen verheiratet war und selber schon drei Kinder hatte, erklärte sich bereit, Ronni vorübergehend in Pflege zu nehmen. Ich ahnte zwar, daß das nicht gut herauskommen würde. Aber ich wußte inzwischen auch, daß Rosalin sich von einem einmal gefaßten Entschluß nur durch Tatsachen umstimmen ließ.

Es kam wie ich befürchtet hatte: Eines Tages wurde ich ans Telephon gerufen. Ria war am Apparat. Aber ich realisierte nicht, was sie eigentlich wollte, denn im Hintergrund hörte ich Ronni weinen und „Vati, Vati" rufen. Ich konnte vor Mitleid nicht mehr reden, legte den Hörer auf, ging heim und klopfte zum ersten Mal seit unserer Heirat auf den Tisch. Rosalin war perplex. Sie schien aber eher erleichtert zu sein über diese Wende, denn sie sagte, sie habe sowieso schon die Nase voll von der Fabrik. Nur schade, daß sie den zu erwartenden Lohn schon für Monate zum voraus ausgegeben, das heißt, neue Schulden gemacht hatte. Das hatte im Moment jedoch keine Bedeutung für mich. Einzig wichtig war, daß ich mich auf mein Moped setzte und Ronni bei Ria abholte.

Es ging nicht lange, da hatte Rosalin sich auch mit der neuen Hausmeisterin verkracht. Beständig lag sie mir nun in den Ohren, sie wolle umziehen. Zu dieser Zeit war Rias Mann gerade am Planen für einen Eigenheimbau für seine Familie. Er fragte mich, ob ich ihm nicht dabei helfen könne, denn er könnte nur bauen, wenn er einen schönen Teil der Arbeit in Eigenleistung machen würde. Ich sagte zu und war von nun an kaum mehr zu Hause, denn ich fuhr meistens nach meinem durch Überzeit bedingten späten Feierabend direkt nach Güllen auf die Baustelle. Als ich meinem Schwager Heinz einmal meine Sorgen betreffs Wohnungssuche erzählte, meinte er, ich solle doch auch bauen, dann sei ich diese Sorge für mein Leben lang los. Als ich ihn fragte, wie er denn glaube, daß ich mit meinem Berg Schulden ein Haus bauen könnte, sagte er, er würde mir natürlich auch bei der Eigenarbeit helfen, so wie ich jetzt ihm.

Als ich daheim mit Rosalin darüber sprach, war sie begeistert. Sie drängte mich, sofort zuzusagen. Und sie versprach mir, daß sie alles in ihrer Kraft liegende unternehmen werde, mir bei den anfallenden Arbeiten zu helfen. Ich war zwar durch die bis jetzt mit ihr gemachten Erfahrungen sehr skeptisch. Dennoch sagte ich ja.

Nun ging es zuerst einmal darum, eine Bank zu finden, die uns die Hypotheken gewähren würde. Aber jede Bank verlangte als erstes einige gutbetuchte Bürgen. Wen hätte ich da angeben können? In meiner eigenen Familie war niemand vermögend, und Rosalin hatte überhaupt keine Familie vorzuweisen.

In erfuhr, daß meine Firma ihren langjährigen Angestellten ein kleines zinsfreies Darlehen gewähre beim Hausbau. Ich meldete mich sofort bei Direktor Rosenbaum. Dieser sprach zuerst mit meinem Meister und als er nur Gutes über mich hörte, bestellte er mich zu einer Lagebesprechung. Inzwischen hatte ich vom selben Unternehmer, der auch das Haus von Schwager Heinz und Schwester Ria baute, Pläne machen lassen. Als ich diese Direktor Rosenbaum vorlegte, nahm er den großen Rotstift hervor und strich alle „unnötigen Sachen", wie er sich ausdrückte, von den Plänen, Zentralheizung und andere solche „Luxussachen".

Damit ich überhaupt den Kredit bekam, mußte ich mich wohl oder übel einverstanden erklären. Rosenbaum warnte mich. Es würden noch haufenweise unvorhergesehene Ereignisse eintreffen bei der Bauerei.

Nun fehlten aber immer noch die Bürgen. Aber auch hier tat sich in der Not ein Türchen auf. Der Handwerker, welcher bei Heinz und Ria die Maurerarbeiten ausgeführt hatte, hatte gerade eine Flaute in seinen Aufträgen. Als er von meinen Plänen hörte, versprach er mir, er würde bei seiner Bank, bei der er im Aufsichtsrat sei, für einen Kredit bürgen, falls ich die Maurerarbeiten von ihm ausführen ließe. Ich griff dankbar und erleichtert zu. Allerdings mußte ich mir in der Folge die Preise für die Maurerarbeiten diktieren lassen, ohne daß ich noch irgendwo markten konnte.

Und noch eine weitere Türe ging mir auf: Schwager Heinz hatte einen Parteigenossen, welcher ihm „schwarz" die Malerarbeiten ausführte. Dieser anerbot sich auf Vermittlung von Heinz, auch mir zu helfen. Einzige Bedingung war, daß ich in seine Partei eintreten würde. Da ich schon lange mit diesem Gedanken gespielt hatte, war es mir ein Leichtes, zuzusagen.

Nun fehlte noch das Bauland. Heinz hatte in Güllen von der Gemeinde Land für vier Franken den Quadratmeter bekommen, weil seine Familie schon alteingesessen war. Für mich galt dies natürlich nicht. Ich ging zum Bauern, der neben Heinz' Neubau Grasland hatte und fragte, ob er mir Bauland verkaufen würde. Er war nicht abgeneigt, allerdings zum doppelten Preis, also für acht Franken. Ich erbat mir eine Woche Bedenkzeit, da ich mich noch weiter umsehen wollte. Aber alle Bauern, die ich in der Umgebung abklopfte, verlangten mehr. So ging ich also zurück zum ersten Anbieter. Dieser lachte, als ich ankam. Er habe, sagte er, inzwischen weiteres Land für zwölf Franken verkaufen können. Billiger bekomme ich es nun auch nicht mehr. Ich mußte in den sauren Apfel beißen, wollte ich endlich vorwärts machen, denn der Maurer wurde schon langsam ungeduldig.

So hatte ich also, neben meiner täglichen Überzeitarbeit, nun auch noch auf zwei Bauplätzen zu arbeiten. Aber das war nicht das Schlimmste, denn ich war jung und gesund und hatte zwei geschickte Hände. Rosalin begann nun plötzlich zu nörgeln, daß sie mich überhaupt nicht mehr zu sehen bekäme. Dabei war sie es doch gewesen, die das ganze Bauabenteuer in Bewegung gesetzt hatte. Und von der Hilfe ihrerseits, die sie versprochen hatte, sah ich keine Spur. Sie kam zwar manchmal nach Güllen, Ronni im Kindersitz ihres Mopeds, aber sie sah kaum die Fortschritte, die auf unserem Bau geschahen, sondern ging immer gleich zu Ria, welcher sie die Zeit stahl. Denn Ria half ihrem Mann, trotz dreier Kinder, emsig auf dem Bau mit.

Eines Tages überraschte mich Rosalin mit der Mitteilung, sie habe sich beim Militärischen Frauendienst gemeldet und werde demnächst den Einführungskurs absolvieren. Meine Bitte, diesen Kurs doch wenigstens bis Bauende zu verschieben, schlug sie aus mit der Begründung, das gehe nicht. Ich erkundigte mich aber in Bern beim zuständigen Amt und erfuhr, daß das in einem solchen Fall sehr wohl möglich sei. Als ich Rosalin diesen Bescheid mitteilte, bekam sie einen ihrer schwersten Tobsuchtsanfälle. Ich hätte ihr überhaupt nicht nachzuspionieren, und wenn mir das nicht passe, dann lasse sie sich eben scheiden. Sie sei es schon lange überdrüssig, mit einem solchen unfähigen Schuldenmacher verheiratet zu sein.

Bumms! Nun war es also heraus: Ich, der fast Tag und Nacht arbeitete, um die Schulden meiner Frau zu tilgen, war ein unfähiger Schuldenmacher! Für einen Moment bekam ich eine solche Depression, daß ich am liebsten den ganzen Bettel hingeschmissen hätte. Aber dann dachte ich an Ronni, und sah ihn in Gedanken um unser Eigenheim herumtollen.

Rosalin fand eine Familie, die sich bereit erklärte, Ronni für die Wochen ihrer Kurszeit in Pflege zu nehmen. Zuerst hatte Rosalin versucht, das Kind wieder meiner Schwester Ria aufzubürden. Aber diese konnte unmöglich nebst ihren eigenen drei Kindern und der Bauerei noch Ronni übernehmen.

Nun sah mein Tagesplan also folgendermaßen aus: Neun Stunden normale Fabrikarbeit. Dann bis acht oder neun Uhr Überzeit. Dann bis etwa elf Uhr auf dem Bau. Dann heim nach Kurligen, wo ich das Abendessen sowie das Mittagessen für den anderen Tag kochen mußte. Ich kam keinen Tag mehr vor Mitternacht ins Bett. Und im Bett verfolgten mich noch die Probleme des Tages, denn jeden Abend, wenn ich auf den Bau kam, war irgendetwas Unvorhergesehenes angefallen.

Aber der Bau ging seiner Vollendung entgegen. Eines Tages stand ein geschmücktes Tannenbäumchen auf unserem Dach. Ich schluckte Tränen der Rührung hinunter, als ich es sah.

Schließlich war auch der Innenausbau fertig, pünktlich, wie wir es geplant hatten. Und die Befürchtung von Direktor Rosenbaum betreffs Kreditüberschreitung war nicht eingetroffen - weil ich alle anfallenden Regiearbeiten selber gemacht hatte. Es war sogar noch so viel Kredit vorhanden, daß es für die Zentralheizung gereicht hätte. Leider stand schon ein Holzofen im Korridor.

Mitten im Winter konnten wir von Kurligen nach Güllen umziehen. Bauer Ignaz, unser bisheriger Hausmeister, führte unseren Hausrat mit seinem Traktor zu unserem neuen Heim. Dafür bekam er von mir alles Brennholz, das ich aus seinen jahrelang im Hinterhof gehorteten Obstbaumästen gehackt hatte.

Manchmal, wenn ich abends heimkam, stand noch das Geschirr vom Morgen herum, und die Betten waren nicht gemacht. Ich hatte es aufgegeben, Rosalin deswegen Vorhaltungen zu machen. Einmal hatte ich sie am Morgen gebeten, um halbacht Uhr abends das Essen bereit zu haben. Ich würde um diese Zeit heimkommen, müsse aber um acht Uhr bereits wieder in einer wichtigen Parteiversammlung sein.

Leider kam mir im Betrieb etwas dazwischen und ich verspätete mich um zehn Minuten. Rosalin saß in der Küche am Tisch, den Kopf zwischen die Hände gestützt und kratzte an ihren Pickeln herum, die sie in letzter Zeit bekommen hatte. Ich wußte, daß sie stundenlang so sitzen und in die Ecke stieren konnte. Ich sagte ihr, daß sie mir doch versprochen hatte, das Essen bereit zu halten. Sie erwiderte nur, ich hätte meinerseits versprochen gehabt, um halbacht hier zu sein, aber jetzt sei es zehn nach. So wie ich sie anlügen würde, könne sie mich auch anlügen!

Dann begann sie zu schreien und beschimpfte mich als totalen Versager. Andere Männer bräuchten nicht zehn und mehr Stunden pro Tag zu arbeiten, weil sie einen Lohn hätten, der auch ohne Mehrarbeit ausreiche. Mittlerweile war es Zeit geworden zur Versammlung zu gehen, und ich mußte meinen Magen knurren lassen.

Rosalin wurde immer eigensinniger. Als Ronnie beim Essen etwas auf den Boden fallen ließ - was natürlich immer wieder mal passierte -, schrie sie ihn an, nahm seinen Teller und stellte ihn auf den Deckel des WC. Dann wollte sie, daß er kniend und ohne Besteck vom WC-Deckel weiteressen solle. Ich nahm den Teller und stellte ihn wieder auf den Tisch. Rosalin schrie dann so schrecklich, daß Ronnie zu zittern begann und sich verkroch.

Sie hatte sich mit einer Nachbarin angefreundet, deren Mann, ein selbständiger Handwerker, sich mehr in den Wirtschaften herumtrieb, als daß er sich seinem Geschäft widmete. Die beiden Frauen hatten sich auf einem Spaziergang kennengelernt. Marie, so hieß diese Nachbarin, schaffte sich einen Hund an und ging mit ihm in die Dressur, damit sie nicht so allein war. Ein paarmal ging Rosalin mit. Sie fand den Betrieb bei den Hündelern so gemütlich, daß sie auch einen Hund wollte. Zufällig war gerade in unserer Nachbarschaft eine Hündin mit einem Wurf Welpen niedergekommen. Sofort holte sich Rosalin eines dieser niedlichen Knäuel nach Hause. Wegen seinem schwarzen Fell gab sie ihm den Namen „Blacki". Ich bastelte dem kleinen Bastard eine Hundehütte mit isolierten Wänden, damit er in der kalten Jahreszeit nicht zu frieren brauchte.

Leider verleidete es Rosalin innert kurzer Zeit, sich mit dem kleinen Hund zu beschäftigen und Gassi zu gehen. Er diente ihr nur noch als Alibi, damit sie mit ihrer Freundin bei den Hündelern mitmachen konnte. So arbeitete halt ich mit dem Hund, daheim und auf dem Dressurplatz. Rosalin saß derweil mit ihrer Freundin und anderen Hündelern in der Klubhütte und hatte es lustig. Einer der lustigsten Aktiven in der Klubhütte, Poldi, vertrieb den beiden Frauen auf besonders aufmerksame Art die Zeit. Sobald die beiden Freundinnen auftauchten, hatte er nur noch Augen für sie.

Bei Dressurprüfungen und anderen Festen kam auch Poldis Frau auf den Platz. Als einmal zu wenig Brot vorhanden war für die Bratwürste, die ich und einige andere Männer für die Festgesellschaft brieten, anerboten sich Rosalin und Poldi zusammen Nachschub im nahegelegenen Dorf zu holen. Als die beiden nach einer Stunde noch nicht zurück waren, kam Poldis Frau ganz aufgeregt zu mir. Ob ich denn nicht merke, daß sich zwischen ihrem Mann und meiner Frau etwas anbahne. Natürlich hatte ich schon lange einen Verdacht geschöpft, aber mangels Beweisen mir noch nie etwas anmerken lassen. Die Frau von Poldi erzählte mir, sie sei schon von verschiedenen Leuten gewarnt worden, daß ihr Poldi ein Verhältnis mit meiner Frau habe. Ich beruhigte die Frau, beschloß aber, in Zukunft die Augen ein bißchen mehr offen zu halten.

Dann erzählte mir auch noch meine Schwester Ria, daß Poldi verdächtig oft in unserem Haus auftauche, wenn ich Überzeit mache. Und er sei nicht der Einzige. Nebst dem VW von Poldi stehe auch noch ab und zu ein Kleinmotorrad vor dem Gartenhag.

Ich hielt es an der Zeit, meine Frau direkt zu fragen, was da eigentlich laufe. Sie bekam einen ihrer mir nun schon zur Gewohnheit geworden Wutanfälle. Wenn ich schon nie Zuhause sei, müsse ich mich nicht beklagen, wenn sie ab und zu harmlosen Besuch habe.

Eines Tages überraschte mich Rosalin mit der Mitteilung, sie gehe wieder halbtags arbeiten. Einige halbherzige Versuche mit Heimarbeit waren allesamt fehlgeschlagen, weil Rosalin zwar immer voller Euphorie anfing, es aber nie länger als zwei Wochen aushielt damit. Einmal hatte sie auf ein Inserat geantwortet und bekam eine Schachtel voll Taschentücher, die man handrollieren mußte. Diese Feinarbeit lag ihr aber nicht und sie schickte die Schachtel wieder zurück. Ein andermal probierte sie es mit Schürzen nähen. Der Auftraggeber war aber mit der Qualität nicht zufrieden. Rosalin mußte einen Teil der Schürzen selber kaufen. Aber statt die Ursache ihrer Unzulänglichkeit bei sich zu suchen beschimpfte sie mich. Ich sei schuld an ihrem Unglück! Hätte ich sie damals, als sie ihre Kühe hütete, in Ruhe gelassen, dann wäre sie heute glücklich und zufrieden.

Jede Heimarbeit Rosalins hatte außer Spesen nichts eingebracht. Nun ging sie also jeweils am Morgen, wenn Ronni in der Schule war, nach Kurligen, wo sie in einem Kleinunternehmen das Telephon bediente. Ronni ging dann nach der Schule zu meiner Schwester Ria, bis seine Mutter heimkam.

Anscheinend hatte Rosalin mit der Zeit immer später Feierabend. Jedenfalls sagte mir Ria, sie käme von Tag zu Tag immer später nach Hause, manchmal erst gegen Abend, kurz bevor ich selber heimkomme. Den Haushalt konnte sie natürlich unter diesen Umständen nicht mehr in Ordnung halten.

Als ich eines abends das Flickzeug vermißte, um mir einen Knopf anzunähen, suchte ich auch in ihrem Nachttisch. Ein Stapel unbezahlter Rechnungen fiel mir entgegen. Zu jeder kamen noch einige Mahnungen. Der Hauptposten betraf eine Rundstrickmaschine, die ich überhaupt noch nie gesehen hatte. Sie kostete über tausend Franken und die Mahnungen gipfelten in der „Letzten Mahnung" und Betreibungsandrohung.

Als Rosalin heim kam, fragte ich sie, was sie mit dieser Maschine im Sinn habe. Sie antwortete, sie hätte damit verdienen helfen und unsere Schulden abtragen wollen. Daß sie aber unseren Schuldenberg mit dieser unsinnigen Aktion nur noch vergrößert hatte, wollte sie nicht wahrhaben.

Ich nahm dann mit der Lieferfirma Fühlung auf und erklärte den Sachverhalt. Sie war nach langen Verhandlungen einverstanden, das Strickding gegen eine Abfindung zurückzunehmen. Mit den übrigen Gläubigern vereinbarte ich Ratenzahlungen. Aber ich war mir nun im klaren, daß dieses Hundeleben für mich auf die Dauer nicht mehr tragbar war.

Immer häufiger stritten wir uns. Immer erbitterter und lauter wurden die Diskussionen. Immer mehr litt Ronni, der inzwischen das Schulalter erreicht hatte, unter den gespannten Verhältnissen. Ich versuchte zwar, ihn aus den Kleinkriegen rauszuhalten. Aber Rosalin merkte, daß ich in Anwesenheit Ronnis versuchte, ein heiles Familienleben vorzutäuschen. Deshalb richtete sie es immer so ein, daß das Kind anwesend war, wenn wir stritten. Sie hatte dann Oberhand und ich räumte zähneknirschend das Feld. War Ronni jedoch in der Schule und ich wollte in aller Ruhe die Probleme durchdiskutieren, gab sie einfach keine Antwort. Es war, als ob ich an eine Wand reden würde. Im Bett ließ sich Rosalin am liebsten nur noch bedienen. Hatte sie ihren Teil bekommen, schützte sie Müdigkeit vor und vertröstete mich auf morgen.

Ich sah keinen anderen Ausweg mehr, als den Friedensrichter um Hilfe zu bitten. Ich brachte Rosalin so weit, daß sie mit zu einer Beratung ging. Dort spielte sie zuerst die Unschuld vom Lande. Als sie aber sah, daß der Friedensrichter sie durchschaute, gab sie sich reuig und versprach Besserung. Auch nahm sie seinen Rat an, sich mit mir bei einem Familienberater einer Paartherapie zu unterziehen. Sie suchte sogar selber einen Berater auf und schilderte ihm die verworrene Situation. Der Berater bot mich daraufhin zu einer Einzelsitzung auf. Er merkte natürlich schnell, wie er Rosalins Geschichten über mich einzuordnen hatte. Nach einigen weiteren Sitzungen, die wir gemeinsam besuchten, gab er ihr den Rat, sich bei der eigenen Nase zu nehmen. Es könne sich nichts ändern, wenn nicht sie sich selber zuerst ändere. Das war für Rosalin das Zeichen, die Therapie aufzugeben. Ich hatte den Eindruck, daß dieser Psychologe nur ein solcher geworden war, weil er hoffte, dadurch seine eigenen Probleme in den Griff zu bekommen, denn er verlor kein Wort über mich oder darüber, was ich für mich tun könnte, um eine Veränderung herbeizuführen.

In der näheren Nachbarschaft hatten mehrere junge Frauen Nachwuchs bekommen. Plötzlich hatte auch Rosalin den unbändigen Wunsch, nochmals in Erwartung zu kommen. Sie bestürmte mich und versprach mir das Blaue vom Himmel, wenn ich mitspiele. Ich machte sie auf ihre Fehlgeburt aufmerksam, die sie nur erlitten hatte, weil sie sich den Anordnungen der Ärztin nicht unterzogen hatte. Rosalin versprach mir hoch und heilig, das werde nicht mehr passieren. Ein Kind würde auch gewiß unser zerrüttetes Eheleben wieder zusammenkitten. Aber ich wußte, daß dies nicht der Fall sein würde, sondern daß dann nur noch ein Kind mehr da sein würde, das unter den ewigen Streitereien leiden würde. Ich erklärte Rosalin, daß ich nicht noch ein Kind wolle, das unter einer unberechenbaren Mutter zu leiden hätte. Das brachte Rosalin so in Rage, daß sie mich ins WC prügelte, wo sie die Türe abschloß und den Schlüssel abzog. Dann zog sie sich splitternackt aus. „So, jetzt machst du mir ein Kind“, befahl sie.

Ich redete über eine Stunde auf sie ein. Ein Kind müsse doch in Liebe gezeugt werden und nicht einem Manne abgetrotzt. Abwechselnd schmeichelte, prügelte und schrie nun Rosalin. Aber ich blieb bei meiner Ansicht. Selbst wenn ich hätte nachgeben wollen, mein kleiner anhänglicher Bruder wäre „standhaft“ schwach geblieben unter einer solchen Streßsituation!

Schließlich merkte Rosalin, daß sie den Kürzeren gezogen hatte. Aber sie gab mir zu verstehen, daß es mit Sex nunmehr endgültig aus sei zwischen uns.

In der folgenden Zeit führte Rosalin mit allen Mitteln einen Terror gegen mich. Wochenlang sprach sie kein Wort mehr mit mir. Wenn es unbedingt etwas zu sagen gab, legte sie einen Zettel auf den Küchentisch. Ich war mit den Nerven so auf dem Tiefpunkt, daß ich mir vornahm, in den bevorstehenden Sommerferien alleine ein paar Tage mit dem Zelt zu verreisen. Irgendwohin. Nur nicht mehr täglich in Rosalins versteinertes Gesicht blicken müssen. Ich nahm die Landkarte hervor und legte mir eine Route zurecht. Der Bieler See sollte mein Reiseziel werden.

Als ich Rosalin meinen Entschluß mitteilte, lachte sie mich zuerst aus. Allerdings änderte sie ihre Taktik, als sie sah, daß ich tatsächlich mit den Reisevorbereitungen begann.

Ich war reisefertig und verabschiedete mich gerade im Haus von Ria und Heinz, da ging plötzlich unser Küchenfenster auf, und Rosalin rief klagend nach mir. Sie sei am Sterben! Natürlich glaubte ich ihr kein Wort. Dann fing sie an zu röcheln. Ich wollte sichergehen und lief hinüber. Als ich in unsere Küche kam, konnte ich sie gerade noch auffangen, ehe sie zu Boden fiel. Ich bat Ria, den Krankenwagen zu rufen, aber Rosalin, am ganzen Körper zitternd, wollte das nicht. Ich könne sie doch alleine gesundpflegen. Ich war mir sicher, daß sie nur Theater spielte und bestand darauf, ihren Arzt anzurufen. Am Telefon beschrieb ich ihm Rosalins Symptome. Er schien seine Patientin gut zu kennen, denn er empfahl mir lediglich, sie in ein lauwarmes Bad zu stecken und sie zu beruhigen.

Da begann Rosalin herzerweichend zu weinen. Ich solle sie und Ronnie doch auch mit in die Ferien nehmen. Sie wisse ja, daß sie sich manchmal unmöglich benommen habe.

Und ich wurde wieder einmal weich! Innert zwei Stunden waren Rosalin und Ronnie reisefertig. Das Gepäck hatte ich am Vortag schon auf die Bahn gebracht gehabt. Rosalin nahm Ronnie auf den Kindersitz, und ich lud auf meinen Gepäckträger noch ein paar Sachen, die nun zusätzlich mitzunehmen waren. Als wir am Bieler See ankamen, mußten wir erfahren, daß unser Zelt nicht da war. Es war offenbar beim Umladen fehlgeleitet worden. Es war Samstag. Der Bahnbeamte machte mir keine Hoffnung, daß das Zelt vor Montag hier eintreffen würde. Aber ein Hotelzimmer für zwei Nächte für uns alle konnten wir uns unmöglich leisten. Auf dem Weg zum See kamen wir an einem Bauernhaus vorbei. Ich nahm meinen Mut zusammen und klopfte an. Die Bäuerin hatte nichts dagegen, daß wir uns für ein paar Nächte in ihrem Schober ins Heu verkriechen wollten. Am Abend brachte sie uns sogar Milchkaffee und Brot und bot uns an, ins Haus zu kommen, falls wir etwas bräuchten. Am Dienstag kam dann endlich unser Zelt, und wir durften es auf der Wiese des Bauern aufstellen. Seine Kinder, zwei Mädchen, hatten sich inzwischen mit Ronnie angefreundet. Sie spielten andauernd zusammen. Nur Rosalin und ich hatten uns nichts zu sagen. Trotzdem fuhren oder spazierten wir in der näheren Gegend herum, und langsam kamen wir uns wieder ein bißchen näher. Rosalin schien glücklich zu sein, und in den Nächten wenn Ronnie schlief, durfte ich auch wieder einmal merken, wozu Gott den kleinen Unterschied zwischen Mann und Frau geschaffen hatte.

Kaum zu Hause, begannen die Streitigkeiten von Neuem. Bei den kleinsten Unstimmigkeiten ging Rosalin mit gesenktem Kopf auf mich los oder krallte sich mit ihren Fingernägeln in meine Arme. Meistens konnte ich mich nur noch mit einer Ohrfeige retten. Es kam mir vor, als ob sie genau diese Ohrfeige suchte. Danach ließ sie mich meistens los und begann hemmungslos zu schluchzen. Es war unerträglich. Ich glaubte, meine Verzweiflung nicht mehr aushalten zu können.

Rosalin kam immer öfter nach der Arbeit nicht mehr sofort nach Hause, sondern ging mit ihren Arbeitskollegen aus. Da auch ich ja selten vor acht Uhr heimkam, weil ich in der Fabrik Überzeit machte, war Ronni meist nach der Schule allein oder bei meiner Schwester. Glücklicherweise lernte er leicht und geriet somit nicht in Rückstand.

An einem Samstag überbrachte mir der Weibel eine offizielle Mitteilung des Gerichtes, daß meine Frau die Scheidung eingereicht habe. Starr vor Überraschung unterschrieb ich die Vorladung zur Sühneverhandlung. Als ich Rosalin fragte, warum sie vorher nicht mit mir geredet habe, gab sie keine Antwort. So blieb mir nichts anderes übrig, als mir einen Anwalt zu suchen. Dieser hörte mich zunächst einmal an. Als er die ganze Geschichte der Entwicklung unserer Ehe gehört hatte, erklärte er mir, er könne meine Sache nicht vertreten, da meine Frau bereits vor mir bei ihm gewesen sei und er nun ihre Klage gegen mich vertrete. Da hatte mir dieser gerissene Vertreter der Gerechtigkeit also alle Würmer aus der Nase gezogen und dabei doch von Anfang an gewußt, daß ich der Ehemann seiner Mandantin war. Als ich ihm mein Befremden mitteilte, machte er mir den Vorschlag, ich sollte einmal mit Rosalin zusammen zu ihm kommen. Seiner Meinung nach sei unsere Ehe noch nicht unrettbar verloren.

Nach einigem Zögern und einem Telefonat zwischen dem Rechtsanwalt und ihr war Rosalin einverstanden. Wir leerten in Anwesenheit des Anwaltes zunächst einmal beide unseren Kropf. Dann empfahl dieser uns, es nocheinmal miteinander zu versuchen. Er habe schon schlimmere Fälle gesehen, die sich hätten wieder einrenken lassen. Er empfahl uns, in einem Restaurant bei einer Tasse Kaffee nochmals über alles in Ruhe zu reden. Wenn es zum Klappen käme, würde er gerne auf sein Honorar verzichten. Gesagt, getan. Rosalin ließ sich von mir zu einer Tasse Kaffee einladen. Wir besprachen uns und waren der Meinung, die Scheidung könne noch eine Weile warten.

Dieser Frieden dauerte nur wenige Wochen. Dann teilte Rosalin ihrem Anwalt mit, er solle die Scheidung vorwärtstreiben.

Vor Gericht verstrickte sie sich in Widersprüche. Zuerst behauptete sie, ich hätte ihr von Anfang an sexuell zu wenig geboten. Dann sagte sie, ich sei ein Bock, der nie genug kriege. Trotzdem ich alle ihre geheimen Kreditkäufe und ihre ganze Schuldenmacherei schriftlich beweisen konnte, beharrte sie darauf, daß alles erlogen sei und die Beweise gefälscht wären. Zudem behauptete sie, ich hätte sie seit jeher geschlagen, und daß sie mich jemals angegriffen habe, sei erfunden.

Ich sah, daß der Richter Mühe hatte, mir zu glauben, daß ich der Geschlagene und Mißhandelte sei. Wie sollte auch eine Frau in der Lage sein, solches zu tun? Aber immerhin war auch der Richter der Meinung, unsere Ehe sei nicht unrettbar und brachte Rosalin dazu, ihre Klage zurückzuziehen.

Also versuchten wir es eben nocheinmal. Aber jetzt ging Rosalin auf totalen Terror. Bei jeder Gelegenheit versuchte sie mich dahin zu provozieren, daß ich sie schlagen sollte. Aber ich ließ mich zu nichts mehr hinreißen, sondern verzog mich in brenzligen Situationen lieber nach draußen. Rosalin konnte mir dann meinetwegen ihre Schimpfkanonaden durch das Fenster an den Kopf werfen.

Trotzdem machten mit der Zeit meine Nerven nicht mehr mit. Als die Sommerferien kamen, teilte ich meiner Frau mit, ich würde für zwei Wochen verreisen mit dem Zelt, und diesmal wirklich allein. Flugs ging sie zum Oberammann und bat ihn, daß er es mir verbieten solle. Der Oberammann ließ mich zu sich bitten, hörte sich meine Version der Geschichte an und sagte teilnahmsvoll, unter diesen Umständen würde er auch allein in die Ferien gehen.

So fuhr ich also zum ersten Mal ohne meine Familie in Urlaub. Als ich allerdings zum Abschied meinen Sohn Ronni an meine Brust drückte und seine Tränen sah, mußte ich mich zusammenreißen, damit ich mein Vorhaben nicht aufgab.

Ich wollte wieder ins Tessin. Ich hatte nur zweihundert Franken dabei, das würde die nächsten vierzehn Tage reichen - falls ich keine Mopedpanne hatte.

Glücklicherweise war das Wetter gut. Um Mittag war ich auf dem Gotthard. Eigentlich hätte ich gerne in der Wirtschaft eine Kleinigkeit gegessen, aber der Blick in meinen Geldbeutel überzeugte mich davon, daß ich keinen Hunger hatte. Als ich die Paßstraße hinunter fuhr, merkte ich, daß meine Bremsen heißliefen. Ich war gezwungen, äußerst langsam zu fahren. So kam es, daß die Post bereits zu hatte, als ich an meinem Ziel anlangte. Ich machte den Posthalter in einem Lokal ausfindig, und nachdem ich eine Tischrunde bezahlt hatte, war er bereit, ein paar Minuten Überzeit zu machen und mir mein Zelt herauszugeben. Das Mittagessen auf dem Gotthardt wäre mich billiger zu stehen gekommen.

Am nächsten Morgen nahm ich mir zuallererst mein Moped vor. Es kostete mich einige Mühe, bis ich die Bremstrommeln auseinandergenommen hatte. Vorne ging es noch zur allerhöchsten Not, aber von den Bremsbacken des Hinterrades war nur noch Staub vorhanden. Eine Werkstätte aufzusuchen hätte bedeutet, daß mir nur noch Geld für wenige Tage geblieben wäre. Also behalf ich mir mit einem Provisorium. Ich ritzte Backenträger und Trommel mit einem scharfen Schraubenzieher auf. Es war klar, daß ich so nur die allernötigsten Kilometer fahren durfte.

Im Anschluß ging ich auf einen Entdeckungsspaziergang. Ich besah mir eine vergammelte Bocciabahn, über und über mit verfaulenden Blättern, Zweigen und Zigarettenstummeln übersät. Ich fragte den Platzwart, ob ich die Bahn wieder benutzbar machen könne. Er hatte nichts dagegen und zeigte mir, wo die Werkzeuge aufbewahrt wurden. Nach ein paar Stunden war der Sand wieder einigermaßen sauber und eben. Ich lieh mir vom Platzwart ein paar Kugeln und begann ein Solospiel. Bald kamen andere Zeltplatzgäste, es bildeten sich zwei Gruppen, die gegeneinander spielten. Nach ein paar Runden schickte einer seine Kinder zu seinem Zelt, Getränke zu holen. Bald schwatzte man und spielte und trank dazu ein

Glas Bier oder einen Schluck Wein. Ich erzählte, daß ich alleine hier Ferien machen würde, weil meine Frau nicht zur selben Zeit frei bekommen hätte.

Als sich die Runde auflöste, kam eine Frau, die ebenfalls mitgespielt hatte zu mir und anerbot sich, mir am nächsten Morgen Milch mitbringen zu lassen. Ein Baselbieter fahre jeden Morgen mit einer Kanne ins Tal und hole dort Milch. Ich dankte und bestellte zwei Liter. Die Frau stellte sich mit Vornamen vor. Sie war mit ihren beiden Kindern hier. Ihr Mann sei Vertreter in einer Firma, die im Sommer ihre beste Verkaufszeit habe, aber man würde im Herbst noch einen gemeinsamen Urlaub machen. Ich fragte mich, ob sie wohl auch eine Notlüge auftischte, so wie ich. Sie empfahl mir, später noch im Klubhaus vorbeizuschauen, wo sich die meisten Zeltler träfen. Es wurde ein gemütlicher Abend im Kreis Gleichgesinnter. Die meisten Zeltler waren Arbeiter wie ich oder stammten sonst aus bescheidenen Verhältnissen. Keiner plagierte. Keiner versuchte, mehr zu scheinen, als die anderen.

Jeden Morgen nach dem Essen ging ich „meine“ Bocciabahn putzen. Meist waren schon einige Kinder dort. Später trudelten langsam die Erwachsenen ein. Die Gruppen, die sich am ersten Nachmittag gebildet hatten, blieben zusammen. Auch die Frau gesellte sich wieder zu meiner Gruppe. Und am Abend war es wie selbstverständlich, daß sie im Klubhaus auf mich wartete. Natürlich sprachen wir mit der Zeit auch über familiäre Probleme. Am Freitag sagte sie, dies sei ihre letzte Nacht hier. Sie müsse morgen in aller Frühe packen und mit den Kindern nach Hause. Zur gewohnten Zeit verließen wir das Klubhaus, aber wir spürten beide, daß es noch nicht Zeit war, sich zu verabschieden. Sie hängte sich bei mir ein und wir wanderten ohne ein Gespräch zu führen dem Dorf zu. Bei den ersten Lichtern kehrten wir wieder um. Ich legte vorsichtig den Arm um sie. Sie ließ mich gewähren und schmiegte sich ein wenig an mich. Wir gingen zu meinem Zelt, wo sie ohne Umstände den Reißverschluß öffnete und hineinkroch. Ich folgte ihr und schloß hinter mir wieder. Im Zelt war es stockdunkel, aber wir fanden uns trotzdem. Zum Abschied sagte sie: „Ich weiß deinen Vornamen, du weißt meinen. Mehr wollen wir nicht ausfindig machen.“ Ich versprach es. Am nächsten Morgen stand ich extra später auf. Ihr Zelt war verschwunden, ein hellgrüner Grasfleck bezeugte, wo es vor kurzem noch gestanden hatte. Dieses Erlebnis beschäftigte mich die nächsten Tage so intensiv, daß ich fast keinen anderen Gedanken fassen konnte. Mehrmals war ich drauf und dran, im Büro des Zeltplatzes nach ihrer Adresse zu fragen, aber ich ließ es dann doch.

In der folgenden Zeit unternahm ich einen Ausflug nach Novaggio. Das Haus von Rosalins Großeltern stand noch, aber es gingen fremde Leute ein und aus. In der nahegelegenen Wirtschaft trank ich ein Glas Wein. Wie damals schon stand die bucklige Wirtin hinter der Theke. Ich fragte sie, ob sie sich noch an Rosalin erinnere. Und ob sie sich erinnere, meinte die Wirtin, das sei doch das Mädchen, das mit einem Halunken durchgegangen wäre.

Der Empfang daheim war eisig. Rosalin übersah mich. Ronni war offensichtlich von ihr bearbeitet worden. Er ließ sich nur widerstrebend in die Arme nehmen. Erst am Abend, als ich ihn ins Bett brachte und ihm von meiner Fahrt erzählte, schlang er die Arme um meinen Hals. Ich hielt ihn eine Weile fest und streichelte sein Haar.

Es wurde wieder so schlimm, daß ich mich an einen Eheberater wandte. Vor diesem sagte Rosalin, sie könne keinen Respekt haben vor einem Mann, der nicht einmal fähig gewesen sei, einen Beruf zu lernen, sondern den Lebensunterhalt der Familie mit dem Putzen von WC’s bestreiten müsse. Der Eheberater fragte mich, warum ich denn keinen

Beruf erlernt hätte und meinte, ich könne es doch auf dem zweiten Weg noch immer versuchen. Ich nahm mir diesen Rat zu Herzen und erkundigte mich auf dem zuständigen Amt, was noch möglich sei. Zufällig begann gerade ein Kurs in meiner Berufsrichtung und ich schrieb mich sofort ein. In der Fabrik meldete ich mich bei Herrn Hochschuh, welcher inzwischen zum Direktor befördert worden war. Als ich ihm meine Pläne mitteilte, sagte er, er bewundere meinen Mut und werde alles in seiner Kraft stehende veranlassen, daß ich in der Firma Rosenbaum meine praktische Ausbildung nachholen könne. Von nun an durfte ich an jedem Donnerstag mit den Lehrlingen an Drehbänken, Fräsmaschinen und anderen Maschinen arbeiten - mit vollem Lohn.

Rosalin verstand nicht, daß ich nun so viel Zeit für Schule und das Lernen zuhause brauchte. Sie hatte ja auch gar nicht gewollt, daß ich versuchen sollte, aus dem Schlamassel zu kommen. Im Gegenteil: Sie bekam nun Angst, das Argument, ich sei zu nichts tauglich, falle dahin. Sie setzte alles daran, mich von meinem Entschluß abzubringen. Außerdem hatte ich mehr und mehr den Verdacht, daß Rosalin mich mit einem anderen Mann betrog.

Ich wollte nicht mehr. So gab ich selber die Scheidung ein. Rosalin hatte ja bereits ihren Anwalt, ich mußte mir noch einen suchen und fand auch einen. Als er meine prekäre finanzielle Situation erfuhr, war er gar nicht begeistert, denn ich mußte auf dem sogenannten „Armenweg" prozessieren. Dementsprechend gering war auch sein Einsatz.

Da Rosalin, im Gegensatz zu mir, keine Eltern hatte, zu denen sie hätte gehen können, vereinbarten wir, daß sie mit Ronni im Hause bliebe. Ich zog mit wenigen Habseligkeiten zu meinen Eltern in das Zimmer meiner inzwischen verheirateten Schwestern. Der Rest des Lohnes, der mir nach Bezahlung der Alimente an Frau und Kind noch verblieb, hätte mir auch gar keine andere Wahl erlaubt. Um meinen Schmerz über die verpfuschte Ehe zu verdrängen, stürzte ich mich noch mehr an die Arbeit. Am Abend, wenn ich nach Hause kam, aß ich eine Kleinigkeit, dann zog ich mich in mein Zimmer zurück. Hier hatte ich ein kleines Tischchen aufgestellt, auf dem meine Bücher und Hefte lagen, die sich in immer größerer Zahl ansammelten. Ich klemmte mich jede freie Minute hinter den Stoff. Mein Hirn hatte nicht mehr die Aufnahmefähigkeit eines Knaben. Für alles, was ich zu lernen hatte, brauchte ich die dreifache Zeit.

In der Trennungskonvention war vereinbart worden, daß ich Ronni jeden Monat einmal zu mir nach Kurligen holen konnte. Es riß mir jedesmal fast das Herz aus dem Leibe, wenn mich mein kleiner Sohn wieder und wieder fragte, ob ich denn tatsächlich nicht mehr zu ihnen heimkäme.

Ich versuchte, mit Rosalin zu einer gütlichen Einigung zu kommen, damit wir nicht die schmutzige Wäsche von einem Jahrzehnt vor den Richtern ausbreiten müßten. Aber Rosalin gab sich siegesbewußt. So sah ich mit Schaudern der Verhandlung entgegen und konzentrierte mich auf die schwache Hoffnung, Ronni könnte mir zugesprochen werden.

In der Trennungskonvention hatten wir vereinbart, daß ich Rosalin das Haus zur Benützung überlassen und ihr Alimente in für mich gerade noch tragbarer Höhe bezahlen würde. Von diesen Alimenten müsse sie ihren Unterhalt und denjenigen von Ronni bestreiten. Aber plötzlich kamen Rechnungen an mich. Die größte betraf eine Menge Kohle für die Heizung, die für mindestens zwei Jahre reichte. Ich wandte mich an meinen Anwalt mit der Frage, ob ich diese Rechnungen tatsächlich zu bezahlen hätte, wenn doch etwas anderes ausgemacht worden sei. Mein Anwalt wurde am Telephon richtig ausfällig. Er schrie mich an, ob ich denn glaube, meine

Frau könne von dem bißchen, das sie von mir bekäme, alle Rechnungen bezahlen. Mein Einwand, mir bleibe auch so schon fast nichts mehr zum Leben, beantwortete er mit der Bemerkung, das hätte ich mir halt vorher überlegen müssen. Im übrigen sei er nicht bereit, für die paar Batzen, die er für mich erhalte, noch telephonische Auskünfte zu erteilen.

Eines Tages erschien ein Wäschevertreter bei mir. Meine Frau habe, so sagte und belegte er, vor einigen Jahren eine Wäscheaussteuer bestellt. Es sei vereinbart gewesen, daß jeden Monat ein gewisser Betrag vorausbezahlt würde. Aber bis dato sei kein einziger Franken eingegangen. Die Wäsche sei glücklicherweise noch nicht geliefert worden. Als er meine Geschichte gehört hatte, bekam er offensichtlich mehr Mitleid mit mir als mein eigener Anwalt. Er fragte mich, ob ich nach der Scheidung noch Wäsche hätte für meinen eigenen Bedarf. Ich erklärte ihm, daß ich das selber noch nicht wisse. Da machte er mir den Vorschlag, den vereinbarten Betrag auf die Hälfte zu reduzieren. Er werde dafür sorgen, daß man mich wegen der Bezahlung nicht dränge, und daß ich erst noch zu einem Sonderangebot kommen werde. Ich war ihm dankbar und nahm das Angebot an.

Schon mehrmals war ich an dem betreffenden Wochenende, an dem ich Ronni laut Vereinbarung zu mir holen durfte, vor verschlossener Türe gestanden. Ich telephonierte mit dem Richter, der unsere Sache unter sich hatte. Der meinte, dann müsse ich halt mit einem Polizisten mein Besuchsrecht durchsetzen. Aber ich wollte lieber darauf verzichten, als meinen Sohn mit Polizeigewalt abholen zu lassen.

Eines Tages meldete sich Rosalins Freundin Marie, mit der sie immer zu den Hündelern gegangen war, bei mir an, sie habe mir etwas Lebenswichtiges mitzuteilen. Wir vereinbarten, daß sie am Abend mit ihrem Mann zu mir käme. Was ich an jenem Abend vernahm, haute mich fast um. Marie versicherte mir mit absoluter Bestimmtheit, meine Frau habe sich am vergangenen Wochenende verlobt und trage einen Verlobungsring. Nun wußte ich auch, warum sie mir das Besuchsrecht verweigerte. Es hätte ja sein können, daß mir Ronni etwas über ihr Treiben verraten hätte. Marie bat mich, niemandem zu sagen, woher ich diese Information bekommen habe. Ich erklärte ihr aber, daß mir das Gericht kein Wort glauben würde, wenn ich diese unglaubliche Geschichte auftischte. Ich bat sie deshalb, vor Gericht auszusagen.

Am Tag der Gerichtsverhandlung wollte ich vorher im Gang des Gerichtsgebäudes mit Rosalin ein paar klärende Worte reden. Aber ihr Anwalt bedeutete ihr, nicht auf mich zu hören. Im Gerichtssaal gab sich dieser Herr dann äußerst siegesgewiß. Er riß Behauptungen Rosalins hervor, die ich mit Zeugen unschwer widerlegen konnte. Zudem erklärte ihm der Richter, was bis zu der Sühneverhandlung von damals passiert sei, das sei vergeben und vergessen und dürfe nicht mehr hervorgezogen werden.

Als Marie in den Zeugenstand trat, sah ich, wie Rosalin kreideweiß wurde im Gesicht. Während Marie ihre Aussage machte, tuschelte der Anwalt Rosalins heftig mit seiner Mandantin. Dann stand er auf, ging hinter meinem Rücken durch zu meinem Anwalt und unterhielt sich kurz mit diesem. Ich sah, daß mein Anwalt kurz nickte. Dann erklärte Rosalins Anwalt dem Gericht, daß sich die Alimentenfrage für seine Klientin somit wohl von selber geregelt habe. Der Richter bestätigte zuhanden des Protokollführers, daß die Beklagte auf Alimente für sich verzichte.

Nun ging es noch um Ronni. Aber wie ich mich auch wehrte und den verhängnisvollen Weg beschrieb, den Ronni mit einer Mutter zu erwarten habe, die ihren Sohn zur Strafe für schlechte Tischmanieren auf dem Deckel des WC's essen ließ, ich hatte vor Gericht überhaupt keine Chance, das Sorgerecht für meinen Sohn zu bekommen. Wie in Trance hörte ich den Rest der Verhandlung und dachte nur noch an mein armes Kind.

Dann schloß der Richter die Verhandlung und schaute ungeduldig auf die Uhr, denn im Gang warteten bereits die Parteien des nächsten Scheidungsfalles.

Wir standen draußen im Gang des Gerichtsgebäudes. Die beiden Anwälte hatten es furchtbar eilig. Ein kurzer Händedruck, und sie verschwanden, freundlich miteinander schwatzend, als hätten sie eben zusammen ein Bier getrunken. Rosalin und ich standen verlegen voreinander und scheuten uns, dem geschiedenen Partner in die Augen zu blicken. Es lag mir auf der Zunge zu fragen, ob sie nun zufrieden sei, mit dem, was sie erreicht habe. Aber ich sah, daß sie selber mit den Tränen zu kämpfen hatte. Ich reichte ihr die Hand. Nun brauche sie ja Ronni nicht mehr zu verstecken und ihn mir vorzuenthalten, sagte ich zu ihr. Ich würde am nächsten abgemachten Besuchstag pünktlich nach Güllen kommen. Dann trennten wir uns.

Wenige Tage danach erhielt ich die Mitteilung, mein Anwalt sei überraschend gestorben. Ich solle dem Büro mitteilen, wohin meine Akten zu überstellen seien. Nun erfuhr ich auch, warum er mir so konfuse Auskünfte erteilt hatte, zum Beispiel wegen der Rechnungen. Er hatte einen Schlaganfall erlitten gehabt und trotz anderslautender ärztlicher Anweisung seine Arbeit fortgesetzt. Ich mußte also in aller Eile einen Ersatz suchen und fand ihn glücklicherweise in unserem Betriebsjuristen. Dieser leitete die Güterausscheidung unverzüglich ein. Bevor es aber dazu kam, telephonierte mir Ria, daß ein Lastwagen vor unserem Haus stehe und einige Männer eben daran seien, die letzten Möbel aufzuladen. Ich meldete mich sofort bei meinem Chef ab und fuhr nach Güllen. Aber die Arbeit war bereits gründlich getan. Außer dem Bett, das ich damals für Rosalin gekauft hatte, damit sie in Kurligen bei einer Familie Unterschlupf fand, war nichts mehr in der Wohnung.

Ich stieg auf den Estrich. Gottlob, die Zeit hatte offenbar nicht mehr gereicht, die Schachteln, die immer noch vom letzten Umzug her gepackt waren, mitzunehmen. Vielleicht hatte Rosalin sie auch ganz einfach vergessen. So hatte ich wenigstens für den Anfang einige Sachen, um mein Leben nicht in total leeren Räumen fristen zu müssen.

Nun war ich froh, daß ich mit dem Wäschevertreter dieses Abkommen getroffen hatte. Innert ein paar Tagen konnte ich die Bettwäsche in Empfang nehmen. Natürlich zog ich sofort von Kurligen weg und wieder zurück nach Güllen in mein Haus.

Ob es aber auch in Zukunft mein Haus bleiben würde, das stand noch in den Sternen. Aufgrund meiner großen Eigenleistung am Haus hatte sich dessen Wert um einige zehntausend Franken vermehrt. Nun mußte ich diese Wertvermehrung mit Rosalin teilen. Da kein Bargeld vorhanden war, stockte ich die Hypotheken auf. So erhielt also Rosalin Bares auf die Hand und ich steckte noch tiefer in Schulden.

Bei Gelegenheit erkundigte ich mich im Laden, wo Rosalin immer hatte anschreiben lassen, ob da noch Schulden von ihr vorhanden seien. Aber die Ladenbesitzerin versicherte mir, es sei alles bezahlt. Aber nach Monaten kam sie kleinlaut zu mir und gestand, sie habe mir damals die Wahrheit nicht gesagt, weil Rosalin ihr hoch und heilig versprochen hatte, die Schulden sofort zu begleichen, sobald sie die Auszahlung vom Haus erhalte. Die Ladenbesitzerin bat mich inständig, ich solle doch den Fehlbetrag übernehmen. Ich wollte hart bleiben. Schließlich hatte ich sie ja gefragt, und zwar ohne daß ich dazu verpflichtet gewesen wäre. Als die Frau aber zu weinen begann und sagte, sie müsse den Betrag aus eigener

Tasche bezahlen, machte ich Rosalin brieflich und eingeschrieben den Vorschlag, die Alimente jeden Monat um einen kleinen Betrag zu kürzen, bis die Schuld beglichen sei. Sie gab keine Antwort. Ich hatte auch keine erwartet. Ich ließ es darauf ankommen und handelte nach meinem Vorschlag. Es kam kein Protest.

Im Verlaufe des folgenden Jahres kamen noch von einigen Versandgeschäften Mahnungen für Ware, die Rosalin während unserer Trennung bestellt hatte. Ich schickte sie alle zurück. Ein ganz hartnäckiger Versand drohte mir zwar mit Betreibung, gab aber auf, als ich anhand einer Kopie vom Gericht meine Unzuständigkeit beweisen konnte.

Rosalin lebte nun mit ihrem Verlobten zusammen. Jedesmal wenn ich Ronni abholte in Basel, war auch Hugo Fröhlich mit von der Partie. Aber er tat seinem Namen alle Unehre, denn jedesmal versuchte er mich in Handgreiflichkeiten zu verwickeln. Einmal packte er mich am Kragen meines Hemdes und schüttelte mich, daß der Stoff riß. Ich ließ mich nicht provozieren. Dafür kam es immer häufiger vor, daß ich umsonst zu den Treffpunkten fuhr.

Inzwischen hatte ich die nachgeholte Berufsprüfung bestanden. In den theoretischen Fächern war ich einer der Besten. Den praktischen Teil bestand ich mit viel Glück. In dem halben Jahr, das mir zur Verfügung gestandenen hatte, hatte ich mir nicht dieselben praktischen Kenntnisse aneignen können, die „normale“ Lehrlinge in vier Jahren erlernen. Ich war mir bei den Prüfungen etwas deplaziert vorgekommen, unter lauter Zwanzigjährigen. Und als ich das vorgegebene Aufsatzthema „Wie stelle ich mir meine Zukunft vor“, etwas unorthodox und in Rekordzeit behandelte, sah mich der Prüfungsexperte erstaunt an. Er bat mich nach draußen und gratulierte mir zu meinem Mut, in meinem Alter noch ein solches Wagnis einzugehen. Der Aufsatz erhielt die Bestnote.

Bei Rosenbaum tat sich auch allerhand. Meister Stadler ging in Pension. Direktor Hochschuh bat mich zu sich ins Büro und teilte mir mit, daß ein versierter, bestandener Handwerker aus einer anderen Abteilung als neuer Meister eingesetzt würde. Nun suche man noch einen Stellvertreter. Ob ich diesen Posten übernehmen wolle. Die Beförderung war mit einer Lohnerhöhung verbunden, die es mir erlaubte, auf meine Nebenjobs als Putzer der WC's und Garderoben zu verzichten. Ich konnte mich sogar an die Autofahrprüfung machen, welche ich glücklicherweise im ersten Anlauf bestand. Dann legte ich mir einen alten VW zu.

Finanziell ging es mir also deutlich besser als je zuvor. Aber ich war einsam geworden, und hin und wieder studierte ich am Sinn des Lebens herum. Immerhin war ich nicht mehr auf die Bahn angewiesen, wenn ich Ronni abholte. Das war gut so, denn Rosalin wechselte innert kürzester Zeit dreimal ihr Domizil. Da sie auch jeweils den Kanton wechselte, hatte Ronni jedesmal in der Schule Mühe, den unterschiedlichen Stoff zu bewältigen.

Rosalin paßte es nicht, daß ich, seit ich ein Auto hatte, Ronni jeweils direkt bei ihrer Wohnung abholte. Wenn sie ihn mir vorenthalten wollte, mußte sie nun zur verabredeten Zeit abwesend sein. Und dies kam immer öfter vor. Schließlich kam es soweit, daß ich meinen Sohn einige Monate nicht mehr gesehen hatte. Und eines Tages kam ein Brief von Ronni, in dem stand, er wolle nichts mehr mit einem Vater zu tun haben, der nicht mal seine Alimente bezahle. Das empfand ich als Rosalins gemeinsten Trick: Mir mein Kind mit Lügen abspenstig zu machen. Ich kopierte sämtliche Quittungen meiner Einzahlungen und sandte sie Rosalin. Ich konnte beweisen, daß ich mit den Zahlungen sogar einen Monat voraus war.

Einige Monate später, als ich wieder versuchte, Ronni abzuholen, fing mich Fröhlich ab und überschüttete mich mit Schimpfwörtern, weil ich angeblich meine Alimente noch immer nicht bezahlt hätte. Wieder kopierte ich sämtliche Belege. Aber diesmal sandte ich sie an Hugo Fröhlich persönlich. Das hatte offenbar seine Wirkung. Fröhlich merkte, daß ihn seine holde Angetraute nach Strich und Faden belog.

Bald darauf hörte ich von Marie, der Immernochfreundin, Rosalins Ehe mit Fröhlich sei in die Brüche gegangen. Sie gehe nun mit dem zukünftigen Ehemann Numero Drei.

Rosalins dritter Ehemann hatte offenbar anfänglich einen guten Einfluß auf sie. Ronni besuchte mich wieder sporadisch. Aber es ging nicht lange gut.

Ich hatte an einem Sonntag wieder einmal vergeblich auf meinen Sohn gewartet. Ich fühlte mich einsam und verzweifelt. Mit meinem alten VW fuhr ich die Paßstraße von Basel kommend über den Hauenstein. Im Baselbiet schien strahlend die Sonne und die Kirschbäume blühten. Als ich auf den Hauenstein kam, lag das ganze Mittelland unter dickem Nebel vor mir. In der düsteren Stimmung, die ich hatte, wollte ich nicht in diese Suppe eintauchen. So stellte ich auf dem Paß bei einer Wirtschaft mein Auto ab und nahm mit schleppenden Schritten den Weg zur Frohburg unter die Füße. Zu meiner Linken lag das in strahlendes Licht getauchte Baselbiet. Zu meiner Rechten wogten die dicken Massen des Mittellandnebels. Ab und zu schwappte eine Welle naßkalter Luft über mich hinweg. Mich fröstelte. Meine Gedanken verfolgten den Weg zurück durch mein ganzes Leben. Was hatte mir dieses Leben bis jetzt eigentlich geboten? Ich sah nur die grauen und schwarzen Erlebnisse.

Als ich oben auf der Sonnenweid anlangte, setzte ich mich auf einen Baumstrunk. Trotzdem die Sonne über dem Nebel schien, fröstelte es mich leicht. Ich beschloß, unten im Restaurant einen Kaffee zu trinken. Von weitem hörte ich spielende Kinder. Wie schön wäre es jetzt, dachte ich, wenn anstelle der fremden Kinder mein Ronni dort unten auf mich wartete.

Beim Restaurant spielten ein Junge, etwa sieben Jahre alt und ein Mädchen, vielleicht drei Jahre jünger, mit einem Welpen. In ihrer Nähe stand wartend eine junge Frau. Ich beobachtete sie eine Weile. Schließlich schaute die Frau auf ihre Uhr. Sie rief den Kindern. Es sei Zeit, das Postauto werde in einer halben Stunde unten auf dem Hauenstein sein. Die Kinder maulten und wollten partout weiterspielen. Aber ihre Mutter mahnte energisch. Die beiden Kinder streichelten nochmals den kleinen Spielgefährten und liefen dann ihrer Mutter nach, die sich bereits auf den Weg gemacht hatte.

Ich lenkte meine Schritte zum Eingang des Restaurants. Als ich die Türe öffnete, kam mir ein Schwall Tabakrauch und Lärm entgegen. Unentschlossen schaute ich in den Raum. Es schien kein einziger Stuhl frei zu sein. Dann eben nicht, dachte ich.

Etwa nach zehn Minuten hatte ich die Frau mit ihren beiden Kindern eingeholt. Ich ging hinter ihnen und hörte zu, wie die Kleine mit ihrem Plappermündchen von dem kleinen Hündchen erzählte. Sie wolle auch so eines.

Das Plappern der Kleinen hatte mir leise Stiche ins Herz versetzt. Zügig überholte ich nun die drei und grüßte dabei die junge Frau. Als ich etwa zehn Meter vor ihnen ging, hörte ich, wie der Junge sagte: „Mammi, nimm doch den. Der hat sicher keine Frau, daß er hier so alleine läuft. Wir können ihn ja fragen.“

Der Frau war das natürlich sehr peinlich, und sie schimpfte den Jungen. Ich drehte mich um und lachte. „Aber bitte“, sagte ich zu der Frau, „das war doch nicht schlimm. Kinder und Narren sagen halt die Wahrheit. Ich bin tatsächlich geschieden.“

Wir kamen ein wenig ins Gespräch und die Frau erzählte mir, daß sie aus Aarau kämen und einen kleinen Ausflug gemacht hätten. Inzwischen waren wir bei der Bushaltestelle angekommen. Der Bus war noch nicht hier. Ich bot der Frau an, sie und die Kinder nach Olten zum Bahnhof mitzunehmen, da ich den gleichen Weg hätte. Die Frau war zunächst unschlüssig und sicherlich auch ein wenig mißtrauisch, aber schließlich stimmte sie zu.

Die beiden Kinder stürmten meinen alten Käfer. Langsam fuhr ich über die Paßstrasse in das nebelverhangene Tal. Die Kinder hatten sich hinter die Vordersitze gestellt und schauten mir beim Lenken zu. Die Frau saß auf dem Beifahrersitz. Verstohlen schaute ich ab und zu nach ihr. Ich spürte, daß auch sie mich aus ihren Augenwinkeln musterte.

Als wir in Olten ankamen, sagte ich, daß es mich freuen würde, wenn ich sie ganz nach Hause bringen dürfte, denn ich hätte sowieso heute nichts mehr vor. Der leise Protest der Frau ging im Freudengeschrei der Kinder unter. Ich lenkte meinen Wagen am Bahnhof vorbei, Richtung Aarau. Die Frau lächelte. Ich wandte mich ihr zu und lächelte zurück. In Olten war das Wetter noch recht trübe, aber allmählich löste sich der Nebel auf. Als wir in Aarau ankamen, schien eine kräftige Nachmittagssonne vom blauen Himmel.

Ich sage herzlich: *„Danke“*

Liebe Leserin, lieber Leser, herzlichen Dank dafür, daß Sie erstens mein Buch gekauft und zweitens es auch zu Ende gelesen haben. Es würde mich sehr freuen, wenn ich von Ihnen zu wissen bekäme, ob es Ihnen gefallen hat, oder was Sie vielleicht daran gestört hat. Ohne das Echo seiner Leserschaft schreibt ja der Autor ins Leere. Also tun Sie sich bitte keinen Zwang an, sondern teilen Sie mir offen und ehrlich Ihre Meinung mit. Nach Möglichkeit werde ich Ihre Zuschrift persönlich beantworten.

Lange hat es gebraucht vom Schreiben dieses Buches bis zu seiner Veröffentlichung. Zeiten der Apathie und der Depression, wenn wieder einmal mein Manuskript von einem Verlag zurückgewiesen worden war, wechselten mit Zeiten der Hoffnung und des Glücks.

In dieser Zeit haben mich meine lieben Freunde und Bekannten immer wieder aufgestellt und in mir die Hoffnung auf Erfolg aktiviert. Allen Euch, Ihr lieben Freunde und Wegbegleiter, möchte ich von Herzen danken für Euer Vertrauen, das Ihr in mich gesetzt habt und das manchmal größer war als mein eigenes. Ohne Euch würde mein Manuskript wohl in einer Schublade verstauben und vergilben.

Herzlichen Dank auch, liebe Rosemarie Buri, verehrter Karl Kloter, daß Ihr mich an der Fülle Eurer eigenen Erfahrungen habt teilhaben lassen und mich mit guten Tips versehen habt.

Ganz besonderer Danke aber gebührt meiner Verlegerin Jasmin Eichner, die meinen Text als veröffentlichungswürdig genug betrachtete, um ihn in ihrem Verlagsprogramm aufzunehmen.

Der Autor: Georg Segessenmann
Chaletweg 9
Ch-4653 Obergösgen

An Gottes Segen ist alles gelegen

Bäuerliches Leben in den 40er und 50er Jahren geschildert von Gertrud Schlewek

Frau Gertrud Schlewek beschreibt ihre Kindheit und Jugend auf dem elterlichen Hof im Bodenseeraum, während des zweiten Weltkrieges und danach.
Die Eltern, kleine Bauern, wie es damals noch viele gab, waren weder reich, noch arm. Das Leben innerhalb der Familie, und einer noch intakten dörflichen Gemeinschaft, ist kenntnis- und anekdotenreich geschildert.
Frau Schlewek beschreibt den bäuerlichen Tagesablauf, den täglichen Kampf ums „Häs und Gfräs", um den sich alles drehte und der wenig Raum ließ für persönliche Lebensgestaltung. Frau Schlewek erinnert sich an viele Details der bäuerlichen Arbeit und Haushaltsführung, Dinge die heute vielerorts wieder gepflegt werden.

Buchauszug:

Ich antwortete: „So, denn gang i grad furt", packte auf und lief zu - wohin wohl? Na klar, zur Anna natürlich. Trotzig wie ich war, lief und lief ich. Doch wie ich um die Kurve ging, was sah ich da? Mein Vater kam mit Riesenschritten hinterher, in der Hand schwang er den Hagenschwanz (kurzer Lederstock, ca. 40 cm lang, aus der gegerbten Haut vom Geschlechtsteil des Bullen). Da fing ich an zu rennen und rief nach der Anna, aber die konnte mich noch lang nicht hören. Derweil kam der Vater näher und immer näher. Ich schrie und weinte und lief, aber bei der Kiesgrube oben im Ranken, da hatte er mich doch eingeholt. Was dann kam, war grausam. „Was, fortlaufen willst du, du elendiger Aff, dir zeig ich, wer Meister ist. Dir geb ich's Fortlaufen, das probierst du mir nicht noch einmal."

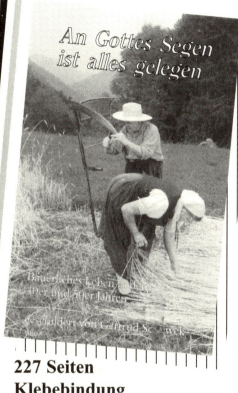